KNAUR

Von der Autorin ist bei Knaur bereits erschienen:
Die Frau im Park

Über die Autorin:
Ella Janek lebt mit ihrer Familie in einem idyllischen Städtchen in Bayern. Unter ihrem Klarnamen schreibt sie erfolgreich heitere Frauenromane. Als Drehbuchautorin für Kino und TV wurde sie unter anderem mit dem *Grimme-Preis* und dem *Deutschen Fernsehpreis* ausgezeichnet. Sie liebt das Meer und lässt sich dort gerne zu neuen Geschichten inspirieren.

ELLA JANEK

Die ZÄRTLICHKEIT der WELLEN

ROMAN

KNAUR

Besuchen Sie uns im Internet:
www.knaur.de

Aus Verantwortung für die Umwelt hat sich die Verlagsgruppe Droemer Knaur zu einer nachhaltigen Buchproduktion verpflichtet. Der bewusste Umgang mit unseren Ressourcen, der Schutz unseres Klimas und der Natur gehören zu unseren obersten Unternehmenszielen. Gemeinsam mit unseren Partnern und Lieferanten setzen wir uns für eine klimaneutrale Buchproduktion ein, die den Erwerb von Klimazertifikaten zur Kompensation des CO_2-Ausstoßes einschließt. Weitere Informationen finden Sie unter: www.klimaneutralerverlag.de

MIX
Papier aus verantwortungsvollen Quellen
FSC® C014496

Originalausgabe Juli 2022
Knaur Taschenbuch

Ein Imprint der Verlagsgruppe
Droemer Knaur GmbH & Co. KG, München
Dieses Werk wurde vermittelt durch die
Literarische Agentur Thomas Schlück GmbH 30161 Hannover

Redaktion: Silvia Kuttny-Walser
Covergestaltung: Guter Punkt, München
Coverabbildung: Collage von »Der Gute Punkt« mit Illustrationen
von Guter Punkt München, Stephanie Gauger, © Olga Malchikova
und © Sonate bei iStock / Getty Images Plus
Illustration im Innenteil von Nastya Pankova / Shutterstock.com
Satz: Adobe InDesign im Verlag
Druck und Bindung: GGP Media GmbH, Pößneck
ISBN 978-3-426-52834-1

2 4 5 3 1

Für meine Mama.
Danke. Für alles.

KAPITEL 1

Sonnenuntergang

Mitte Juli

Andrea Forster schaffte es gerade noch rechtzeitig zum Verladebahnhof Westerland. In Schrittgeschwindigkeit fuhr sie hinter einem dunkelgrünen Kastenwagen auf den letzten Autozug, der sie von Sylt aufs Festland nach Niebüll bringen würde. Als das Fahrzeug vor ihr stehen blieb, bremste sie ebenfalls, drehte mit zitternden Fingern den Zündschlüssel um und zog die Handbremse. Fahrig strich sie sich eine dunkle Haarsträhne hinters Ohr und schloss die Augen. Langsam beruhigte sich ihr Herzschlag, doch ihre Gedanken rasten in alle Richtungen wie aufgescheuchte wilde Pferde. Durch das offene Fenster drangen sanfter Wind und die Wärme der letzten Sonnenstrahlen ins Auto und streichelten fast tröstend ihre Wangen. Doch für Trost war es zu früh. Viel zu früh! Um seine lindernde Kraft spüren zu können, musste Andrea erst all die anderen Gefühle durchleben, die momentan in ihr tobten: Enttäuschung, Wut, Traurigkeit und vor allem die schmerzvolle Erkenntnis, dass es ein Fehler gewesen war, nicht auf die warnende innere Stimme zu hören. Aber nach so vielen Jahren war es zu verlockend gewesen, endlich alle Vorsicht über Bord zu werfen und sich auf das Abenteuer einzulassen. Und zunächst hatte es auch ganz danach ausgesehen, als ob ihr Mut belohnt werden würde. Noch bis vor wenigen Stunden war alles gut gewesen. Sogar mehr als gut! Doch obgleich dieser Tag so unglaublich schön begonnen hatte, war er zu einem Albtraum geworden. Sie wollte nur noch nach Hause, auch wenn bis München über tausend Kilometer vor ihr lagen. Wie sie diese lange Fahrt so ganz allein und aufgewühlt in der bevorstehenden Nacht schaffen sollte, wusste sie nicht, sie wusste nur, dass sie es unbedingt schaffen *wollte*. Auf der Insel konnte sie jedenfalls keinen Tag, noch nicht einmal eine Stunde länger bleiben.

Die automatische Lautsprecheransage kurz vor der Abfahrt des Zuges riss sie aus ihren Gedanken, und sie öffnete die Augen. Ihr Mund war staubtrocken. Durstig griff sie nach der angebrochenen Wasserflasche, die sie noch eilig vor dem Verlassen des Hauses in ihre Tasche gesteckt hatte. Während sie in kleinen Schlucken trank, setzte der Zug sich in Bewegung. Der laut rauschende Fahrtwind zerzauste ihr schulterlanges Haar und peitschte ihr Strähnen ins Gesicht. Dennoch ließ sie das Fenster offen, stellte die Flasche in die Konsole und schloss erneut die Augen. Angestrengt versuchte sie, sich auf etwas anderes zu konzentrieren: den neuen Auftrag für die Illustration eines Kinderbuchs, den bevorstehenden runden Geburtstag ihrer besten Freundin, die geplante Renovierung ihres Schlafzimmers. Doch an nichts davon konnte sie denken, ohne gleichzeitig auch ihn vor sich zu sehen. Und das tat weh. Sie musste sich der Tatsache stellen, dass ihr wunderbarer Traum so jäh zerplatzt war. Und es gab noch mehr, dem sie sich jetzt jedoch nicht stellen wollte.

Andrea öffnete die Augen. Die Welt war plötzlich von der bald untergehenden Sonne in orangefarbenes Licht getaucht, das sich in den sanften Wellen des Wassers spiegelte. Atemberaubende Schönheit, die in ihrer Intensität den Schmerz des Verlusts noch verstärkte. Ein Verlust, der tief in ihr etwas aufgebrochen hatte, das sie unbedingt zu verdrängen versuchte.

Plötzlich bebte ihre Brust, ihr Atem schien zitternd über sich selbst zu stolpern. Sie schnappte nach Luft und schloss hastig das Fenster. Der tosende Fahrtwind war nun ausgeschlossen und hatte einer dumpfen Stille Platz gemacht. Und in diesem Moment kamen die Tränen, die sie bis jetzt zurückgehalten hatte. Heiß strömten sie über ihre Wangen. Sie griff in ihre Handtasche, die auf dem Beifahrersitz lag, und suchte nach Papiertaschentüchern. Plötzlich fühlte sie etwas samtig Weiches zwischen den Fingern. Eine Mohnblume. Sie schluckte. Verschwommen durch die Tränen wirkte das intensive Rot der schlaffen Blätter wie Blut in ihrer Hand.

KAPITEL 2

Ein passendes Outfit

Sechs Wochen vorher

Und wie findest du das hier?«

Andrea hielt sich ein dunkelblaues langärmeliges Kleid vor den Körper und drehte sich zu ihrer besten Freundin Eduarda um. Die hatte es sich auf dem Bett gemütlich gemacht und kraulte versonnen den Nacken von Kater Charly. Das grau getigerte Fellbündel lag ausgestreckt über ihren Schenkeln und genoss schnurrend die Streicheleinheiten.

»Ernsthaft, Andi? Mein Onkel Francisco würde sagen: Wenn du aussehen willst wie die langweilige Großtante auf der Beerdigung einer entfernten Verwandten, dann zieh es an«, antwortete die gebürtige Brasilianerin mit charmantem Akzent, der unverwechselbar zu ihr gehörte, auch wenn sie inzwischen schon seit fast achtzehn Jahren in Deutschland lebte. Und zwar als Andreas Nachbarin in der anderen Hälfte des Doppelhauses. Die Frauen – beide geschieden und seit Langem alleinerziehend – hatten sich gegenseitig bei der Betreuung der Kinder unterstützt und waren dabei beste Freundinnen geworden. Mittlerweile waren Andreas Sohn und Eduardas Tochter längst ausgezogen. Die Freundschaft zwischen den Müttern hatte sich jedoch weiter vertieft.

»Ach komm, Edu! Du bist mir echt keine Hilfe!«, protestierte Andrea, die inzwischen schon etwas ungeduldig war. Sie hatte nicht mehr viel Zeit, und das passende Outfit für die Besprechung zu finden, war schwieriger als gedacht.

»Oh, doch! Und wie ich das bin!«, widersprach die Freundin energisch. »Dunkelblau steht dir nämlich überhaupt nicht. Du willst doch sicher nicht so alt aussehen, wie du bist, oder?«

Eduarda nahm kein Blatt vor den Mund, doch genau dafür schätzte Andrea sie. Als sie auch noch demonstrativ gähnte, um noch mehr zu verdeutlichen, was sie von dem Kleid hielt, musste Andrea lachen.

»Neunundvierzig ist ja wirklich schon uralt.«

»Mumienalt!«, bestätigte Eduarda trocken, die selbst ein halbes Jahr älter war als Andrea und in knapp drei Monaten ihren runden Geburtstag feiern würde.

»Aber mit der richtigen Kleidung und geschminkt können wir locker ein paar Jahre wegschummeln ... Was ist denn mit der türkisfarbenen Bluse, die du erst vor Kurzem gekauft hast? Die steht dir super!«, schlug sie vor und deutet auf den geöffneten Kleiderschrank, der sehr übersichtlich eingeräumt war. »Und dazu eine helle Jeans und Sneakers.«

»Eine Bluse und Jeans? Das ist ein wichtiges Meeting mit dem neuen Verlagsleiter und mit Kara ...«

»Gut, dass du das erwähnst! Das habe ich ja in den letzten Tagen erst mindestens zwanzigmal gehört«, unterbrach Eduarda sie und verdrehte die Augen. »Diese Kara Buck verfolgt inzwischen auch mich schon im Schlaf.«

Andrea seufzte und hängte das Kleid wieder zurück in den Schrank.

»Tut mir leid, aber ich hatte noch nie einen so schwierigen Auftrag.«

Schon seit Wochen arbeitete Andrea immer wieder an diversen Entwürfen eines Umschlags für den neuen Roman der international gefeierten deutschen Bestsellerautorin. Doch keiner der Vorschläge für den Auftakt einer Thrillerreihe konnte die als sehr eigensinnig geltende Berlinerin Kara Buck bisher begeistern.

»Du kriegst das schon hin«, versprach Eduarda zuversichtlich.

»Hoffentlich«, murmelte Andrea. »Ich befürchte inzwischen, dass sie mich ersetzen wollen.«

»Quatsch.« Das war eines ihrer Lieblingswörter. »Dann würden sie dich ganz gewiss nicht an einem Sonntag zu einem Meeting ins Verlagshaus holen. Wenn sie dich loswerden wollen, dann schriftlich oder mit einem Telefonanruf. Das geht deutlich einfacher.«

»Ich hoffe, du hast recht ...«

»Natürlich habe ich recht, nicht wahr, Charly?«, säuselte Eduarda dem Kater ins Ohr. Und als ob er sie verstanden hätte, drehte er sich auf den Rücken und erwartete, dass sie nun seinen Bauch kraulte. Was sie gerne tat.

»Ja, mein süßes kleines Katerchen, das magst du gern, nicht wahr?«

»Manchmal denke ich, Charly mag dich mehr als mich«, sagte Andrea, lächelte jedoch.

»Gut aussehende Jungs wie er stehen eben auf die nette Frau von nebenan«, feixte sie mit einem Zwinkern.

»Wohl eher auf deine Kochkunst – vor allem Hühnchen und Fisch. Davon kann Charly nie genug kriegen.«

Eduarda zuckte mit den Schultern.

»Kann auch sein ... Aber auch wenn er sich ab und zu den Bauch bei mir vollschlägt, wenn der Teller dann leer ist, verschwindet er zu dir. Noch nicht einmal ein kurzes Nickerchen macht er bei mir.«

Andrea lächelte.

»Er weiß eben, wo er hingehört ... Sag mal, was hältst du von dem hier?«

Sie hatte inzwischen ein weiteres Kleid aus dem Schrank geholt.

Eduarda schüttelte den Kopf. Es war nicht zu übersehen, dass sie dem weinrot gemusterten Sommerkleid ebenfalls nicht viel abgewinnen konnte.

»Viel zu lieblich.«

Andrea seufzte.

»Du hast ja recht.«

»Jetzt pass mal auf: Wichtig ist, dass du dich in den Klamotten wohlfühlst, damit strahlst du Sicherheit aus, und das wiederum vermittelt Kompetenz.«

»Na gut. Dann ziehe ich doch die türkisfarbene Bluse an«, lenkte Andrea ein. »Aber mit dem grauen Rock und Pumps!«

»Wenn du unbedingt meinst ...«

»Ich hätte auf Edu hören und eine Hose anziehen sollen«, murmelte Andrea eine Stunde später, als sie vom Parkplatz zum Eingang des Verlagshauses ging. Wobei der Rock selbst nicht das Problem war, sondern die Feinstrumpfhose. Unauffällig versuchte sie, diese unter dem Rock nach oben zu ziehen. Andrea hasste das Gefühl, wenn der Zwickel beim Gehen zwischen ihren Schenkeln immer tiefer wanderte. Dabei hatte sie heute ein besonders teures Exemplar angezogen. Doch der Preis war offenbar keine Garantie für eine gute Passform. Sie warf einen Blick auf die Armbanduhr. Glücklicherweise war sie früh genug dran, um noch schnell auf die Toilette zu verschwinden und alles wieder ordentlich in Form zu bringen oder im Notfall die Strümpfe auszuziehen. So jedenfalls wollte sie nicht in das wichtige Meeting gehen.

»Frau Forster?« Eine Stimme riss sie kurz vor der Eingangstür aus ihren Gedanken.

Andrea drehte sich um. Schräg hinter ihr stellte ein Mann sein Fahrrad ab. Andrea kannte ihn bisher nur von Fotos auf der Verlagswebsite: Michael Parker, der neue Verlagsleiter.

»Die bin ich!«, antwortete Andrea.

Er befestigte das Fahrradschloss und ging dann auf Andrea zu. Lächelnd schüttelten sie sich die Hände.

»Michael Parker«, stellte er sich vor. »Freut mich sehr, dass wir uns nach den E-Mails endlich auch persönlich kennenlernen.«

»Ich freue mich auch«, bekräftigte sie.

Michael Parker sah attraktiver und vor allem deutlich jünger aus als auf dem Foto. Was womöglich ein wenig an seinem ansteckenden Lächeln lag, das sich in seinen hellbraunen Augen spiegelte. Andrea korrigierte ihre ursprüngliche Schätzung von Mitte bis Ende fünfzig deutlich nach unten auf höchstens Ende vierzig.

»Bitte entschuldigen Sie, dass wir Sie an einem Sonntag hergebeten haben, Frau Forster. Aber Kara Buck steckt mitten in einer Lesereise und kann leider nur heute ins Verlagshaus kommen.«

Andrea winkte ab.

»Schon okay. Das macht mir wirklich nichts aus. Als Freiberuflerin ist man es gewohnt, auch an den Wochenenden zu arbeiten«, erklärte sie freundlich.

»Das kann ich mir gut vorstellen ... Vorab möchte ich Ihnen schon mal sagen, dass der letzte Umschlagentwurf uns alle total begeistert hat, aber ...« Er suchte offenbar nach den passenden Worten.

»... aber Frau Buck kann auch damit nichts anfangen«, setzte Andrea den Satz für ihn fort. Wobei sie insgeheim erleichtert war, dass der Cover-Vorschlag zumindest den Verantwortlichen gefallen hatte. Der Verlag war zwar im Vergleich zu anderen Verlagshäusern eher klein, veröffentlichte jedoch einige hochkarätige Autorinnen und Autoren, und Andrea schätzte die regelmäßige Zusammenarbeit sehr.

»Unter uns gesagt, wir verstehen es leider gar nicht, was die Autorin daran so stört ... Aber kommen Sie, lassen Sie uns nach oben gehen, dann können wir noch ein paar Minuten reden, bevor Kara Buck eintrifft. Vielleicht finden wir gemeinsam noch schnell eine Art Strategie, wie wir sie doch noch von dem Vorschlag begeistern können.«

Andrea verabschiedete sich innerlich von dem Plan, vor dem Meeting noch rasch den Sitz ihrer Strumpfhose in Ordnung zu bringen, und unterdrückte ein Seufzen. Sie musste dieses unangenehme Gefühl jetzt einfach ausblenden und sich auf ihre Aufgabe konzentrieren.

Das Gespräch mit der Autorin verlief schwieriger als befürchtet. Der Versuch, ihr das Cover doch noch schmackhaft zu machen, scheitere schon im Ansatz.

»Nein! Nur über meine Leiche!«, stellte sie unmissverständlich klar. Was angesichts des Genres, das sie bediente, eine gute Vorlage für eine humorvolle Replik hätte sein können. Doch ihr Tonfall klang alles andere als zum Scherzen aufgelegt.

Michael Parker und die Lektorin Lydia Kuske, mit der Andrea schon einige Jahre sehr gut zusammenarbeitete, zeigten eine Engelsgeduld.

Andrea stellte Kara Buck auf ihrem iPad diverse neue Motive sowie Muster für das Schriftbild vor, die sie vorbereitet hatte.

»Falls Ihnen eines davon gefällt, kann man es als Grundlage für das Cover nehmen und individuell anpassen«, schlug sie vor.

»Ernsthaft? Das ist doch alles total öde, das hat man schon tausendmal gesehen!«, winkte die Autorin barsch ab. »Und hier – eine orangefarbene Schrift? Das sieht ja nur noch schrecklich aus. Außerdem gefällt mir die Typografie überhaupt nicht ... Und das hier auch nicht. Nein. Da ist gar nichts dabei, das mich vom Hocker haut.« Sie schüttelte den Kopf. »Meine neue Reihe ist etwas ganz Besonderes, und das muss man auf den ersten Blick erkennen können, wenn das Buch im Laden steht.«

Sie nahm ihre Lesebrille ab und verschränkte demonstrativ die Arme.

»Wir finden genau das Cover, mit dem wir alle glücklich sind, Frau Buck«, versprach die Lektorin der Mittvierzigerin, die in ihrem hellgrauen Hosenanzug und mit dem blondierten Bob seltsam farblos wirkte, wie Andrea fand. Nur die hellblauen Augen von Kara Buck stachen intensiv hervor.

»Langsam bin ich mir da nicht mehr sicher!«

Andrea bemühte sich, weiterhin gelassen zu bleiben, doch die Unhöflichkeit dieser Frau stellte sie auf eine harte Probe. Sie lehnte alles rigoros ab, ohne jedoch den kleinsten Hinweis darauf zu geben, was sie sich stattdessen denn vorstellte. Das machte es schwierig, ihr etwas anzubieten.

Eine Stunde später waren sie noch keinen Schritt weiter.

Inzwischen wirkte das Lächeln von Lydia Kuske schon etwas manieriert, auch wenn sie sich weiterhin bemühte, gelassen zu wirken. Auf dem Tisch lagen verschiedene Skizzen mit neuen Ideen, die Kara Buck allesamt nicht gefielen.

Andrea war mit ihrem Latein am Ende.

»Entschuldigung, ich muss mal kurz raus«, sagte sie schließlich.

»Machen wir doch eine kleine Pause«, schlug Michael Parker vor. Er stand auf und öffnete das Fenster.

Kara Buck schaute demonstrativ auf die Uhr an ihrem Handgelenk.

»Ich habe aber in zwei Stunden mein Interview«, mahnte sie.

»Bis dahin haben wir hoffentlich einen Lösungsansatz ... Noch eine Tasse Kaffee?«, hörte Andrea die Lektorin fragen, bevor sie das Besprechungszimmer verließ. Sie war erleichtert, für ein paar Minuten aus dem Raum gehen zu können und damit der angespannten Atmosphäre zu entkommen.

Nachdem Andrea auf der Toilette die unbequem sitzende Strumpfhose kurzerhand ausgezogen hatte, fühlte sie sich sofort besser. Sie stopfte sie in ihre Handtasche, die neben dem Waschbecken stand, und ließ dann kaltes Wasser über ihre Unterarme laufen. Eine Angewohnheit, die ihr dabei half, sich ganz schnell wieder besser konzentrieren zu können. Sie musste eine Lösung finden, sonst war sie den Auftrag vermutlich tatsächlich los.

»Was genau möchtest du, Kara Buck? Wie kann ich dich glücklich machen?«, murmelte Andrea und sah sich selbst dabei im Spiegel an, ohne natürlich eine Antwort zu bekommen. Sie musste noch gezieltere Fragen an die Autorin stellen, die ihr hoffentlich weiterhelfen würden. Das jedoch würde anstrengend werden, vor allem angesichts des Zeitdrucks, unter dem sie standen. Seufzend trocknete sie ihre Hände ab.

Als sie nach ihrer Tasche griff, kippte diese um, und die Strumpfhose rutschte heraus und fiel auf den Boden.

»Mist!«

Andrea bückte sich, um sie aufzuheben. Doch dann zögerte sie. Plötzlich schoss ihr ein Gedanke durch den Kopf. Sie zog die Strumpfhose auseinander und drapierte sie so auf dem weißen Fliesenboden, dass die Fußspitzen jeweils in die entgegengesetzte Richtung zeigten. Dann griff sie nach ihrem Handy und schoss verschiedene Bilder aus unterschiedlichen Perspektiven.

»Hm ... da fehlt noch was«, murmelte sie, noch nicht ganz zufrieden. Sie zerrte die Strumpfhose an einer Stelle so weit auseinander, dass sie aufriss. Am anderen Strumpf rupfte sie mit dem Fingernagel, bis eine Laufmasche entstand. Dann suchte sie in ihrer Tasche nach dem Lippenstift, den sie allerdings selten auftrug, weil das dunkle Rot sie sehr blass machte, wenn sie nicht gerade ein aufwendiges Make-up trug, was bei ihr eher selten der Fall war. Andrea überlegte kurz, dann malte sie eine Art Blutlache und begann erneut zu fotografieren.

Michael Parker schenkte gerade ein Glas Wasser ein und stellte es vor der Autorin auf den Tisch, als Andrea wieder zurück ins Besprechungszimmer kam.

»Ich habe einen Vorschlag«, sagte sie, kaum dass sie wieder am Tisch Platz genommen hatte.

»Ach ja?« Die Skepsis in Kara Bucks Stimme war schon fast beleidigend.

»Ich bin gespannt«, sagte Parker, und Andrea meinte, in seiner Stimme etwas wie Hoffnung wahrzunehmen.

»Moment ...«

Sie griff nach dem iPad, auf das sie bereits einige der Fotos, die sie vorhin im Waschraum geschossen hatte, übertragen hatte.

»Das ist jetzt nur eine spontane Idee gewesen und müsste noch ausgearbeitet werden. Die Fotos sind natürlich auch nicht professionell, sondern sollen nur veranschaulichen, was ich mir vorstelle«, erklärte sie, während sie die Bilder aufrief. »Ich habe mir gedacht, da die Opfer im Roman ausschließlich Frauen sind, die jeweils nach einem Empfang oder einer größeren Feierlichkeit ermordet wurden und immer besondere

Kleider trugen ...«, Andrea lehnte sich an die Informationen aus dem Exposé an, das man ihr vorab zu lesen gegeben hatte, »... könnte man als Symbol eine Strumpfhose neben einer Blutlache abbilden. Vielleicht sogar so, dass ein Teil des einen Beins der Strumpfhose noch über den Buchrücken hinaus auf die Rückseite des Covers geht.«

»Interessant«, meinte Michael Parker.

Kara Buck griff nach dem iPad, wischte hin und her und sah sich die Fotos genauer an.

»Hm.« Dass sie nicht sofort abwinkte, war immerhin ein Fortschritt.

»Eine spontane Idee?«, fragte Michael Parker in Richtung Andrea und zog eine Augenbraue hoch.

»Ja. Ziemlich spontan«, antwortete sie und lächelte. »Und keine Sorge, dieser rote Fleck am Boden ist natürlich nur mit dem Lippenstift gemalt. Ich habe ihn auch gleich wieder weggewischt.«

»Gut zu wissen«, sagte er mit einem amüsierten Zwinkern.

Ihre Blicke trafen sich für einen Augenblick, und Andrea spürte wie aus heiterem Himmel ein leises Flattern in der Magengegend, das sie selbst überraschte. So etwas war ihr schon lange nicht mehr passiert. Doch der Moment war schnell vorüber, und sie konzentrierte sich wieder auf ihre schwierige Aufgabe.

»Also, ich finde das ziemlich spannend«, meinte Michael Parker und wandte sich an die Lektorin. »Was meinst du, Lydia?«

Lydia Kuske nickte, sagte jedoch nichts. Vermutlich wollte sie erst die Reaktion der Autorin abwarten, die noch zu überlegen schien.

»Das ist der erste Vorschlag, mit dem ich was anfangen kann«, erklärte Kara Buck schließlich. »Auch wenn mir noch irgendwas daran fehlt.«

Andrea spürte ein Gefühl der Erleichterung.

»Darf ich mal?«

Sie nahm erneut das iPad und veränderte das Foto mithilfe des Bildbearbeitungsprogramms. Nun sah man die Aufnahme im Negativ, was den düsteren Charakter des Genres noch mehr unterstrich.

»Was halten Sie davon? Die Blutlache könnte man noch auffallend kolorieren und die Farbe dann auch im Titel verwenden. Das müsste man noch ausprobieren, wie das insgesamt wirkt.«

In diesem Moment erschien ein Lächeln auf Kara Bucks Gesicht.

»Das ist es!«

»Der Vorschlag geht gleich morgen früh an die Marketingchefin«, sagte Michael Parker eine Stunde später. »Sie haben etwas gut bei mir, Frau Forster.«

Gemeinsam hatten sie noch intensiv an der Idee herumgebastelt und am Ende ein Konzept überlegt, das man auch für die Cover der zukünftigen Thriller aus der Reihe, jeweils auf die Handlung der Geschichte zugeschnitten, verwenden konnte.

Lydia Kuske hatte sich mit der rundum zufriedenen Autorin inzwischen auf den Weg zum Interviewtermin bei einem Radiosender gemacht.

»Ach, das ist doch mein Job«, meinte Andrea, war jedoch ziemlich froh, dass ihr diese Idee noch gekommen war. Und das ausgerechnet durch die Strumpfhose, die sie vorher so genervt hatte. Also hatte sie sich an diesem Tag doch für genau das richtige Outfit entschieden.

»Trotzdem ... Obwohl es so schwierig war, haben Sie ziemlich geduldig einen kühlen Kopf bewahrt und uns am Ende gerettet. Zwischendurch dachte ich wirklich schon, wir finden nie etwas, das ihr gefällt«, meinte er freimütig.

»Ich habe auch schon ein wenig an mir und meinen Ideen gezweifelt«, gab Andrea zu.

»Müssen Sie nicht. Ganz im Gegenteil! Schon die ersten Vorschläge haben mir gut gefallen. Vielleicht kann man die sogar ein wenig abgeändert für andere Thriller in Betracht ziehen. Aber es war wirklich eine enorm kreative Idee mit der Strumpfhose. Ich frag mich schon die ganze Zeit, wie Sie so spontan darauf gekommen sind«, sagte er und warf einen kurzen Blick auf ihre inzwischen strumpflosen Beine, der jedoch nichts Anzügliches an sich hatte, sondern eher amüsiert wirkte.

»Tja. Das bleibt mein Geheimnis«, meinte sie mit einem Lächeln.

»Geheimnis? Das hätten Sie jetzt nicht sagen dürfen. Denn ich bin sehr neugierig«, sagte er. »Wenn heute Abend nicht schon ein Essen mit Kara Buck auf dem Programm stünde, würde ich Sie glatt zum Italiener einladen, um das Geheimnis zu lüften«, sagte er. »Außerdem haben Sie es sich mehr als verdient. Wie wär's denn in den nächsten Tagen mal mit einem Mittagessen?«, schlug er vor.

Es war schon eine ganze Weile her, dass ein Mann sie zum Essen eingeladen hatte. Andrea spürte plötzlich, wie ihr Herz ein klein wenig schneller schlug. Sollte sie die überraschende Einladung annehmen? Aber warum eigentlich nicht? Natürlich war das nur ein rein beruflicher Anlass. Und vielleicht konnte sie dabei im lockeren Gespräch ihre geschäftliche Verbindung zum Verlag noch weiter vertiefen.

»Gern!«, nahm sie die Einladung schließlich an. »Was aber nicht bedeutet, dass ich verraten werde, wie ich auf die Idee mit der Strumpfhose kam.«

»Abwarten. Ich bin ein großer Überredungskünstler«, erklärte er grinsend.

»Und ich kann Geheimnisse ziemlich gut für mich behalten«, flötete Andrea und war über sich selbst erstaunt. Normalerweise war das gar nicht ihre Art, aber das harmlose Geplänkel machte großen Spaß.

»Wir werden es ja sehen ... Leider kenne ich in München bisher nur wenige italienische Lokale«, sagte Michael Parker, der erst vor drei Monaten aus Hamburg nach München gezogen war, wie Andrea inzwischen wusste. »Sicher haben Sie doch einen Geheimtipp, wo man ganz besonders gut isst?«

»Kommt darauf an, was Sie bevorzugen. Italienische Hausmannskost und ganz gemütlich oder eher ein ...«, sie suchte nach den richtigen Worten, um den Ausdruck *Schickimicki-Lokal* zu vermeiden.

»Hausmannskost und gemütlich, das hört sich für mich super an«, kam er ihr zu Hilfe.

»Dann kenne ich genau das richtige Lokal.«

»Perfekt. Ich melde mich morgen mit einem Terminvorschlag«, versprach er.

»Ich freue mich.«

»Ich mich auch. Und – Frau Forster?«

»Ja?«

»In meinem ehemaligen Verlag in Hamburg haben wir uns alle geduzt. Auch mit den meisten freien Mitarbeitern. Falls das okay ist für Sie ... Ich heiße Michael!«

»Klar ist das okay, Michael!«

»Freut mich, Andrea!«

Sie schüttelten sich lächelnd die Hände. Seine fühlte sich warm und auf angenehme Weise kraftvoll an, und wieder spürte sie für einen Moment dieses leises Kribbeln, das sie erneut irritierte.

»Und beim Italiener stoßen wir dann bei einem schönen Glas Wein auf das Du an.«

KAPITEL 3

Ein überraschender Anruf

Nachdem Andrea drei Tage lang vergeblich auf einen Anruf von Michael Parker gewartet hatte, hakte sie die Einladung innerlich bereits wieder ab. Vermutlich hatte er nach der anstrengenden Besprechung aus einem Gefühl der Erleichterung heraus einfach nur höflich sein wollen. Denn letztlich hatte sie ja nur ihre Arbeit gemacht, ein passendes Cover zu finden, auch wenn die Umstände deutlich anspruchsvoller gewesen waren als üblich.

Insgeheim konnte sie ein gewisses Bedauern nicht unterdrücken, da sie sich tatsächlich auf das gemeinsame Mittagessen gefreut hatte. Aber vielleicht war es ja auch besser so. Michael Parker hatte etwas an sich, das sie neugierig machte, und zwar auf eine Art, wie sie es schon länger nicht mehr empfunden hatte.

Andrea war seit fast neunzehn Jahren geschieden, und die Männerbekanntschaften, die sie seither gemacht hatte, konnte sie bequem an einer Hand abzählen. Es hatte ziemlich lange gedauert, bis sie die Trennung von ihrem Mann überhaupt verdaut hatte und bereit gewesen war, sich auf erste Verabredungen einzulassen. Als alleinerziehende berufstätige Mutter hatte die begrenzte Zeit, die sie einem potenziellen neuen Partner widmen konnte, den meisten jedoch nicht genügt. Und wenn sie ganz ehrlich zu sich war, hatte keiner dieser

Männer über die erste vage Verliebtheit hinaus die Sehnsucht nach einem gemeinsamen Leben in ihr ausgelöst. Inzwischen hatte sie sich gut mit ihrem Singledasein arrangiert. Die Vorstellung einer festen Beziehung ängstigte sie eher, als dass sie den Wunsch danach verspürt hätte. Womöglich immer noch ein Überbleibsel ihrer Ehe, die für sie völlig unvorhersehbar und ziemlich bitter gescheitert war.

Sie und der damals frisch geschiedene, acht Jahre ältere Richard hatten sich auf einer Party kennengelernt. Andrea war vom ersten Moment an fasziniert gewesen von dem gut aussehenden chirurgischen Assistenzarzt mit der charismatischen Ausstrahlung. Zum ersten Mal in ihrem Leben hatte sie sich auf einen One-Night-Stand eingelassen. Zumindest war sie davon ausgegangen, dass sie sich nicht wiedersehen würden, nachdem Richard am nächsten Morgen ohne Abschied verschwunden war. Doch zu ihrer Überraschung war er ein paar Tage später in der Kneipe aufgetaucht, in der sie auch nach ihrem Studium ab und zu gejobbt hatte. Danach hatte sich alles rasend schnell entwickelt. Die damals knapp Dreiundzwanzigjährige war überzeugt davon gewesen, in Richard die große Liebe ihres Lebens getroffen zu haben. Drei Monate später war sie schwanger. Zwar ohne Ring, dafür aber mit einem riesigen Strauß Rosen, den er einem Blumenverkäufer in ihrem Lieblingsrestaurant abgekauft hatte, machte er ihr spontan und vor allen Leuten einen Heiratsantrag. Obwohl ihre Eltern und Freunde sie davor gewarnt hatten, dass alles viel zu schnell ging, hatten sie sich kurz darauf im Standesamt das Jawort gegeben. Als ihr Sohn Simon zur Welt kam, schien ihr Glück perfekt. Doch keine drei Jahre später war Richard immer seltener zu Hause gewesen und überließ es weitgehend Andrea, sich um das Kind zu kümmern. Andrea hatte Verständnis, denn seine neue Stellung als Oberarzt in der Chirurgie nahm ihn zeitlich sehr in Anspruch. Sie hatte gewusst, worauf sie sich einließ, wenn sie mit einem Arzt verheiratet war. Andrea liebte ihren Mann und ihr Leben als Mutter. Mit Unterstützung ihrer Mutter Else, die bei Bedarf auf Simon aufpasste, konnte sie als freiberufliche Grafikerin regelmäßig kleinere Aufträge annehmen. An Simons sechstem Geburtstag hatte Andrea zur Feier des Tages eine kleine Party organisiert. Doch sie hatten vergeblich auf Richard gewartet. Erst spät am Abend war er nach Hause gekommen, als Simon schon längst schlief. Zum ersten Mal in ihrer Ehe hatte Andrea ihm Vorwürfe gemacht, ihr bisher so großes Verständnis für seinen Beruf war aufgebraucht.

»Es tut mir sehr leid, Andrea«, hatte Richard ruhig gesagt und ihr dann in wenigen Worten mitgeteilt, dass er die Scheidung wollte.

Scheidung? Sie hatte gelacht. Das konnte schließlich nur ein Scherz sein! Man ließ sich doch nicht scheiden, nur weil sie ihm einmal einen Vorwurf gemacht hatte?

Doch es war ihm völlig ernst gewesen. Richard hatte sich schon längst in Meike, eine Kollegin verliebt. Zuerst hatte er es selbst nicht wahrhaben und seine Gefühle verdrängen wollen. Doch irgendwann hatte er sich nicht mehr gegen seine Liebe zu dieser Frau wehren wollen.

»Du warst seine Zwischenfrau!«

»Seine was?«

»Zwischenfrau!« Eduarda hatte damit eine Erklärung für sein Verhalten geliefert, nachdem Andrea ihrer damals neuen Nachbarin von ihrem Ex-Mann erzählt hatte.

Und auch Andrea selbst hatte längst die traurige Erkenntnis gewonnen, dass es ein Fehler gewesen war, sich so schnell in die Ehe mit einem frisch geschiedenen Mann zu stürzen. Richard hatte nach seiner Scheidung eigentlich nur eine Ablenkung gesucht und sich viel zu früh auf eine neue Beziehung mit Andrea eingelassen. Dabei unterstellte sie ihm noch nicht einmal eine böse Absicht. Doch im Gegensatz zu seinen Gefühlen waren ihre tatsächlich echt und tief gewesen. Sie hatte Richard geliebt und die Trennung nur schwer verkraftet. Dass er bald darauf nach Hessen gezogen war, hatte es letztlich ein wenig leichter für sie gemacht. Obwohl es sie sehr getroffen hatte, als sie erfuhr, dass Richard mit seiner Partnerin erneut Vater wurde, hatte Andrea sich ihrem Sohn zuliebe um einen höflichen Umgang bemüht. Im Nachhinein war sie froh, dass sie es geschafft hatte, ihre eigenen Gefühle hintanzustellen, und damit allen Beteiligten den schwierigen Spagat ermöglicht hatte, respektvoll miteinander umzugehen. Simon hatte davon sehr profitiert.

Andrea war mit ihren Gedanken weit abgeschweift. Wie war sie jetzt überhaupt von Michael Parker auf ihren Ex-Mann Richard gekommen? Vielleicht wegen des unerwarteten Kribbelns im Bauch und weil Michaels Einladung sie zumindest ein klein wenig zum Träumen gebracht hatte? Sie schüttelte den Kopf.

»Das ist doch alles Quatsch«, murmelte sie und musste lächeln, als sie bemerkte, dass sie Eduardas Lieblingswort benutzte. Für Michael Parker war sie eine Geschäftspartnerin, die eine schwierige Situation gemeistert hatte. Nicht mehr und nicht weniger. Außerdem wusste sie nicht einmal, ob er verheiratet war oder in einer Beziehung lebte. Sie googelte ihn im Internet, doch bis auf die wenigen beruflichen Meldungen über seinen Wechsel als Programmleiter eines großen Hamburger Verlags zum Verlagsleiter eines kleineren Verlags in München war nichts über ihn zu finden. Er hatte offenbar keinen privaten Social-Media-Account, über den sie mehr über ihn hätte erfahren können. Und genau deswegen war es vermutlich gut, dass es kein gemeinsames Essen mit ihm gab und sie sich womöglich irgendwelche dummen Flausen in den Kopf setzte.

Am späten Vormittag saß Andrea an ihrem Computer und überflog noch mal das Schreiben an den Kinderbuchverlag, der wegen der Illustration eines Kinderbuches angefragt hatte. Den Namen der Autorin hatte man ihr nicht verraten, aber es handelte sich offenbar um eine bekannte Sängerin, die sich nun im Schreiben versuchte. Andrea hatte zwar nur einen Teil der fantasievollen Geschichte lesen dürfen, doch sie gefiel ihr. Ein Projekt, das ihr sehr viel Freude bereiten würde. Sie hängte eine Datei mit einigen Probeskizzen an und hoffte, dass sie damit überzeugen und den Auftrag bekommen würde. Kaum hatte sie die E-Mail abgeschickt, hörte sie ein Maunzen und Kratzen. Lächelnd stand sie auf und öffnete die Tür. Sofort drückte Charly sich herein und streifte um ihre Beine.

»Da ist wohl jemand am Verhungern, hm?«

Sie hob den Kater hoch, der schnurrend seinen Kopf gegen ihren Hals drückte.

»Schon gut, mein Großer. Du kriegst ja gleich was ganz Feines von mir.«

Andrea ging mit Charly am Arm in die Küche, setzte ihn auf dem Boden ab und öffnete einen Beutel seines aktuellen Lieblingsfutters, während die hungrige Fellnase ungeduldig maunzte.

»So, hier ... lass es dir schmecken«, sagte sie und stellte die gefüllte Schale vor den Kater. Charly schnupperte kurz am Futter, dann wandte er sich ab und verschwand durch das offene Küchenfenster hinaus in den Garten.

»Na, dann eben nicht!«, seufzte sie und sah ihm kopfschüttelnd hinterher. Das eigenwillige Fressverhalten einer Katze war ein ewiges Rätsel, das wohl niemand jemals lüften würde. Sie deckte das Futterschälchen ab und stellte es in die kühle Speisekammer. Vielleicht wollte er es später doch noch und falls nicht, würde sie es am Abend für die Igel in den Garten stellen.

Andrea holte gerade Eier für ein Omelett aus dem Kühlschrank, als ihr Handy einen Facetime-Anruf meldete.

»Hallo, Simon!«, begrüßte sie ihren Sohn, sobald sich die Verbindung aufgebaut hatte.

»Hi, Mama«, winkte der Sechsundzwanzigjährige in die Handykamera. »Schau mal, Mia, da ist die Omi.«

Er schwenkte die Kamera. Nun war auf dem Bildschirm Andreas knapp zweieinhalbjährige Enkelin Mia zu sehen, die in ihrem Kinderstuhl am Küchentisch saß.

»Hallo, mein Mia-Schätzchen!«, begrüßte Andrea die Kleine mit dem dunkelbraunen Wuschelkopf. »Sag mal, was isst du denn da?«

»Apfel!«, erklärte das Kind und streckte die Hand mit einem angebissenen Stück zu ihrer Oma auf dem Bildschirm.

»Hmm, so einen mag ich dann auch. Einen gaanz ganz großen roten! Schau mal, den hier«, sagte Andrea. Sie griff in die Obstschale und hielt dann einen dicken roten Apfel in die Kamera.

Mia lachte vergnügt und biss dann demonstrativ in ihr Obststückchen.

Das Bild drehte sich und Simon erschien wieder.

»Sag mal, Mama: Könntest du bitte morgen Vormittag für etwa zwei Stunden auf Mia aufpassen? Ich habe einen Zahnarzttermin, und Laura muss überraschend für eine Moderation einspringen. Sie fährt heute noch für zwei Tage nach Berlin.«

Mias Mutter Laura Necka war eine überwiegend durch ihre Sendungen im bayerischen Fernsehen bekannt gewordene

Moderatorin. Lauras Talkshow wurde dreimal in der Woche jeweils am Nachmittag ausgestrahlt. Zusätzlich moderierte sie inzwischen auch andere Formate oder Live-Events, für die sie immer häufiger angefragt wurde. Nach dem halben Jahr Babypause, die sie sich nach der Geburt genommen hatte, war sie längst wieder voll berufstätig und oft für mehrere Tage unterwegs.

Um seiner knapp acht Jahre älteren Freundin die Karriere zu ermöglichen, hatte Simon kurz vor der Geburt ihrer Tochter sein Jurastudium geschmissen. Ziemlich engagiert kümmerte er sich als Vollzeitpapa um das Kind und organisierte das Familienleben. Grundsätzlich fand Andrea diese Rollenverteilung völlig in Ordnung, allerdings gefiel es ihr nicht, dass Simon deswegen seine Berufsausbildung abgebrochen hatte, was immer wieder zu Diskussionen zwischen Mutter und Sohn führte. Doch ansonsten hatten die beiden ein großartiges Verhältnis zueinander. Die gemeinsame Zeit ohne Vater, den Simon als Kind nach der Trennung wegen der weiten Entfernung nach Hessen nur einmal im Monat am Wochenende hatte besuchen können – falls es sich überhaupt mit dem Dienstplan seines Vaters vereinbaren ließ –, hatte Andrea und Simon eng zusammengeschweißt.

»Klar kann Mia zu mir kommen«, versprach Andrea. »Sie darf auch gerne bis zum Nachmittag bleiben, wenn sie mag.«

Sie liebte ihre Enkeltochter über alles und sprang ein, wann immer es ihr möglich war. Glücklicherweise konnte sie sich ihre Arbeit zeitlich gut einteilen, und es machte ihr nichts aus, bis tief in die Nacht hinein am Computer zu sitzen, wenn sie sich tagsüber um Mia kümmerte. Außerdem war die Zweieinhalbjährige ein Sonnenschein, ein unkompliziertes Kind, das sich auch mal für eine Weile mit einem Spielzeug allein beschäftigen konnte. Andrea hatte in ihrem Büro eine kleine

Spielecke mit Puppenküche eingerichtet, die Mia liebte. Manchmal hatte sie das Gefühl, in Anwesenheit der Kleinen sogar noch kreativer und schneller zu arbeiten. Ein Vorteil noch aus der Zeit, in der sie als alleinerziehende Mutter mit Kind, Beruf und Haushalt hatte jonglieren müssen, um jede Minute sinnvoll zu nutzen.

»Wenn du möchtest, kann ich Mia bei euch abholen«, bot Andrea an.

»Brauchst du nicht. Ich bringe sie auf dem Weg zum Zahnarzt bei dir vorbei.«

»Okay.«

»Ich könnte schon ein wenig früher kommen, auf einen gemeinsamen Kaffee.«

»Das wäre schön, Simon«, sagte Andrea.

»Und, Mama ...«

In diesem Moment sah Andrea, dass eine unbekannte Nummer sie zu erreichen versuchte.

»Simon, ich bekomme einen Anruf. Reden wir später noch mal, ja?«

»Klar. Bis dann.« Er legte auf.

»Andrea Forster«, meldete sie sich gleich darauf.

»Hallo, Andrea, hier ist Michael.«

Für einen Moment war sie perplex. Mit Michael Parker hatte sie nicht mehr gerechnet.

»Hallo, Michael!«

»Bitte entschuldige, dass ich mich nicht früher gemeldet habe. Aber diese Woche ist wirklich ziemlich turbulent, und ich schaffe es einfach nicht, mir einen Mittag für unser Essen freizuschaufeln.«

»Das macht doch nichts«, sagte sie rasch und versuchte, nicht enttäuscht zu klingen. Immerhin meldete er sich persönlich, um ihr abzusagen.

»Es muss ja auch gar nicht sein ...«, fuhr sie fort, doch Michael unterbrach sie.

»Natürlich muss es sein, schließlich habe ich dich eingeladen!«, betonte er. »Außerdem will ich das Geheimnis deiner spontanen Idee für das Cover lüften. Und da ich nicht endlos verschieben möchte, schlage ich vor, aus dem Mittagessen ein Abendessen zu machen. Wie sieht es denn bei dir am Freitag aus?«

Andrea war kurz sprachlos. Sie war von einer Absage ausgegangen. Und jetzt gleich ein Abendessen?

»Natürlich nur, wenn du Lust hast«, fügte er hinzu, nachdem sie nicht gleich antwortete.

»Ja ... gern!«, sagte sie, und diesmal versuchte sie, nicht allzu begeistert zu klingen.

»Super. Würde es dir was ausmachen, bei deinem Lieblingsitaliener um halb acht Uhr einen Tisch für uns zu reservieren?«, bat er.

»Nein ... ja ... ich meine, es macht mir natürlich nichts aus«, sagte sie schnell. »Halb acht ist für mich perfekt. Sobald ich weiß, ob am Freitag was frei ist, schicke ich dir die Adresse. Und falls es dort nicht klappt, versuche ich es in einem anderen Restaurant.«

»Danke, das ist klasse, melde dich bitte am besten per WhatsApp unter dieser Handynummer.«

»Mache ich.«

»Ich bin froh, dass du am Freitag Zeit hast ... Es tut mir leid, Andrea, dass ich es jetzt so kurz machen muss, aber ich hab gleich eine Telefonkonferenz.«

»Kein Problem! Wir haben ja schon alles besprochen«, meinte sie.

»Ich freue mich auf Freitag!«

»Ich mich auch. Ciao.«

»Tschüss!«

Nachdem sie sich verabschiedet hatte, starrte Andrea einige Sekunden lang aufs Handy, bis sie merkte, dass sie grinste. Sie hatte tatsächlich nicht mehr damit gerechnet, dass es klappen würde. Umso mehr freute sie sich, dass Michael sich doch noch gemeldet hatte.

Trotzdem – sie durfte nichts in dieses Abendessen hineininterpretieren. Es war rein geschäftlich.

»Was soll ich nur für diese Verabredung anziehen?«, fragte sie sich murmelnd.

Am besten würde sie wieder Eduarda um Rat fragen. Oder sie könnten mal wieder gemeinsam shoppen gehen. Andrea hatte plötzlich Lust, sich für das Abendessen mit Michael was Neues zu kaufen.

KAPITEL 4

Auf einer Wellenlänge

Du hast ein gemütliches Lokal ausgesucht«, lobte Michael, nachdem sie die Bestellung für das Essen aufgegeben hatten.

»Danke. Ich bin sehr gerne hier. Hoffentlich schmeckt es dir auch«, meinte Andrea.

»Ich bin da ganz zuversichtlich.«

Er griff nach dem Weinglas, und sie stießen an.

»Zum Wohl, Andrea!«

»Zum Wohl, Michael!«

»Der Wein hat den Test auf alle Fälle schon mal bestanden«, erklärte er fröhlich, nachdem sie einen Schluck getrunken hatten.

»Finde ich auch ... und danke noch mal für die Einladung. Das wäre wirklich nicht nötig gewesen. Ich habe ja nur meinen Job gemacht.«

»Der in diesem Fall echt nicht einfach zu erfüllen war! Außerdem – versprochen ist versprochen. Das gilt natürlich auch für die Geschichte mit der Strumpfhose, auf die ich schon sehr gespannt bin.«

Andrea lächelte.

»Ich habe doch gar nicht versprochen, sie zu erzählen«, sagte sie. »Ganz im Gegenteil!«

»Ach, ich dachte, es wäre klar vereinbart: Wenn wir zum

Essen gehen, bekomme ich im Gegenzug das Geheimnis um die spontane Idee gelüftet.«

Andrea musste lachen.

»Ehrlich gesagt, es steckt nicht so viel dahinter, wie du vielleicht denkst.«

»Du weißt ja gar nicht, was ich denke ...«

Er sah sie erwartungsvoll an.

»Also gut«, lenkte sie ein. »Die Strumpfhose, die ich an diesem Tag trug, war total unbequem. Ich fühlte mich nicht wohl darin und wollte sie eigentlich noch vor der Besprechung loswerden, aber dafür war plötzlich keine Zeit mehr, weil du dich mit mir noch besprechen wolltest, bevor Kara Buck kam. Deswegen habe ich sie in der Pause ausgezogen und in meine Tasche gestopft.«

»Okay ... Das kann ich nachvollziehen. Strumpfhosen können echt schrecklich sein«, stimmte er ihr zu.

Sie sah ihn überrascht an.

»Du ... du trägst Strumpfhosen?«

Er lachte.

»Das letzte Mal etwa mit sechs Jahren, kurz nach meiner Einschulung. Ich habe jedes Mal so ein Theater gemacht, dass meine Mutter es schließlich aufgab und ich stattdessen im Winter lange Unterhosen tragen durfte. Aber ich weiß noch heute ganz genau, wie schlimm diese Strumpfhosen sich angefühlt haben.«

Seine Mimik verriet, dass er sich tatsächlich noch gut daran erinnern konnte.

»Lange Unterhosen wären mir damals auch lieber gewesen«, erklärte Andrea. »Aber für uns Mädchen war das leider nicht üblich.«

Plötzlich lächelte er.

»Unglaublich, wir kennen uns noch nicht lange, aber schon nach den ersten paar Minuten unseres Gesprächs heute Abend sind wir bei Unterwäsche und Strumpfhosen gelandet«, bemerkte Michael amüsiert, und in seinen Augen blitzte es schelmisch.

»Wir sollten vielleicht besser wieder zum eigentlichen Thema zurückkommen«, schlug sie vor und bemühte sich um eine ernsthafte Miene, was ihr nicht sonderlich gut gelang. Mit Michael herumzuschäkern machte großen Spaß.

»Unbedingt! Ich bin schon äußerst gespannt, wie es weitergeht!«

Sie nahm einen weiteren Schluck Wein, dann fuhr sie fort.

»Nun, bevor ich also wieder zurück zur Besprechung gehen wollte, kippte meine Handtasche um, und die Strumpfhose rutschte heraus. Als ich sie auf diesem kalt wirkenden Fliesenboden in der Damentoilette liegen sah, kam mir plötzlich der Gedanke, dass sich so ein Motiv vielleicht gut für das Cover eignen könnte, und ich habe Fotos mit dem Handy gemacht. Zuerst ohne, dann mit Lippenstift für die Blutlache.« Sie setzte das letzte Wort mit den Fingern in Anführungsstriche.

»Und, das ist schon alles?«, fragte er, als sie nicht weitererzählte.

»Ja. Das ist alles«, bestätigte sie.

»Ich hätte mir die Geschichte schon ein wenig abenteuerlicher vorgestellt.«

»Abenteuerlicher? Was meinst du denn damit? Vielleicht so: dass ich einer anderen Frau den Zugang zum Klo verwehrt habe, bis sie mir ihre Strumpfhose überlässt? Oder ihr sogar damit drohte, sie mit meiner Handtasche zu verhauen, wenn sie nicht will?«

Er lachte.

»Nun ja, als rabiate Person schätze ich dich jetzt nicht gerade ein, aber irgendwas in dieser Richtung hätte es sein können.«

»Tut mir wirklich sehr leid, dass ich dich enttäuschen muss, Michael«, sagte sie gespielt bedauernd.

»Da muss ich wohl darüber hinwegkommen«, meinte er mit einem theatralischen Seufzen. »Obwohl – vermutlich war es das erste Mal in der Geschichte des Verlags, dass eine unbequeme Strumpfhose die Teilnehmer einer Besprechung so glücklich gemacht hat«, resümierte er mit einem Zwinkern. »Von daher ist es am Ende doch eine besondere Geschichte.«

»Ich fürchte, ich kann zukünftig nie wieder eine Strumpfhose anziehen, ohne an dieses Buchcover zu denken«, meinte Andrea.

»Und ich werde zukünftig immer an dich und deine Strumpfhose denken müssen, wenn ich Kara Bucks Buch sehe. Und glaub mir, das wird noch sehr oft der Fall sein.«

Andrea grinste.

»Das nennt man dann wohl eine erfolgreiche Markenentwicklung«, sagte sie.

»Allerdings ... Äußerst erfolgreich sogar! Herzlichen Glückwunsch!«

»Dann habe ich ja alles richtig gemacht.«

»Das hast du auf jeden Fall! Übrigens, dieses Kleid steht dir wahnsinnig gut. Wollte ich dir vorhin schon sagen.«

»Danke«, sagte sie und spürte, wie ihre Wangen leicht erröteten. Tatsächlich war sie gestern noch beim Shoppen gewesen, allerdings ohne Eduarda, die sich nicht rechtzeitig aus dem Büro hatte loseisen können. Andrea hatte ihr von den verschiedenen Outfits Fotos aus der Umkleidekabine geschickt. Eduarda sandte ein dickes »Daumen hoch« für das zitronengelbe Sommerkleid, das Andrea an diesem Abend trug und das ihre dunklen Haare und die grünbraunen Augen betonte.

Sie stießen erneut an und unterhielten sich dann noch eine Weile über die Arbeit. Marketing und Vertrieb waren von den

Vorschlägen ebenfalls begeistert gewesen. Inzwischen war ein Fotograf beauftragt worden, professionelle Fotos des Motivs anzufertigen, damit Andrea sich schon bald an die endgültige Fertigstellung des Covers machen konnte.

Schließlich wurde das Essen serviert. Auf eine Vorspeise hatten beide verzichtet, nachdem Andrea darauf hingewiesen hatte, dass die Portionen im Lokal immer ganz besonders groß waren.

»Wow – du hast nicht übertrieben«, sagte er beeindruckt, als der Kellner ihm einen großen Teller mit Gnocchi alla Genovese samt Salat aus Kirschtomaten und Andrea eine Pizza mit Parmaschinken, frischem Rucola und Parmesan servierte.

»Guten Appetit!«, wünschte Andrea und griff nach ihrem Besteck.

»Guten Appetit ... Hm, wenn ich deine Pizza so sehe, dann bereue ich es fast ein wenig, dass ich mir nicht auch eine bestellt habe«, sagte er.

»Mir ging es gerade umgekehrt genauso, als ich deine Gnocchi sah!«, verriet Andrea. »Vor allem weiß ich ja, wie lecker die sind. Es ist echt immer schwierig hier, sich für ein Gericht zu entscheiden.«

»Sag mal, ich möchte ja nicht aufdringlich sein, und bitte sag es gleich, wenn es eine Schnapsidee ist, aber was hältst du davon, wenn wir uns das Essen teilen? Dann hat jeder von uns eine Hälfte von beidem.«

»Sehr gern!«, nahm Andrea den Vorschlag erfreut an. »Genauso machen es meine beste Freundin Edu und ich auch immer, wenn wir hier essen.«

Andrea winkte dem Kellner und bat ihn, zwei zusätzliche Teller zu bringen.

»Sehr gern.«

»Das ist perfekt! Es gibt Leute, die das leider überhaupt nicht mögen«, sagte Michael erfreut. »Eigentlich würde ich niemanden darauf ansprechen, mit dem ich zum ersten Mal beim Essen bin. Aber komischerweise fällt mir das bei dir ganz leicht.«

Andrea wusste für einen Moment nicht, was sie darauf erwidern sollte.

»Irgendwie habe ich das Gefühl, dass ich dich schon viel länger kenne als nur knapp eine Woche«, stellte Michael fest.

»Wir hatten vor dem Meeting immerhin schon Mailkontakt«, erinnerte sie ihn.

Inzwischen hatte der Kellner die zusätzlichen Teller gebracht, und sie teilten das Essen auf, während sie sich weiter unterhielten.

»Trotzdem – das allein ist es nicht. Es fühlte sich für mich fast ein wenig vertraut an, mit dir hier zu sitzen. Eigenartig, oder?«

Andrea spürte, wie ihr heiß wurde. Kündigte sich da eine dieser Hitzewallungen an, die sie seit ein paar Monaten ab und zu überfielen und die offenbar die Wechseljahre einläuteten? Oder lag es daran, dass sie diese Vertrautheit nach kurzer Zeit ähnlich empfand?

»Ein wenig«, stimmte sie ihm zu.

Er nickte nachdenklich.

»Ich muss gerade an meine Oma väterlicherseits denken. Sie sagte oft: *Vertraute Seelen begegnen sich immer wieder – egal, in welchem Leben sie sich gerade befinden.* Ich schimpfte sie dann immer und sagte, sie lese zu viele Kitschromane. Aber vielleicht hatte sie ja doch recht.«

»Das wäre natürlich eine gute Erklärung. Wer weiß, vielleicht sind wir uns ja tatsächlich schon mal in einem anderen Leben über den Weg gelaufen«, meinte Andrea amüsiert.

»Eigentlich ein schöner Gedanke – aber wir sollten endlich essen, bevor alles kalt wird!«, sagte er und probierte als Erstes die Gnocchi.

»Hm ... Du hast echt nicht zu viel versprochen«, schwärmte er, noch mit vollem Mund.

»Es freut mich, dass es dir schmeckt.«

Während sie Pizza und Gnocchi genossen, unterhielten sie sich über einige Bücher, die gerade erschienen waren, und stellten fest, dass sie beide ein besonderes Faible für Biografien von Politikern und klassische Krimis hatten. Andrea musste sich insgeheim eingestehen, dass sie das Abendessen mit Michael mehr genoss, als sie es sich vorgestellt hatte. Umso vorsichtiger musste sie sein, dass sie nicht zu viel in den harmonischen Abend hineininterpretierte.

»Darf ich noch eine Nachspeise bringen?«, fragte der Kellner, nachdem er abserviert hatte.

Andrea schüttelte den Kopf.

»Für mich nicht mehr, vielen Dank«, lehnte sie freundlich ab.

»Wirklich nicht? Du kannst dir bestellen, was du magst, du bist doch eingeladen«, erinnerte Michael sie.

»Trotzdem – wenn ich noch was esse, dann platze ich«, erklärte sie.

»Na gut. Ich kann eigentlich auch nicht mehr. Aber ich hätte gerne einen Espresso, du auch?«

»Oh nein, danke. Wenn ich jetzt noch einen Espresso trinke, dann liege ich die halbe Nacht wach.« Seitdem sie langsam, aber sicher auf die fünfzig zuging, konnte sie koffeinhaltige Getränke nur noch bis zum späten Nachmittag trinken, sonst bekamen sie ihr nicht mehr.

»Verstehe«, sagte er. »Aber wollen wir vielleicht noch einen Wein trinken?«

»Sehr gerne«, stimmte Andrea zu, obwohl ihr das eine Glas

bereits ein wenig zu Kopf gestiegen war. Sie trank selten Alkohol, nur ab und zu mal mit Eduarda einen ihrer Cocktails oder zu besonderen Anlässen mal ein Gläschen. Aber irgendwie war heute ja auch ein besonderer Anlass, wie sie fand.

Kurz darauf prosteten sie sich wieder mit den gefüllten Gläsern zu.

»Fährst du gern Fahrrad?«, fragte er plötzlich.

»Hm. Eigentlich schon«, antwortete Andrea ein wenig zögerlich.

»Und uneigentlich?« Er sah sie neugierig an.

»In der Stadt ist alles so hektisch, da fühle ich mich auf dem Fahrrad oft unwohl. Ich mag gern zu meinem Vergnügen radeln, aber ohne ständig um meine Sicherheit Angst zu haben. Dabei sind es noch nicht einmal die Autofahrer, die ich am meisten fürchte, sondern diese rücksichtslosen Fahrrad-Rambos, die denken, die Verkehrsregeln gelten nicht für sie, und die dabei mit ihrer aggressiven Fahrweise sich und andere gefährden«, erklärte sie ihm.

»Ich verstehe genau, was du meinst«, sagte er mit einem verständnisvollen Nicken. »Und ich kann dir versichern, dass ich nicht zu dieser Spezies gehöre. Aber hättest du mal Lust auf eine gemeinsame Fahrradtour ins Umland? Vielleicht an einen See oder Badeweiher?«

Andrea sah ihn völlig überrascht an. Er wollte mit ihr einen Ausflug machen? An einen Badeweiher?

»Entschuldige, Andrea. Ich fürchte, dass ich dich gerade ein wenig überrumpelt habe«, sagte er, nachdem sie nicht gleich geantwortet hatte. »Das war echt nicht meine Absicht. Ich dachte nur, es könnte schön sein, gemeinsam was zu unternehmen.«

»Du musst dich nicht entschuldigen«, sagte sie rasch. »Wir können liebend gerne mal eine kleine Tour fahren.«

»Super!«, freute er sich über ihre Antwort.

Sofort nachdem ihr dieser Satz herausgerutscht war, fragte sie sich, ob es tatsächlich eine gute Idee wäre. Das hätte nun eindeutig nichts mehr mit einem rein beruflichen Treffen zu tun. Aber nachdem sie gerade zugesagt hatte, konnte sie nicht gleich wieder einen Rückzieher machen. Außerdem suchte er vermutlich nur ein wenig Anschluss, da er erst vor Kurzem nach München gezogen war. Und überhaupt ging es um eine harmlose Fahrradtour und nicht um eine Einladung in seine Wohnung oder in ein Hotelzimmer.

Stell dich nicht so an, Andrea!, schalt sie sich insgeheim.

Warum sollte sie sich nicht mal wieder auf so eine spontane Aktivität einlassen? Er war ihr sympathisch, und sie fühlte sich wohl in seiner Gesellschaft. Da konnte man doch einfach mal was gemeinsam unternehmen, auch wenn man sich noch nicht so lange kannte!

»Weißt du, ich habe mir kürzlich ein neues Fahrrad gekauft und dachte mir vorhin, dass es Spaß machen könnte, mit dir ein wenig die Gegend hier zu erkunden. Neben den Kollegen im Verlag kenne ich leider noch nicht so viele Leute hier in München«, bestätigte er ihre Vermutung, dass er Anschluss suchte. »Und ich möchte Privates und Berufliches auch noch nicht zu sehr vermischen, wenn man sich ohnehin jeden Tag im Büro sieht.«

»Wir zwei haben aber auch beruflich miteinander zu tun«, erinnerte sie ihn.

»Na ja ... Aber doch eher selten. Wenn Kara Buck nicht solche Probleme mit dem Cover für dic neue Buchreihe gemacht hätte, wären wir uns vermutlich gar nicht persönlich begegnet. Jedenfalls nicht zu diesem Anlass. Also zählt das gar nicht richtig ... Außer du willst nichts mit mir unternehmen, das kannst du natürlich ganz offen sagen!«, fügte er noch hinzu und nahm einen Schluck Wein.

»So eine kleine Fahrradtour tut mir sicher auch mal wieder gut«, sagte sie lächelnd.

Andrea freute sich über seinen Vorschlag, gleichzeitig klingelte ganz leise eine Alarmglocke, die sie jedoch ignorierte. Sie tendierte dazu, sich stets über alles zu viele Gedanken zu machen. Vielleicht sollte sie damit einfach aufhören.

»Wenn du magst, kann ich ja mal eine Strecke vorschlagen, die sich eignen könnte«, bot sie an.

»Gern! Wie wär's mit nächstem Wochenende? Vielleicht am Samstag?«

»Das würde bei mir passen.«

»Perfekt!«

In diesem Moment klingelte sein Handy. Als er einen Blick auf das Display geworfen hatte, verschwand das Lächeln aus seinem Gesicht.

»Entschuldige bitte, Andrea, aber da muss ich kurz rangehen.«

»Aber klar doch.«

»Ja, hallo«, meldete er sich, während er aufstand und durch die Eingangstür das Lokal verließ. Andrea sah durch das Fenster, wie er draußen auf und ab ging. Seiner Mimik nach zu urteilen, handelte es sich um ein eher unangenehmes Gespräch. Wer ihn wohl angerufen hatte? Ging es um etwas Berufliches? Vielleicht ein Autor, der seinen Abgabetermin nicht einhalten konnte? Oder ein geplatzter Deal für eine ausländische Lizenz? Oder handelte es sich um eine private Angelegenheit?

Das geht dich gar nichts an, Andrea!, schalt sie sich.

In diesem Moment wurde ihr bewusst, dass sie sich zwar ausführlich unterhalten hatten, aber sie immer noch nichts über seine Familienverhältnisse wusste. Umgekehrt galt das genauso. Es hatte sich bisher noch nicht ergeben, darüber zu sprechen.

Andrea nutze die Zeit, um ihre WhatsApp-Nachrichten zu lesen. Simon hatte ein bezauberndes Foto von Mia geschickt, die hinter bunt schillernden Seifenblasen hervorgrinste. Ihr Sohn hatte ein Talent für ungewöhnliche Bilder und etwas andere Perspektiven. Andrea hatte schon einige seiner Fotos für ihre Arbeit verwenden dürfen. Im letzten Jahr war eines davon sogar auf dem Umschlag eines inzwischen sehr erfolgreichen Jugendromans gelandet. Sie schickte eine kurze Nachricht zurück.

Was für ein tolles Foto! Du solltest dein Hobby endlich zum Beruf machen. Wie wär's mit einer Ausbildung zum Fotografen?

Gleich darauf kam ein gelangweilt blickender Smiley von Simon.

Sie wusste, dass sie ihm damit auf die Nerven ging. Doch sie wollte einfach nicht aufgeben, denn irgendwann würde er es sicherlich bereuen, keinen Berufsabschluss zu haben.

Als Michael nach wenigen Minuten wieder zurückkam, wusste sie, schon bevor er etwas sagte, dass der gemeinsame Abend bald enden würde.

»Es tut mir leid, Andrea«, bestätigte er ihre Ahnung, »aber ich muss leider gleich weg und noch ein längeres Telefonat führen.« Er sagte es mit Bedauern in der Stimme, allerdings ohne eine weitere Erklärung abzugeben.

»Kein Problem. Es ist ja auch schon spät«, meinte sie und lächelte.

»Tatsächlich – fast schon zehn Uhr! Wow! Quasi tiefste Nacht!«, sagte er mit einem Zwinkern. Sein Lächeln war wieder zurückgekehrt, auch wenn sein Blick noch von Besorgnis umschattet schien. Zumindest interpretierte Andrea es so. Sie war versucht, ihn zu fragen, ob etwas passiert sei. Doch das würde er womöglich als übergriffig empfinden.

Während sie darauf warteten, dass der Kellner die Rechnung brachte, leerten sie noch den restlichen Wein.

»Soll ich dir wirklich kein Taxi bestellen?«, fragte er zehn Minuten später vor dem Lokal. »Oder dich in meinem Taxi mitnehmen?«

»Nein danke, Michael. Gleich die Straße runter ist meine Trambahnhaltestelle. Ich habe nur eine Station zu fahren«, winkte sie ab. »Außerdem tut es mir nach dem vielen Essen gut, noch ein paar Schritte zu laufen und frische Luft zu schnappen«, beteuerte sie.

Das Taxi kam und hielt direkt vor ihnen.

»Okay ... Dann vielen Dank für den schönen Abend – und für die Hälfte der Pizza!«, sagte er und öffnete die hintere Tür des Taxis.

»Gern geschehen. Es war wirklich ein netter Abend. Danke für die halbe Portion Gnocchi ... und natürlich nochmals für die Einladung.«

»Es war mir ein Vergnügen. Und wegen der Fahrradtour schreiben wir uns noch, ja?«

Sie nickte.

»Machen wir.«

»Gute Nacht, Andrea.«

»Gute Nacht, Michael.«

Er stieg ins Taxi und winkte ihr noch einmal zu, als das Auto losfuhr. Ihre Blicke trafen sich für einen kurzen Moment, und Andrea spürte wieder dieses Prickeln, diesmal noch viel intensiver. Ein starkes Gefühl, einerseits willkommen, weil es auf wunderbare Weise etwas in ihr belebte, das sie lange nicht mehr gespürt hatte. Andererseits verwirrend, weil sie in diesem Moment erkannte, wie sehr sie solche Empfindungen in den letzten Jahren vermisst hatte. Ohne es zu wollen, schien sich etwas in ihr zu verselbstständigen, und sie hatte ein wenig Angst davor, dass sie sich in eine Richtung verrannte, die sich als Einbahnstraße herausstellen könnte.

Aber warum machte sie sich überhaupt so viele Gedanken? Vielleicht war Michael ja wirklich nur auf der Suche nach einer unkomplizierten Freundschaft zu Leuten in seinem Alter, mit denen er ein wenig Freizeit verbringen konnte. Außerdem wusste sie nach wie vor nicht, ob er in einer Beziehung lebte. Doch selbst wenn er Single wäre und sich nicht nur beruflich für sie interessierte – vielleicht war dieser Funke, den sie in sich glimmen spürte, nur gut genug, um ein Strohfeuer zu entzünden, das kurze Zeit für Hitze sorgte, aber bald wieder erlöschen würde. *Wäre das so schlimm?*, fragte sie sich.

Es brachte gar nichts, sich jetzt irgendwelchen Spekulationen hinzugeben. Sie sollte das alles locker nehmen und die Dinge einfach auf sich zukommen lassen.

Das Taxi war längst aus ihrem Blick verschwunden, als sie sich umdrehte und in Richtung Trambahnstation ging.

KAPITEL 5

Fahrradtour

Andrea putzte den Staub vom Schutzblech des Fahrrads. Sie war schon so lange nicht mehr damit gefahren, dass eine gründliche Reinigung und Wartung dringend notwendig waren, bevor sie am Wochenende mit Michael auf Tour ging. Das letzte Mal hatte sie im vergangenen Herbst in die Pedale getreten, als Simon sie von ihrer Arbeit weggelockt hatte, um gemeinsam mit der kleinen Mia im Kindersitz einen Ausflug zum Kleinhesseloher See im Englischen Garten zu machen. Mutter, Sohn und Enkelin hatten einen wunderschönen Tag erlebt. Mia war begeistert von den vielen Enten am Ufer und im Wasser gewesen. Vielleicht sollte sie mit der Kleinen dort mal wieder einen längeren Spaziergang machen. Ein Picknick vielleicht. Das würde Mia sicherlich viel Spaß machen.

»Ach, hier bist du also!« Eduarda riss sie aus ihren Gedanken. »Ich versuche schon die ganze Zeit, dich am Handy zu erreichen.«

Andrea stand auf und wischte sich die Hände an einem Tuch ab.

»Echt?«

Sie tastete die Taschen ihrer alten Jogginghose ab, die sie zum Putzen trug.

»Das Handy liegt wohl noch im Büro ... Hey, du siehst toll aus, Edu!«

Ihre Nachbarin hatte sich tatsächlich mächtig in Schale geworfen. Was in ihrem Fall bedeutete, dass sie eines ihrer besonders farbenfrohen Flatterkleider trug und auffallend geschminkt war.

»Danke! Heute ist das Warm-up für die Dreharbeiten, die morgen losgehen«, erklärte Eduarda, die schon seit vielen Jahren als Produktionsassistentin bei einer namhaften Filmproduktionsfirma in Grünwald beschäftigt war.

»Das ist dieser historische Kinofilm, oder? Der, der euch alle so auf Trab gehalten hat?«

»Und immer noch auf Trab hält ... Kein Mensch hätte gedacht, dass das überhaupt noch was wird. Da lief wirklich schief, was nur schieflaufen konnte, samt Ärger mit Drehgenehmigungen, eine Drehbuchautorin mit Burn-out, die bei den letzten Buchbesprechungen nur noch geheult hat, Regiewechsel und letzte Woche dann noch der Schock mit der Hauptdarstellerin, die bei den Kostümproben einen Herzinfarkt erlitt. Und das mit einundfünfzig!«

»Puh. Wir sind auch fast in dem Alter. Das ist schon heftig. Hat sie die Operation gut überstanden?«

»Ja. Es geht ihr auch schon wieder so weit gut. Aber sie ist natürlich enttäuscht, dass der Film für sie damit gelaufen ist ... Jetzt spielt Eva Rosenberg die Hauptrolle. Unter uns gesagt, finde ich sie ohnehin besser, auch wenn man sie kaum mehr auf dem Schirm hatte, weil sie viele Jahre ziemlich zurückgezogen lebte.«

»Eva Rosenberg ... Hatte die nicht damals einen schweren Autounfall, bei dem ihre Tochter schlimm verletzt wurde?«, erinnerte Andrea sich vage.

»Genau. Erst seit Kurzem steht sie überhaupt wieder auf der Bühne mit einem eigenen Programm. Und sie hat inzwischen kleinere Rollen in Serien gespielt. Ihr Casting-Video war jedenfalls sehr beeindruckend. Ich freue mich schon, sie heute Abend kennenzulernen. Aber vor allem freue ich mich auf Kai Donkel.«

Andrea seufzte. Sie war ein großer Fan des charismatischen österreichischen Schauspielers, der sie mit seiner androgynen Ausstrahlung ein wenig an David Bowie erinnerte.

»Du weißt schon, dass ich dich total um deinen Job beneide, Edu? Da wäre ich auch gern mit dabei.«

»Zur Filmpremiere im nächsten Jahr kommst du auf jeden Fall mit. Und ich muss dich noch nicht mal heimlich auf die Gästeliste schmuggeln. Ich habe nämlich ganz offiziell eine geschäftliche Anfrage an dich. Meine liebe Andrea, hast du Lust, das Kinoplakat für den Film zu entwerfen?«

»Nö. Gar nicht! Auf keinen Fall«, winkte Andrea ab, grinste jedoch von einem Ohr zum andern.

»Super. Morgen schicke ich dir die nötigen Informationen und du machst uns bitte ein Angebot. Wenn es im Rahmen der Kosten für die Plakate liegt, die du bisher schon für uns gemacht hast, dann wäre das super.«

»Wird es! Und danke, dass du wieder an mich gedacht hast, Edu.«

»Keine Ahnung, wie ich nur immer auf dich komme.« Sie zwinkerte fröhlich.

»Also dann haben wir einen Deal?«

»Klar haben wir einen Deal!«

Eduarda sah auf ihre Armbanduhr.

»Langsam muss ich los. Es heißt zwar immer, die interessantesten Gäste kommen erst viel später zur Party, aber da die Leute morgen alle ziemlich früh rausmüssen zum Dreh, werden die meisten nicht allzu lange bleiben! Und ich will unbedingt ein Selfie machen mit Kai Donkel.«

»Dann mal los mit dir und viel Spaß!«

»Danke. Ach übrigens, wann ist denn jetzt der Ausflug mit diesem Michael?«

Natürlich hatte Andrea ihrer besten Freundin von der Einladung zur Radtour erzählt.

»Am Samstag früh.«

»Ich finde es super, dass du mal wieder ein Date hast«, sagte Eduarda und schob sich eine dunkle Haarsträhne hinters Ohr.

»Es ist kein Date!«

»Was dann?«

»Ein Ausflug.«

»Quatsch!«

»Doch, wirklich!«

Eduarda zuckte mit den Schultern.

»Wenn du meinst ... Ich muss wirklich los. Aber ich möchte alles wissen, hörst du! Jedes Detail.«

»Aber klar ... Ciao!«

Als Eduarda weg war, wandte Andrea sich wieder ihrem Fahrrad zu und bemerkte, dass die Luft aus dem Vorderreifen, den sie vorhin aufgepumpt hatte, zum Teil wieder entwichen war. Entweder war das Ventil undicht, oder der Schlauch hatte ein Loch.

»Ach nein, das darf doch nicht sein!«

Sie seufzte genervt. Da sie weder das Werkzeug noch Lust darauf hatte, den Reifen zu reparieren, musste sie das Fahrrad schleunigst zur Werkstatt bringen, wenn sie damit am Samstag fahren wollte.

Glücklicherweise arbeitete in der Fahrradklinik ein Schulfreund von Simon, und er tat ihr den Gefallen, sie vorzuziehen. Andernfalls hätte sie zwei Wochen auf einen Termin für die Reparatur warten müssen.

Er brachte ihr das Rad sogar persönlich am Samstag früh vorbei, gerade rechtzeitig, damit Andrea sich auf den Weg zum Treffpunkt mit Michael machen konnte.

Er wartete schon neben seinem Fahrrad und winkte lächelnd, als er sie entdeckte. Sie bremste neben ihm und stieg zur Begrüßung ab.

»Guten Morgen, Michael.«

»Hallo, Andrea, du bist ja auf die Minute pünktlich!«, stellte er lächelnd fest.

Sie umarmten sich kurz. Dabei zog ihr der dezente Duft seines Aftershaves in die Nase. Eine würzig-frische Komposition, die perfekt zu ihm passte und die ihr gefiel.

»Schön, dass es heute klappt und das Wetter wenigstens einigermaßen mitspielt!«, sagte er fröhlich.

»Laut Vorhersage soll es immerhin den ganzen Tag nicht regnen«, erklärte sie.

Der Himmel war bewölkt, und es war nicht ganz so warm wie in den letzten Tagen, was ihr jedoch ganz gelegen kam. So hatte sie die Badesachen gar nicht erst eingepackt. Die Vorstellung, sich Michael im Badeanzug zu präsentieren, erfüllte sie mit einer ungewohnten Scheu. Andrea war zwar wohlproportioniert, doch wie fast jede Frau hatte leider auch sie an der einen oder anderen Stelle etwas an ihrer Figur auszusetzen. Außerdem hatte sie naturgegeben nicht mehr den Körper einer Zwanzigjährigen.

Ich sollte dringend wieder regelmäßig Sport machen, dachte sie mit einem Anflug von schlechtem Gewissen. In den letzten Jahren war sie tatsächlich ein wenig nachlässig geworden.

»Mit den Wettervorhersagen bin ich immer etwas skeptisch. Sicherheitshalber ist eine Regenjacke im Rucksack«, sagte Michael.

Sie lächelte.

»Bei mir auch!«

Er grinste.

»Na, dann lass uns mal losfahren!«, schlug er vor und sie stiegen auf.

Als Ziel hatte Andrea den Deininger Weiher ausgewählt, eine beliebte Gegend für Ausflüge südlich von München. Sie würden etwa eineinhalb Stunden unterwegs sein. Die Stimmung war locker, und Andrea konnte nichts mehr von der Besorgnis an Michael entdecken, die sie in der Pizzeria nach seinem Telefonat wahrgenommen hatte.

»Heute ist noch erstaunlich wenig los«, sagte Michael, während sie gemütlich nebeneinander herfuhren.

»An den Wochenenden schlafen die Leute offenbar länger. Bei der Rückfahrt wird das gewiss leider anders aussehen«, vermutete sie.

Sie unterhielten sich über weitere Ausflugsziele im näheren Umkreis von München.

»Danke für die Tipps, Andrea. Wenn ich so viel arbeite, brauche ich dringend kleine Auszeiten, um abzuschalten«, erklärte er. »Und wenn ich in der Natur unterwegs bin, gelingt mir das am besten.«

»Ich gehe auch sehr gerne raus und mache Spaziergänge, aber am besten kann ich beim Lesen entspannen«, verriet sie. »Wobei es sicherlich nicht schaden könnte, auch öfter mal wieder was anderes zu unternehmen.«

»Wenn du nach diesem Tag heute immer noch Lust hast, ab und zu einen gemeinsamen Ausflug mit mir zu machen, bist du schon jetzt herzlich eingeladen«, schlug er vor.

»Mal sehen, wie der Tag sich entwickelt. Vielleicht hast du dann ja keine Lust mehr, noch einmal was mit mir zu unternehmen«, feixte sie.

Er lachte.

»Lass es uns herausfinden! Ich hoffe sehr darauf, dass du eine tolle Fremdenführerin bist.«

Als der Verkehr schließlich doch zunahm, fuhren sie hintereinander, und damit war es vorerst vorbei mit der Unterhaltung.

Schließlich waren sie an ihrem Ziel angekommen und hielten am Parkplatz vor dem Ausflugslokal.

»Ich fürchte, dass ich morgen Probleme mit dem Sitzen haben werde«, sagte sie, nachdem sie abgestiegen war.

Er grinste.

»Wenn du in Zukunft öfter fährst, gewöhnst du dich wieder daran. Moment, Andrea, du hast da was ... Halt bitte mal still.«

Er beugte sich nah zu ihr und versuchte, etwas aus ihren Haaren zu zupfen.

»Was ist das denn?«

»Nur ein Insekt, das sich verfangen hat!«, murmelte er.

Seine warme Stimme so nah an ihrem Ohr bescherte ihr eine wohlige Gänsehaut, die der Duft seines Aftershaves noch verstärkte.

»Jetzt ist es weggeflogen ...«

»Danke, Michael«, sagte sie und merkte, dass ihre Stimme etwas belegt war. Sie räusperte sich, bevor sie weitersprach.

»Möchtest du im Gasthof eine kleine Brotzeit machen oder erst ein wenig rund um den Weiher spazieren?«

Er lächelte.

»Brotzeit – das ist so ein schönes bayerisches Wort. Und in deinem Dialekt hört es sich so gemütlich an.«

»Dabei bemühe ich mich, sehr verständliches Hochdeutsch mit dir zu sprechen«, erklärte sie amüsiert.

»So ganz kannst du deine Wurzeln nicht verheimlichen. Aber das musst du auch nicht. Ich finde die regionalen Unterschiede in der Sprache sehr interessant und abwechslungsreich. Aber um noch mal auf deine Frage zurückzukommen: Ich hätte Lust auf eine kleine Brotzeit und danach auf den Spaziergang, wenn das für dich in Ordnung ist. Da ich noch kein Frühstück hatte, bin ich inzwischen schon ziemlich hungrig.«

»Passt. Ich habe heute auch noch nichts gegessen.«

»Dann lass uns schnell ins Lokal gehen.«

»Wir könnten auch einen Platz mit Blick auf den Weiher nehmen«, schlug sie vor.

»Gern!«

Die Sonne hatte sich immer noch hinter den Wolken versteckt, aber es war nicht zu kalt, um draußen zu sitzen.

»Es ist toll hier!«, schwärmte er, nachdem die Bedienung ihre Bestellung aufgenommen hatte. »Am Wasser zu sein, hat einfach immer etwas ganz Besonderes.«

»Für einen Hamburger ist das hier aber nur ein sehr kleines Gewässer. Vermisst du deine Heimat schon?«, wollte sie wissen.

»Ehrlich gesagt, manchmal schon. In Hamburg habe ich immer das Gefühl, am Tor zur Welt zu sein und dass alles jederzeit möglich ist.«

»Und trotzdem hat es dich nach Bayern verschlagen?«, hakte sie nach.

»In erster Linie war das eine berufliche Entscheidung. Aber es gefällt mir auch wirklich gut in München. Außerdem sorgt so ein Tapetenwechsel dafür, seinen Horizont zu erweitern und das Leben wieder aus einer ganz anderen Perspektive zu entdecken ... Und ich lerne gerne neue Menschen kennen«, verriet er.

»Das ist bei dir nicht zu übersehen«, sagte sie. »Obwohl man Leuten aus dem Norden ja gerne mal nachsagt, dass sie etwas kühler und distanzierter sind ...«

»Immer diese Vorurteile«, unterbrach er sie kopfschüttelnd, schmunzelte aber dabei.

»Auf dich trifft das jedenfalls nicht zu!«, beteuerte sie rasch. »Und außerdem, was glaubst du, mit welchen Vorurteilen wir Bayern leben müssen?«

»Stell dir vor, noch nicht einmal das hat mich davon abgehalten, nach München zu kommen.«

Sie lachten.

»Trotzdem stelle ich es mir schwer vor, Familie und Freunde zu verlassen«, meinte sie und hoffte, mit dieser Vorlage beiläufig ein wenig mehr über sein Privatleben zu erfahren, das bisher nach wie vor noch kein Thema gewesen war.

Er zuckte mit den Schultern.

»Meine Eltern leben nicht mehr. Und mein älterer Bruder Nils ist beruflich sehr viel unterwegs. Ich habe ihn und seine Familie vor meinem Umzug auch nur selten gesehen. Mit meinen engen Freunden quatsche ich per Videochat. Aber natürlich werde ich auch zukünftig immer wieder mal in Hamburg sein, und es wird Gelegenheiten geben, die Leute zu treffen, die mir wichtig sind.«

So wie sich das anhörte, schien er in keiner Partnerschaft zu sein, und Andrea ertappte sich dabei, dass sie sich darüber freute.

Das Essen wurde serviert. Sie hatten Weißwürste mit Butterbrezen bestellt. Dazu tranken sie leichtes Weißbier, mit dem sie sich zuprosteten.

»Lass es dir schmecken!«

»Danke, du auch. Prost!«

»Sag mal, wie isst man die Weißwürste jetzt eigentlich richtig?«, fragte Michael, während er nach seinem Besteck griff. »Jeder erzählt einem da was anderes.«

Sie lächelte.

»Das ist eine Wissenschaft für sich. Und vor allem hat jeder seine ganz eigene Technik. Ich zum Beispiel schlitze sie in der Innenseite der Länge nach mit dem Messer auf und hole die Wurst dann vorsichtig als Ganzes aus der Haut.«

Sie führte es ihm vor.

»Schau, so.«

»Okay ... Das halte ich für eine gute Variante«, sagte er und machte es ihr nach.

»Klappt ja schon ganz ordentlich!«, lobte sie ihn mit einem Lächeln. »Doch es ist eigentlich egal, wie man es macht, das einzig wirklich Wichtige ist, die Wurst nicht kalt werden zu lassen, sondern möglichst heiß zu genießen, damit sie schmeckt.«

»Danke für den Hinweis! Dann mal ran an die Wurst!«, meinte er.

Andrea wollte gerade den ersten Bissen zum Mund führen, da klingelte ihr Handy.

»Entschuldige!«, sagte sie.

»Kein Problem, geh ruhig ran.«

Sie holte das Handy aus dem kleinen Rucksack. Ein Anruf von Laura! Andrea war überrascht. Simons Freundin rief normalerweise nur selten bei ihr an.

»Ja? Hallo, Laura?«, meldete sie sich.

»Andrea! Ich bin hier mit Mia im Schwabinger Krankenhaus und wir ...«

»Mit Mia? Was ist mit ihr? Ist sie krank?«, unterbrach Andrea sie besorgt.

»Nein. Mia fehlt nichts. Es geht um Simon. Er ... er hatte einen Unfall.«

Obwohl die stets taffe Laura sich bemühte, so ruhig wie möglich zu sprechen, konnte Andrea die Angst in ihrer Stimme hören. Mit einem Schlag wurde ihre Kehle eng.

»Was für einen Unfall?«

»Er war joggen und wollte auf dem Rückweg noch zum Bäcker. Am Fußgängerüberweg hat ihn ein Wagen erwischt, der bei Rot über die Ampel fuhr.«

Michael sah sie besorgt an, doch Andrea nahm es kaum wahr. Die Angst drehte ihr den Magen um. Ihr Sohn hatte einen Unfall! Das war einer der schlimmsten Sätze für eine Mutter.

»Wie arg ist es denn?«, fragte sie mit zitternder Stimme.

»Das kann ich nicht sagen. Er war zumindest ansprechbar, haben die Ärzte mir gesagt.«

»Gott sei Dank ...«, murmelte sie, immerhin ein kleiner Lichtblick.

»Jetzt ist er bei einer Untersuchung im CT ... Moment bitte ... Schon gut, Mia. Ist ja schon gut. Wir holen uns jetzt gleich was zu trinken.«

Andrea hörte im Hintergrund ihre Enkeltochter weinen.

»Mir wächst hier gerade alles ein wenig über den Kopf. Kannst du bitte kommen, Andrea?«

»Aber natürlich ... Es wird nur etwas dauern. Ich bin mit dem Rad am Deininger Weiher. Aber ich mache mich sofort auf den Weg. Halte mich bitte unbedingt auf dem Laufenden, bis ich da bin, falls es Neuigkeiten gibt.«

»Klar. Dann bis gleich!«

»Bis gleich.«

Andrea legte auf.

»Soll ich ein Taxi für dich bestellen?«, fragte Michael sofort, der natürlich mitbekommen hatte, dass etwas passiert war.

»Ja bitte!«, antwortete sie aufgeregt und war ihm dankbar, dass er so schnell reagierte. »Simon, mein Sohn, hatte einen Unfall. Ich muss zum Schwabinger Krankenhaus.«

»Das tut mir leid, Andrea. Ich hoffe sehr, es ist nicht schlimm.«

»Das weiß ich nicht«, sagte sie aufgelöst. »Es laufen gerade die Untersuchungen, hat Laura gesagt ... Laura ist seine Freundin.«

Michael rief über die App ein Taxi, während Andrea kurz auf die Toilette verschwand. Ihr war übel, und sie war froh, dass sie noch nichts gegessen hatte, als Lauras Anruf eingegangen war.

Bitte mach, dass es nichts Schlimmes ist! Dass es ihm bald wieder gut geht!, schickte sie ein Stoßgebet zum Himmel, während sie sich eilig die Hände wusch.

»Das Taxi ist in fünf Minuten da«, informierte Michael sie, als sie wieder zurückkam.

»Danke!« Sie sah sich nach der Bedienung um. »Die Rechnung bitte ...«

»Das mache ich schon, Andrea.«

»Aber du kannst doch nicht schon wieder bezahlen ...«, warf sie ein.

»Das treibt mich sicherlich nicht in den Ruin!«

Er bedeutete der Bedienung, dass er gleich wieder zurück wäre, um zu bezahlen, und begleitete Andrea zum Parkplatz.

»Es tut mir leid, dass unser Ausflug so abrupt endet«, sagte sie, während sie auf das Taxi warteten.

»Du musst dich ganz sicher nicht entschuldigen«, beteuerte er. »Wir holen das irgendwann nach, wenn du möchtest. Jetzt ist nur wichtig, dass es deinem Sohn bald wieder gut geht. Wie alt ist er denn?«

»Er wird im Oktober sechsundzwanzig.«

Er sah sie verblüfft an.

»Dann warst du aber ganz schön jung, als du ihn bekamst.«

Seine Worte hörten sich nicht nach Schmeichelei an, er schien tatsächlich überrascht.

»Ich war vierundzwanzig.« Plötzlich fiel ihr etwas ein. »Ich muss Richard anrufen ... seinen Vater«, fügte sie erklärend hinzu.

Sie holte rasch ihr Handy aus der Tasche und wählte seine Nummer. Die Mailbox sprang sofort an, was hieß, dass er im Dienst war. Sie sprach kurz eine Nachricht, dass er sich umgehend bei ihr melden solle, ohne jedoch den Grund zu nennen. Den wollte sie ihm persönlich sagen.

»Mein Ex-Mann lebt mit seiner neuen Familie in Frankfurt«, erklärte sie kurz, nachdem sie Michaels fragenden Blick bemerkt hatte.

»Du bist also geschieden?«

»Ja.«

»Ich auch.«

Das, was sie die ganze Zeit interessiert hatte, erklärte sich gerade in dem Moment, in dem es am meisten in den Hintergrund trat.

»Wo bleibt nur das Taxi?«, fragte sie ungeduldig. Sie musste so schnell wie möglich ins Krankenhaus. Plötzlich fühlte sie sich schrecklich hilflos und verzweifelt. Tränen schossen ihr in die Augen.

Michael sah auf die App auf seinem Handy.

»Es muss jeden Moment da sein.«

»Es darf ihm nichts Schlimmes passiert sein!«, murmelte sie beklommen.

»Andrea ...«

Michael trat auf sie zu und zog sie an sich.

»Ich wünsche euch, dass alles gut wird ...«, sagte er.

Sie konnte nichts erwidern. Ein paar Sekunden standen sie nur still. Auch wenn ihre Angst damit nicht verschwand, so fühlte sie sich zumindest ein klein wenig getröstet in seinen Armen.

In diesem Moment sahen sie das Taxi kommen und lösten sich voneinander.

»Es tut mir leid. Normalerweise ist es nicht meine Art, so herumzuheulen«, meinte Andrea und wischte sich verlegen die Tränen von den Wangen.

»Ach komm! Das ist doch verständlich nach so einer Nachricht.«

»Ich weiß noch nicht, wann ich es schaffe, das Fahrrad abzuholen. Denkst du, ich kann es hier stehen lassen?«, fragte sie.

»Gib mir den Schlüssel für das Schloss, ich kümmere mich darum. Du musst mir nur eine Nachricht mit deiner Adresse schicken, damit es dir bringen kann.«

»Aber ...«

»Kein Aber!«, beharrte er mit einem Lächeln.

»Ich weiß gar nicht, wie ich dir danken soll!«, murmelte sie, während sie fahrig den Schlüssel aus dem Rucksack kramte.

»Das ist ja keine große Sache«, beteuerte er. »Und melde dich bitte gleich, sobald du Näheres von deinem Sohn weißt, ja?«, bat er sie.

Sie nickte.

»Meine Adresse schicke ich dir, wenn ich im Taxi bin. Danke, Michael!«

»Gern geschehen. Bis bald!«

»Bis bald!«

Dann stieg sie ins Taxi. Als sie losfuhr, winkte Michael ihr aufmunternd zu.

KAPITEL 6

Angstvolle Stunden

Während der Fahrt zum Krankenhaus versuchte Andrea, sich zu sammeln und ein wenig zu beruhigen. Trotz der großen Angst um ihren Sohn durfte sie jetzt nicht die Nerven verlieren, damit wäre niemandem geholfen. Egal, was auf sie zukam, sie musste stark bleiben. So wie sie es immer gewesen war.

Sie fand Laura und Mia auf einer Bank etwas abseits, im Wartebereich des Krankenhauses.

Mia war auf dem Schoß ihrer Mutter eingeschlafen. Andrea setzte sich neben sie.

»Danke, dass du da bist«, murmelte Laura.

Andrea bemerkte, dass ihre Augen gerötet waren.

»Die Untersuchungen laufen noch«, kam Laura ihrer Frage zuvor. »Es gibt noch nichts Neues.«

Das war für den Moment immerhin besser als eine schlimme Diagnose. Trotzdem hielt die Angst sie weiterhin fest umklammert.

»Möchtest du mit Mia nach Hause fahren? Ich kann inzwischen hierbleiben«, fragte Andrea leise, um die Kleine nicht zu wecken.

»Erst möchte ich wissen, was die Ärzte sagen.«

»Natürlich. Weißt du etwas vom Fahrer des Wagens, der den Unfall verursacht hat?«

Laura nickte.

»Ich habe vorhin mit der Polizei telefoniert. Es war eine Fahranfängerin, seit Kurzem erst achtzehn. Sie hat einen Schock und ist auch hier im Krankenhaus.«

»Ach Gott!«, seufzte Andrea und schloss für einen Moment die Augen. Fast wäre es ihr lieber gewesen, ein rücksichtsloser Raser wäre der Schuldige, um einen Grund zu haben, richtig wütend zu sein. Das hätte sie zumindest ein wenig von ihrer Sorge um Simon abgelenkt. Aber ein Führerscheinneuling? Andrea erinnerte sich zurück, als sie selbst gerade erst den Führerschein bestanden hatte. Aus Unerfahrenheit und fehlender Routine war sie anfangs einige Male in brenzlige Situation geraten. Glücklicherweise war nie etwas passiert.

»Eigentlich sollte ich mich jetzt für meine Reise nach New York vorbereiten und packen«, murmelte Laura.

Andrea wusste von Simon, dass es um eine Spezialfolge ihrer Talkshow ging, die in den Staaten produziert werden sollte. Als Gäste waren vier Schwestern eingeladen, die vor einigen Jahren aus Bayern nach Amerika ausgewandert waren. Eine davon war inzwischen eine international bekannte Musicaldarstellerin am Broadway. Das Ganze sollte mit Dreharbeiten für eine Doku über die Frauen in ihrer neuen Heimat verbunden werden. Laura wäre dafür eine Woche in New York. Ein großartiges Projekt, auf das sie sich sehr gefreut hatte.

Am liebsten hätte Andrea nach ihrer Hand gegriffen, um sie tröstend zu drücken. Doch Laura wirkte immer etwas unnahbar auf Andrea, auch wenn sie sich stets höflich ihr gegenüber verhielt. Eine warme Herzlichkeit war zwischen den Frauen noch nie aufgekommen.

»Es tut mir leid ... Hör mal, ich bin für euch da, wenn ihr mich braucht, das weißt du ja«, betonte Andrea.

»Danke«, sagte Laura und streichelte über das zerzauste Haar ihrer Tochter.

Für eine Weile herrschte Schweigen.

Plötzlich bemerkte Andrea, dass zwei Frauen mittleren Alters ihnen immer wieder neugierige Blicke zuwarfen und leise tuschelten. Vermutlich hatten sie Laura erkannt. Obwohl sie in Jeans und einem übergroßen Kapuzenpulli, völlig ungeschminkt und mit nachlässig zum Dutt gebundenen Haaren kaum etwas mit der lässig eleganten Moderatorin zu tun hatte, die sich in ihren Talkshows souverän mit den aus allen möglichen Gesellschaftsschichten zusammengewürfelten Gästen zu unterschiedlichsten Themen unterhielt.

Als eine der Frauen bemüht unauffällig ein Handy aus der Tasche holte, rutschte Andrea im Stuhl nach vorne und drehte sich so zur Seite, dass man ihr Gesicht nicht sehen konnte und gleichzeitig Laura und Mia geschützt waren. Sie wollte es vermeiden, ein Foto zusammen mit wilden Spekulationen auf irgendwelchen Social-Media-Kanälen zu finden.

»Mist«, murmelte Laura, die nun ebenfalls bemerkte, dass sie offenbar für Aufmerksamkeit sorgte. Sie zog ihre Kapuze über den Kopf.

»Vielleicht sollten wir uns einen anderen Platz suchen«, schlug Andrea leise vor. Laura nickte.

In diesem Moment kam eine Ärztin auf sie zu, das Schild auf ihrem Kittel wies sie als Doktor Gitta Gerg aus.

»Laura Necka?«, sprach sie Laura an.

»Ja?«

»Kommen Sie bitte mit.«

Andrea stand rasch auf.

»Andrea Forster. Ich bin die Mutter«, stellte sie sich selbst vor. »Wie geht es meinem Sohn?«

»Viel besser, als es zunächst ausgesehen hat. Die genauen Ergebnisse besprechen wir dann gleich.«

Andrea fiel ein riesiger Stein vom Herzen, und sie schickte

ein kurzes Dankgebet nach oben. Dann warf sie einen Blick zu Laura, die sich vorsichtig mit Mia auf dem Arm erhob. Auch ihr war die Erleichterung vom Gesicht abzulesen.

»Kann ich meine Tochter mitnehmen?«, fragte sie.

»Natürlich.«

Mia öffnete blinzelnd die Augen und war für einen Moment orientierungslos. Als sie jedoch ihre Oma entdeckte, lächelte sie diese verschlafen an.

»Omi!«

Sofort streckte sie die Arme nach ihr aus, und Andrea nahm das Kind.

»Hallo, mein Spatz! Da ist aber jemand noch müde ...«, sagte sie sanft, und die Kleine schmiegte sich fest an sie.

»Gehen wir zu Simon«, sagte Laura mit einem Blick, den Andrea nicht deuten konnte. Manchmal hatte sie das Gefühl, Laura wäre ein wenig eifersüchtig, dass Mia so sehr an ihrer Oma hing.

Noch immer bemüht, den neugierigen Frauen keine Möglichkeit für ein Foto zu bieten, auf dem sie zu erkennen waren, folgten sie der Ärztin den Flur entlang in ein Krankenzimmer.

Simon war blass, und die Haut auf seiner rechten Gesichtsseite war aufgeschürft.

»Hey ... meine drei Lieblingsfrauen«, flötete er erfreut und lächelte breit. Offenbar die Wirkung starker Schmerzmittel.

»Simon!« Laura ging zu ihm ans Bett und umarmte ihn so vorsichtig wie möglich.

»Schau mal, Mia. Dein Papa. Ich glaube, der will hier ein kleines Nickerchen machen«, sagte Andrea scherzhaft zu ihrer Enkeltochter, damit sie keine Angst haben musste.

»Mia-Maus!« Simon winkte seiner Tochter zu, nachdem Laura sich von ihm gelöst hatte. Das Mädchen schenkte ihrem Papa ein Luftküsschen, drückte sich dabei jedoch an ihre Oma. So ganz geheuer war ihr die Sache dann doch nicht.

»Ich sage so etwas normalerweise nur ganz selten, aber Herr Forster hatte wohl einen riesigen Schutzengel«, sagte die Ärztin zu Andrea und Laura.

»Hört ihr? Ich bin ein Glückspilz. Aber das bin ich doch eigentlich immer!«

»Jag uns bloß nicht wieder so einen Schrecken ein, hörst du?«, sagte Andrea leise. Sie griff kurz nach seiner Hand und drückte sie.

»Er hat keinerlei innere Verletzungen, nur eine leichte Gehirnerschütterung und harmlose Prellungen«, fuhr die Medizinerin fort. »Die größte Baustelle ist der linke Unterschenkelknochen. Der ist gebrochen. Aber nicht kompliziert. In einer halben Stunde geht es schon in den OP.«

»Das ist alles?«, fragte Andrea, nachdem sie sich in der letzten Stunde das Schlimmste ausgemalt hatte. »Sonst fehlt ihm wirklich nichts?«

»Wie schon erwähnt, er hatte sehr viel Glück«, sagte Doktor Gerg. »Bei solchen Unfällen sehen die Verletzungen meist ganz anders aus.«

»Und wie geht es nach der Operation weiter?«, wollte Laura wissen.

»Wenn alles gut verläuft, kann er schon in ein paar Tagen entlassen werden, zum Beispiel in eine Reha-Einrichtung. Aber es besteht auch die Möglichkeit einer ambulanten Reha-Behandlung. In diesem Fall benötigt Herr Forster jedoch häusliche Unterstützung in der ersten Zeit. Aber das können wir alles noch besprechen. Und jetzt muss ich Sie bitten, sich langsam wieder zu verabschieden.«

»Natürlich«, sagte Laura.

In diesem Moment klingelte Andreas Handy. Ihr Ex-Mann Richard war am Apparat. Sie schilderte Simons Vater kurz die Lage, und da er noch einige Fragen hatte, die sie ihm nicht beantworten konnte, reichte sie das Handy an die Ärztin weiter.

Während die beiden sich unter Kollegen über medizinische Details der anstehenden Operation austauschten, nutzte die Familie noch die Zeit mit Simon.

»Ich bringe dir später alles vorbei, was du brauchst«, versprach Laura.

»Aber ... musst du dich denn nicht für New York vorbereiten, Laura?«, fragte Simon, der offenbar trotz starker Schmerzmittel die Geschäftsreise seiner Lebensgefährtin nicht vergessen hatte.

»Wie soll das denn gehen, wenn du hier im Krankenhaus bist?« Sie schüttelte den Kopf. »Ich muss mit dem Produzenten besprechen, was wir machen können. Vielleicht ist es möglich, den Termin zu verschieben. Wobei das so kurzfristig ein großer Aufwand für alle wäre, ganz zu schweigen von den Kosten«, sagte sie bemüht sachlich, doch Andrea meinte in ihren Augen Enttäuschung zu sehen. Was Laura sich angesichts der Umstände aber natürlich nicht anmerken lassen wollte. Sie steckte in einer emotionalen Zwickmühle, in der sie zwischen Familie und Beruf abwägen musste.

Simon suchte Andreas Blick, und sie wusste, was er seine Mutter fragen wollte, ohne es auszusprechen. Und natürlich tat sie ihm den Gefallen.

»Mia kann bei mir bleiben, während du in New York bist«, bot sie Laura an. »Und ich kümmere mich auch um Simon, wenn er vor deiner Rückkehr aus dem Krankenhaus kommt. Das sind dann ja nur ein paar Tage.«

Irgendwie würde Andrea es schon hinbekommen, ihre eigene Arbeit nebenbei zu schaffen. In schwierigen Zeiten musste man eben zusammenhalten und auch mal improvisieren. Und dann gab es auch noch Eduarda, die einen Narren an Mia gefressen hatte und sicherlich auch ab und zu einspringen würde, falls Not am Mann war.

Als Laura gerade etwas dazu sagen wollte, beendete die Ärztin das Telefonat. Sie gab Andrea das Handy zurück und drängte sie, nun zu gehen, damit Simon für die OP vorbereitet werden konnte. Man würde sie benachrichtigen, sobald er es überstanden hatte.

Ein paar Minuten später standen sie vor der Klinik.

»Danke für dein Angebot, Andrea!«, sagte Laura, die Mia an der Hand hielt.

»Es war ernst gemeint.«

»Das weiß ich. Auch wenn es mir lieber wäre, ich könnte in dieser Situation hierbleiben, nehme ich gerne deine Hilfe in Anspruch. Die Dreharbeiten in New York sollen der Auftakt für weitere Folgen sein, die jeweils in einem anderen Land gedreht werden. Die Entscheidung fällt jedoch erst, wenn die Sendung erfolgreich läuft. Deswegen ist diese Reise sehr wichtig für mich und ...« Sie schien nach den passenden Worten zu suchen.

»Schon gut, Laura. Ich verstehe das«, unterbrach Andrea sie. »Soll Mia gleich mit zu mir kommen?«

»Wenn das geht? Das wäre sehr hilfreich. Ich bringe ihre Sachen vorbei, bevor ich nach der OP noch mal zu Simon fahre.«

»Vergiss bitte nicht ihren hellblauen Hasen. Das letzte Mal hat es ewig gedauert, bis sie ohne ihn einschlafen konnte«, erinnerte Andrea sie.

»Ich packe ihn mit ein ... Wir müssen hier entlang, mein Wagen steht die Straße weiter unten.«

»Ich kann gar nicht sagen, wie erleichtert ich bin, dass Simon nicht ernsthaft verletzt ist«, sagte Andrea, während sie zum Parkplatz gingen. »Auch wenn ich es nicht wollte, habe ich mir auf dem Weg zur Klinik doch das Schlimmste ausgemalt.«

»Ja, ich mir auch. Er hatte wirklich großes Glück ... Aber trotzdem wird er für mehrere Wochen ziemlich eingeschränkt sein. Auch wenn Simon nach der Entlassung nicht in eine Reha-Klinik geht, sondern eine ambulante Reha macht, kann er sich mit dem gebrochenen Bein auf keinen Fall um Mia kümmern. Im Gegenteil. Er braucht anfangs selbst Unterstützung.«

»Das werden wir sicherlich alles auf die Reihe bekommen«, versprach Andrea zuversichtlich. Das einzig Wichtige war für sie, dass Simon nichts Schlimmes passiert war und er in ein paar Wochen wieder gesund sein würde. Alles andere konnte man organisieren.

»Danke für deine Hilfe. Es ist toll, dass du einspringst, aber es ist keine Dauerlösung. Es bleibt mir nichts anderes übrig, als so schnell wie möglich jemanden einzustellen, der fest für Mia da ist. Ich werde heute noch in einer Agentur anrufen und mich um eine Nanny kümmern«, meinte Laura. »Und in drei Wochen ist dann auch endlich der Halbtagsplatz in der Kita frei, gleich in unserer Straße«, fügte sie hinzu. Da Simon unbedingt einen Kita-Platz in der Nähe für ihre Tochter haben wollte, stand Mia seit Monaten auf der Warteliste.

Es betrübte Andrea ein wenig, dass Mia durch den Unfall ihres Vaters so plötzlich mehrere einschneidende Veränderungen gleichzeitig verarbeiten musste. Doch wenn Laura beruflich nicht zurücksteckte – und das würde sie ganz sicher nicht tun –, konnte es nicht anders funktionieren. Trotzdem wollte Andrea ihren Teil dazu beitragen, dass sie es der Kleinen so leicht wie möglich machten.

KAPITEL 7

Ein Blumenstrauß

Am Nachmittag hatte die Sonne endgültig die Wolken verdrängt und strahlte von einem tiefblauen Himmel. Andrea bat Laura, sie mit Mia in der Nähe ihres Hauses bei einem kleinen Park mit Spielplatz abzusetzen. Nach der Anspannung der letzten Stunden brauchte sie dringend ein wenig frische Luft und Bewegung.

Mia liebte den Spielplatz, den sie schon oft mit ihrer Oma besucht hatte.

Während das Mädchen im Sandkasten saß und mit einem kleinen Jungen aus der Nachbarschaft spielte, den sie kannte, überflog Andrea die Nachrichten am Handy. Eduarda, der sie auf dem Weg ins Krankenhaus ziemlich aufgeregt eine Sprachnachricht geschickt hatte, machte sich große Sorgen und wollte dringend wissen, wie es Simon ging. Andrea brachte sie rasch auf den aktuellen Stand.

Sobald ich heute Abend zurück bin, komme ich zu dir und will alles ganz genau wissen!, schrieb Eduarda umgehend zurück, die zu Besuch bei ihrer Tochter Jasmin in Augsburg war, wo das Mädchen studierte.

An Michael hatte sie vorhin auf dem Weg zum Krankenhaus kurz geschrieben und ihm ihre Adresse durchgegeben, wohin er das Fahrrad bringen sollte. Jetzt konnte sie ihm, wie versprochen, Näheres zu Simons Zustand berichten:

Lieber Michael, mein Sohn ist mehr oder weniger mit einem blauen Auge bzw. einem Beinbruch davongekommen. Im Moment wird Simon operiert. Danke noch mal für dein Verständnis heute! Ich bin dir auf jeden Fall mindestens ein Weißwurstessen schuldig. Bis bald, Andrea.

Erst jetzt, nachdem die größten Sorgen um ihren Sohn vorbei waren, fand sie Gelegenheit, darüber nachzudenken, wie der Tag mit Michael sich noch hätte entwickeln können. Geplant war nach dem Essen ein langer Spaziergang. Dabei hätten sie viel Zeit gehabt, gegenseitig mehr voneinander zu erfahren. Immerhin wusste sie nun, dass er geschieden war. Falls er aktuell in einer Beziehung wäre, hätte er das doch wohl erwähnt und den Samstag nicht ausgerechnet mit Andrea verbracht, oder?

»Omi, komm!« Mia riss sie aus ihren Gedanken. Die Kleine hatte genug vom Spielen im Sandkasten und zog Andrea zur Rutsche.

Sie blieben noch eine halbe Stunde auf dem Spielplatz, dann war es höchste Zeit für eine frische Windel.

»Komm, Mia, wir gehen heim und machen uns was zu essen.«

Als sie auf das Haus zugingen, entdeckte sie Michael. Er war gerade dabei, ihr Fahrrad abzusperren, das er neben der Treppe zur Haustür abgestellt hatte. Im Korb am Gepäckträger lag ein bunter Blumenstrauß.

»Michael!«

Er drehte sich zu ihr um.

»Andrea ... ich habe deine Nachricht gelesen und dachte, du bist noch im Krankenhaus.«

»Dort können wir momentan nichts tun, deswegen war ich mit Mia noch ein wenig auf dem Spielplatz. Sie rufen an, sobald Simon die Operation überstanden hat. Aber ich bin nach dem Gespräch mit der Ärztin doch ziemlich optimistisch. Es hätte alles viel schlimmer ausgehen können.«

»Sicher wird er auch die OP gut überstehen«, sagte er und warf einen neugierigen Blick auf Mia.

»Du hast noch ein zweites Kind?«, fragte er ziemlich überrascht.

Es dauerte eine Sekunde, bis Andrea realisierte, was er meinte.

»Aber nein!« Sie lachte kurz auf. »Mia ist Simons Tochter. Meine Enkelin.«

»Wow! Ich hätte nie gedacht, dass du schon eine Großmutter bist.«

»Tja, das bin ich aber.« Sie zuckte lächelnd mit den Schultern. »Für die Mutter einer Zweieinhalbjährigen wäre ich mit meinen knapp fünfzig inzwischen auch schon zu alt«, bemerkte sie locker.

Kurz verschwand das Lächeln aus seinen Augen. Doch der Moment war so schnell vorüber, dass Andrea meinte, sich geirrt zu haben.

Er ging in die Hocke, um das Kind auf Augenhöhe anzusprechen.

»Guten Tag, Mia!«, sagte er freundlich. »Ich bin der Michael. Es freut mich sehr, dich kennenzulernen.«

Es gefiel Andrea, wie er mit dem Mädchen umging.

»Hallo«, sagte Mia und drückte sich etwas schüchtern an das Bein ihrer Oma.

»War's denn schön am Spielplatz?«, wollte er wissen.

Sie nickte.

»Lass dich bloß nicht täuschen – sobald Mia jemanden kennt, taut sie richtig auf und plappert ohne Ende«, erklärte Andrea. »Aber jetzt braucht sie dringend eine frische Windel.«

Michael erhob sich wieder.

»Ich will euch auch gar nicht aufhalten. Ich wollte nur dein Fahrrad abstellen und hatte gar nicht damit gerechnet, dich zu sehen.«

»Vielen Dank ... Du hältst uns überhaupt nicht auf! Und sag bitte nicht, dass du die Strecke mit den Rädern zweimal zurückgefahren bist.«

Er lachte kurz auf.

»Nein. Ich habe ein Taxi mit Fahrradständer bestellt«, verriet er.

»Ich übernehme natürlich die Hälfte der Kosten!«, sagte sie schnell.

»Jetzt lass es bitte gut sein, ja?«

Er nahm den bunten Blumenstrauß aus dem Korb.

»Ich dachte, vielleicht muntern sie dich nach dem Schreck ein wenig auf.«

Andrea spürte, wie ihre Wangen heiß wurden. Wann hatte sie das letzte Mal Blumen von einem Mann bekommen? Im Moment konnte sie sich nicht daran erinnern.

»Danke! Das ist lieb von dir. Aber es wäre wirklich nicht nötig gewesen. Du hast schon das Essen bezahlt und jetzt auch noch mein Fahrrad zurückgebracht.«

»Hmm ... Also, wenn du sie nicht magst, muss ich die Blumen wohl oder übel wieder mitnehmen«, feixte er und seine Augen funkelten.

»Nein, musst du nicht! Ich behalte sie sehr gern, Michael. Vielen Dank, ich liebe Ranunkeln.«

»Perfekt. Dann habe ich es ja genau richtig erraten!«, sagte er.

»Hast du ... möchtest du vielleicht noch auf einen Kaffee mit reinkommen?«, lud sie ihn spontan ein. Nach allem, was er für sie getan hatte, wollte sie ihn nicht einfach so gehen lassen.

»Du musst dich nicht verpflichtet fühlen, mich einzuladen, Andrea. Ich kann verstehen, wenn du jetzt mit deiner Enkeltochter etwas Ruhe haben möchtest.«

»Mia wird sicher bald schlafen. Und ehrlich gesagt, wäre ich froh, wenn ich ein wenig Gesellschaft hätte, damit ich nicht ständig an die Operation denke.«

»Na gut. Dann nehme ich die Einladung sehr gerne an.«

Michael wartete auf der Terrasse, während Andrea rasch das Kind wickelte. Mia war inzwischen so müde von dem anstrengenden Tag, dass sie nichts essen wollte und nur noch ein wenig Tee trank. Für ein Nachmittagsschläfchen war es eigentlich schon etwas spät. Aber sie konnte Mia nicht wach halten bis zum Abend und legte sie ins Kinderbett in Simons ehemaligem Zimmer, das sie für ihre Enkelin neu eingerichtet hatte.

»Schau mal, Mia, der kleine weiße Elefant ist schrecklich müde. Darf er heute bei dir schlafen?«, fragte Andrea, die Sorge hatte, das Kind könnte beharrlich nach ihrem blauen Stoffhasen verlangen.

Mia schien kurz zu überlegen, dann nickte sie.

»Elafant und Ratti sollen ins Betti!« Sie deutete ins Regal zu Remy, der kleinen Ratte aus dem Film *Ratatouille*. Es war zwar kein Hase, aber immerhin blau.

»Klar ... Ratti darf auch bei dir schlafen«, sagte Andrea und holt das Stofftier mit der kleinen Kochmütze. Mia drückte Elafant und Ratti fest an sich.

Andrea streichelte sanft über ihre Stirn und erzählte noch den Anfang einer selbst erfundenen Schlafgeschichte, doch schon nach wenigen Minuten fielen Mia die Augen zu.

»Schlaf schön, mein Schätzchen«, flüsterte sie.

Andrea ließ leise die bunten Rollläden herunter, schaltete das Babyphone ein und ging nach unten.

Ein paar Minuten später stellte sie zwei Cappuccini und eine Schale mit selbst gebackenen Keksen, von denen sie glücklicherweise immer einen kleinen Vorrat zu Hause hatte, auf den Tisch, neben die Vase mit den Blumen, die Michael ihr geschenkt hatte.

»Vielen Dank für deine Geduld!«, sagte sie und setzte sich ihm gegenüber.

»Ach, kein Problem. Ich hatte sowieso noch ein paar Nachrichten zu beantworteten.«

»Sehr viel Wochenende gibt es bei dir offenbar auch nicht?«, meinte sie, während sie nach einem Keks griff.

»Nicht wirklich ... Umso mehr genieße ich so einen Tag wie heute ...«

»Den ich dir leider total vermiest habe«, unterbrach sie ihn.

»Ach komm. Jetzt lass es echt mal gut sein. Erstens hatten wir eine schöne Radtour, und du hast mir immerhin gezeigt, wie man Weißwürste isst, auch wenn wir dann keine Gelegenheit hatten, sie tatsächlich zu essen. Und jetzt sitzen wir hier noch überraschend zusammen bei Kaffee und Keksen. Doch das Wichtigste ist, dass der Unfall deines Sohnes so glimpflich ausging.«

»Ja ... Du hast recht. Und sobald der Anruf kommt, dass er auch die Operation gut überstanden hat, kann ich vollends entspannt sein. Hast du eigentlich auch Kinder?«, fragte sie neugierig.

Er schüttelte den Kopf.

»Nein. Ich habe keine Kinder.«

Und wieder bemerkte sie, dass sein Blick sich für einen Moment veränderte. Fast wie ein dunkler Schatten, der jedoch auch diesmal schnell vorüberzog. Hoffentlich war sie ihm mit ihrer Frage nicht zu nahe getreten.

»Was dir einiges an Sorgen und Aufregungen erspart, wie man heute gesehen hat«, sagte sie deswegen schnell und lächelte.

Er erwiderte nichts darauf, sondern nippte nur an der Tasse.

Konnte es sein, dass dieses Thema ein wunder Punkt bei ihm war?

»Und du bist also auch geschieden«, meinte er dann.

»Ja, schon ziemlich lange sogar. Simon war damals noch ein kleiner Schuljunge, als mein Mann, also mein jetziger Ex-Mann, eine andere Frau kennenlernte«, verriet sie offen. Warum sollte sie auch ein Geheimnis daraus machen?

»Manchmal funktioniert es einfach nicht, oder?«, bemerkte er.

Sie nickte.

»Auch wenn man sich das nicht vorstellen kann, wenn man heiratet«, fuhr er fort.

»Glücklicherweise. Sonst gäbe es sicherlich sehr viel weniger Paare, die sich das Jawort geben. Man ist im besten Fall verliebt ineinander und stellt sich vor, was man noch alles als Paar und Familie erleben möchte und wie man gemeinsam alt wird. Doch plötzlich – und bei mir kam es wirklich ganz plötzlich, von einem Tag auf den nächsten – ist alles ganz anders. Der Mensch, den man glaubte so gut zu kennen, steht plötzlich wie ein Fremder vor einem.«

Er nickte nachdenklich.

»Wie lange bist du denn schon von deiner Frau geschieden?«, fragte sie.

»Seit einem knappen halben Jahr.«

Damit hatte sie nicht gerechnet. Warum auch immer – sie war davon ausgegangen, dass er schon deutlich länger geschieden wäre. Andrea versuchte, sich ihre Enttäuschung nicht anmerken zu lassen. Konnte es sein, dass der erste Mann seit vielen Jahren, für den sie sich ein wenig interessierte, schon wieder ein frisch geschiedener war?

»Aber wir waren schon länger getrennt«, fügte Michael hinzu. Was es für Andrea nicht wesentlich besser machte.

Sie suchte nach passenden Worten und war fast froh, dass es in diesem Moment klingelte.

»Entschuldige bitte«, sagte sie und ging zur Haustür.

»Das ist Laura, die Partnerin meines Sohnes«, stellte Andrea die beiden einige Momente später vor, nachdem Laura die Sachen für Mia im Flur abgestellt hatte. »Und das ist Michael Parker, der Leiter des Verlags, für den ich immer wieder und sehr gerne arbeite.«

»Guten Tag, Herr Parker«, begrüßte ihn Laura mit dem charmanten Lächeln, das man von ihr auch aus dem Fernsehen kannte. »Ich möchte aber nicht stören.«

Sie schien etwas überrascht, dass ihre Schwiegermutter in spe männlichen Besuch hatte. Und tatsächlich war das in den vier Jahren, seitdem Laura und Simon zusammen waren, nicht vorgekommen,

»Ach was. Sie stören bestimmt nicht«, winkte Michael freundlich ab. »Andrea und ich waren heute Vormittag bei einer kleinen Radtour unterwegs. Nachdem sie nach Ihrem Anruf mit dem Taxi sofort in die Klinik gefahren ist, habe ich versprochen, mich um das Fahrrad zu kümmern und es vorhin zurückgebracht. Sie hat mich spontan auf einen Cappuccino eingeladen.«

»Möchtest du auch einen?«, fragte Andrea.

»Nein danke. Ich fahre dann gleich in die Klinik weiter, damit ich dort bin, wenn Simon nach der OP aufwacht«, erklärte sie.

»Du rufst mich bitte gleich an, ja?«

»Natürlich!«

Michael sah sie neugierig an und schien zu überlegen.

»Ich kenne Sie von irgendwoher, aus dem Fernsehen, oder?«, grübelte er.

»Vermutlich, ja ...«

»Sie sind Laura Necka!«, fiel es ihm plötzlich ein.

Laura nickte und lächelte.

»Ertappt!«

»Ich wusste gar nicht, dass die Freundin deines Sohnes eine bekannte Moderatorin ist«, sagte Michael überrascht zu Andrea.

Sie zuckte mit den Schultern.

»Irgendwie sind wir bei unseren Unterhaltungen bisher noch nicht so weit gekommen, uns mehr über uns zu erzählen«, meinte sie lapidar.

»Jedenfalls bin ich sehr froh für euch alle, dass der Unfall doch keine so schlimmen Folgen hatte, wie zunächst befürchtet«, beteuerte er.

»Vielen Dank ... Simon hatte echt irrsinnig viel Glück. So, aber jetzt muss ich leider wirklich los. Es hat mich sehr gefreut, Sie kennenzulernen, Herr Parker«, sagte Laura charmant.

»Mich auch«, entgegnete Michael. »Aber sagen Sie doch bitte Michael zu mir.«

»Gern, Michael. Und ich bin Laura.«

»Freut mich sehr, Laura!«

Laura warf noch einen kurzen Blick ins Zimmer ihrer schlafenden Tochter und streichelte ihr sanft übers Haar. Dann ging sie gemeinsam mit Andrea nach unten.

»Mach dir keine Sorgen, Mia ist bei mir gut aufgehoben. Und um Simon werde ich mich natürlich auch kümmern«, versprach Andrea.

»Natürlich wirst du das«, sagte Laura ein wenig spitz. Irritiert sah Andrea sie an.

»Habe ich irgendwas falsch gemacht?«, fragte sie vorsichtig.

Laura seufzte.

»Nein. Du machst doch nie etwas falsch. Du kriegst immer alles unter einen Hut und springst ein, wenn wir dich brauchen.«

»Und ... das ärgert dich?«, tastete sich Andrea weiter vor, auch wenn dafür eigentlich nicht der richtige Zeitpunkt war.

»Neben dir komme ich mir manchmal so unzulänglich vor. Ich habe das Gefühl, dass ich deinen Erwartungen nicht entspreche«, platzte es aus Laura heraus.

Andrea starrte sie verdattert an. Noch nie hatte sie die sonst so taffe Laura so emotional erlebt. Offenbar hatte der Unfall sie doch mehr aus der Bahn geworfen, als sie sich das vorhin hatte anmerken lassen. Oder hatte sie generell ein Problem mit Andrea, und durch die stressige Situation kam das jetzt an die Oberfläche? War das womöglich der Grund dafür, dass sie immer etwas auf Distanz zu Andrea blieb?

»Wie kommst du nur darauf, Laura? Was denkst du denn, welche Erwartungen ich an dich haben könnte?«, wollte Andrea wissen.

»Ich ...« Laura schüttelte den Kopf. »Es tut mir leid, Andrea. Bitte vergiss, was ich eben gesagt habe. Ich stehe momentan ziemlich unter Druck. Die Arbeit, Simons Unfall ... und auch wenn es für dich womöglich nicht danach aussieht, es fällt mir nicht leicht, Mia über eine Woche nicht zu sehen.«

Schon wieder eine Spitze, doch Andrea kommentierte sie nicht weiter.

»Danke, dass du für uns da bist. Das meine ich ganz ehrlich«, beteuerte Laura und strich sich etwas fahrig eine Strähne ihres langen dunkelblonden Haares hinters Ohr.

»Hör mal. Was hältst du davon, wenn wir beide essen gehen, sobald du wieder zurück bist und alles sich ein wenig normalisiert hat?«, schlug Andrea vor. Es war wohl an der Zeit, mal ein klärendes Gespräch zu führen.

»Vielleicht eine gute Idee«, sagte Laura und lächelte nun, auch wenn es ein wenig müde wirkte. »Ich melde mich bei dir, sobald Simon aus der Narkose aufgewacht ist.«

»Danke ... Sag ihm bitte einen lieben Gruß. Ich werde ihn dann morgen mit Mia besuchen kommen.«

»Okay ... Übrigens schickt mir in den nächsten Tagen die Agentur Vorschläge für eine Nanny. Diejenigen, die ich in die engere Wahl nehme, leite ich per Mail auch an dich weiter. Es wäre gut, wenn du zusammen mit Simon einen Blick darauf werfen könntest.«

»Das mache ich gerne«, sagte Andrea und freute sich, dass Laura sie in diese Entscheidung einbezog. »Dir viel Erfolg in New York ... Und das meine ich ebenfalls völlig ernst, okay?«

»Danke.«

Die beiden Frauen standen sich gegenüber. Keine tat den ersten Schritt, die andere zu umarmen. Sie spürten wohl beide, dass es nicht der richtige Zeitpunkt dafür war. Noch nicht.

Als Andrea wieder auf die Terrasse ging, telefonierte Michael und ging dabei in dem kleinen Garten auf und ab, ohne sie zu bemerken.

»Das haben wir doch jetzt schon tausendmal besprochen ... Nein, ich halte das für keine gute Idee und ...«

In diesem Moment entdeckte er Andrea.

»Ich rufe dich später noch mal an. Nein, jetzt nicht. Ja ... bis dann.«

»Entschuldige bitte. Ich wollte dich nicht stören«, sagte Andrea.

»Kein Problem. Ich hatte ohnehin keine Lust mehr auf das Gespräch«, erklärte er und setzte ein Lächeln auf, das ein wenig bemüht wirkte. »Ich fürchte, dein Cappuccino ist inzwischen kalt geworden.«

»Ist vielleicht auch besser, wenn ich um diese Zeit keinen mehr trinke. Sonst brauche ich wieder ewig, um nachts einzuschlafen. Wobei ich vermutlich sowieso nicht so früh ins Bett kommen werde. Laura muss beruflich in die Staaten, und normalerweise kümmert sich hauptsächlich mein Sohn um Mia. Jetzt wird die Kleine bei mir bleiben, bis ihre Mama wieder zurück ist. Deswegen werde ich meine Arbeitszeiten teilweise wieder in die Nächte verlegen müssen.«

»Toll, dass du für die Familie einspringst. Aber sicherlich auch eine Belastung für dich.«

Andrea zuckte mit den Schultern.

»Ach, irgendwie geht es schon. Ich genieße es sehr, meine Enkeltochter um mich zu haben. Und keine Sorge, ihr kriegt den Umschlag für den Kara-Buck-Roman wie versprochen Mitte nächster Woche. Und auch die Covervorschläge für den Weihnachtsroman, den Lydia Kuske letzte Woche angefragt hat.«

»Ich habe keine Zweifel daran, dass du das alles hinkriegst«, sagte Michael und warf einen Blick auf seine Armbanduhr. »Vielleicht sollte ich mich dann mal langsam auf den Weg machen.«

»Natürlich ... Vielen Dank, dass du mein Fahrrad gebracht hast, und auch für die schönen Blumen – und überhaupt«, sagte sie ein wenig unbeholfen.

In diesem Moment sprang Charly über den Zaun vom Nachbargrundstück und rannte auf die Terrasse zu.

»Jetzt kann ich dir auch noch meinen Mitbewohner vorstellen. Das ist mein Kater Charly«, sagte sie.

Charly schien sich nicht sonderlich für den Besuch zu interessieren. Er eilte schnurstracks ins Haus in Richtung Küche zu seiner Schale mit Trockenfutter.

Michael lächelte.

»So ein hübscher Tiger. Meine Lola ist leider im letzten Jahr gestorben. Sie wurde fast 19. Eine rabenschwarze Schönheit mit einem weißen Bein.«

»Das tut mir leid«, bedauerte Andrea, die wusste, wie schwer es war, ein geliebtes Haustier zu verlieren.

»Sie fehlt mir immer noch«, gab er zu.

»Hast du daran gedacht, wieder eine Katze bei dir aufzunehmen?«, fragte Andrea.

Er seufzte.

»Die ersten Wochen nach Lolas Tod war ich mir sicher, dass ich nie wieder ein Haustier haben möchte. Weil es einfach so wehtut, wenn sie gehen ... Inzwischen denke ich natürlich ab und zu darüber nach. Aber ich bin beruflich so viel unterwegs, dass die Katze zu oft allein wäre. Und das in der relativ kleinen Wohnung mitten in der Stadt ... Das möchte ich keinem Tier zumuten.«

Andrea nickte verstehend.

»Ja, das muss man sich wirklich gut überlegen«, stimmte sie ihm zu.

»Aber wenn meine Wohnsituation sich ändert, und ich hoffe sehr, dass das bald der Fall sein wird, kann es sein, dass ich mir wieder einen Stubentiger zulege. Besser gesagt, dann gleich zwei Katzen, damit sie einander Gesellschaft leisten können, wenn ich nicht da bin.«

»Willst du denn bald wieder umziehen?«

»Die Entscheidung, nach München zu gehen, traf ich relativ schnell. Deswegen hatte ich nur wenig Zeit, mich nach einer neuen Bleibe umzusehen. Die derzeitige Wohnung gehört der Schwester unserer Pressechefin, die sie mir kurzfristig vermieten konnte. Aber ich hoffe, dass ich bald etwas Passendes finde mit deutlich mehr Quadratmetern.«

»Falls ich was hören sollte, sag ich dir Bescheid«, bot sie an.

»Danke! Schön wäre auch so ein kleiner Garten wie dieser hier. Sag mal, wie kommt man denn zu so einer so hübschen Doppelhaushälfte in München, ohne sich völlig zu ruinieren?«, fragte er neugierig.

Sie lächelte.

»Das ganze Haus gehörte früher meinen Großeltern. Nach meiner Scheidung damals haben sie mir diese Hälfte geschenkt und den anderen Teil verkauft. Wir mussten aufwendig renovieren, und dafür ging ein großer Teil des Geldes aus dem Verkauf drauf. Aber ich bin meinen Großeltern sehr dankbar. Manchmal hat es auch einen Vorteil, die einzige Enkeltochter zu sein. Für Simon und mich war es nach der Scheidung ideal hier. Mein Büro befindet sich auch im Haus.«

»Wie praktisch ... Es ist wirklich sehr gemütlich, und die Lage ist super.«

»Danke.«

Er nahm den letzten Schluck von seinem Cappuccino. Und es schien ihm nichts auszumachen, dass er kalt war. Wie aus dem Nichts löste der Anblick seines gebräunten Unterarms und der wohlgeformten Hand einen wohligen Schauer in ihr aus. Ihr Puls schoss in die Höhe. Und für eine Sekunde ging ihr die Frage durch ihren Kopf, wie es wäre, wenn diese Hand sie behutsam berühren, die Finger sanft über ihre Haut streicheln würden. Gleichzeitig schalt sie sich für diesen Gedanken. Heute waren andere Dinge wichtig!

»So, jetzt mache ich mich aber wirklich auf den Weg«, sagte Michael. »Danke für den Cappuccino und die Kekse.«

»Gern geschehen. Und dir vielen Dank, dass du mich ein wenig abgelenkt hast.«

»Ich hoffe, der erlösende Anruf aus dem Krankenhaus kommt bald.«

»Das hoffe ich auch.«

Er erhob sich, und Andrea stand ebenfalls auf, noch immer irritiert über die plötzlichen Empfindungen vorhin, die sie in einer solchen Intensität schon lange nicht mehr gespürt hatte. Und das ausgerechnet an diesem Tag!

»Kann man Weißwürste eigentlich auch am Abend essen?«, fragte er, während sie ihn durch den Flur zur Haustür begleitete.

Sie lachte.

»Ein gestandener Bayer genießt seine Weißwurst vor dem Mittagsläuten«, erklärte sie.

»Aber man muss sich ja nicht immer an alle Regeln halten, oder?«

»Nein. Muss man nicht.«

»Aber egal ob Mittag oder Abend, ich freue mich jedenfalls schon auf die versprochene Einladung«, beteuerte er.

»Sobald Laura zurück ist aus New York und Mia wieder bei ihr, suche ich uns ein schönes Wirtshaus aus, und wir holen unser Weißwurstessen nach.«

»Wir müssen aber nicht unbedingt in ein Lokal gehen, wir könnten doch die Würste auch hier essen, wenn das für dich okay ist. Und mich stört es absolut nicht, wenn deine Enkeltochter dabei ist. Ganz im Gegenteil«, sagte Michael.

»Tja, wenn du meinst«, sagte Andrea, ein klein wenig überrumpelt, aber trotzdem erfreut. »Wie wär's denn mit kommendem Mittwochabend? Natürlich unter der Voraussetzung, dass mit Simon alles gut ausgeht und nichts mehr dazwischenkommt.«

»Natürlich. Und Mittwoch passt gut. Moment, ich schau nur kurz zur Sicherheit...«

Er zog sein Handy aus der Hosentasche und warf einen Blick in seinen Terminkalender.

»Perfekt. Mittwoch klappt. Ich freue mich.«

»Ich mich auch. Es ist nur ...«

»Ja?«

»Weißt du, auch wenn man sich nicht immer an alle Regeln halten muss – Weißwürste am Abend sind für mich trotzdem ein No-Go.«

»Okay ...?«

»Ehrlich gesagt, schmecken sie wirklich am Vormittag mit frischen Brezen und einem Weißbier am besten«, erklärte sie.

»Also sollen wir es doch lieber auf ein anderes Mal verschieben?«

»Das Weißwurstessen vielleicht schon, aber könntest du dich am Mittwoch stattdessen auch mit Pasta anfreunden?«, fragte sie.

»Pasta?« Er lachte. »Aber klar. Total gern, ich möchte nur nicht, dass du dir zu viel Arbeit machst. Gerade jetzt, wo du ohnehin so viel um die Ohren hast.«

Sie schüttelte den Kopf.

»So ein Nudelgericht ist ja schnell gezaubert. Und Mia mag es auch gern.«

»Wenn dir das also lieber ist, sehr gerne.«

»Dann bis Mittwoch.«

»Bis Mittwoch.«

Andrea legte die Hand an den Türgriff. Doch bevor sie öffnete, trat Michael einen Schritt näher zu ihr. Für einige Sekunden sahen sie sich wortlos an. Die Luft um sie herum schien mit einem Schlag elektrisch geladen zu sein. Es bedurfte nur eines Funkens, dann würde alles in Flammen stehen. Zumindest fühlte es sich für Andrea so an. Ihr Herz klopfte plötzlich wie wild. Sein Blick versprach etwas, das sie sich insgeheim ersehnte. Gleichzeitig hatte sie Angst davor, womöglich die Kontrolle zu verlieren, gerade weil dieses Sehnen im Moment so übermächtig war.

Langsam, fast wie in Zeitlupe kam er näher.

»Andrea ...«

Sie spürte seinen Atem, sah, wie sein Mund sich dem ihren näherte, wusste, was er sie fragte, ohne dabei ein Wort zu sagen. Eine Stimme tief in ihr warnte sie, riet ihr dringend, sich sofort zurückzuziehen. Doch sie schloss die Augen. Wartete auf den Moment der Berührung. Sanft, wie der Flügelschlag eines Schmetterlings streifte er ihre Lippen. Ihr leises Seufzen war die Antwort auf seine Frage. Und dann küsste er sie, zuerst vorsichtig, dann immer leidenschaftlicher. Ein erster Kuss – ihr erster Kuss – forschend, neugierig und bezaubernd.

KAPITEL 8

Am Ende eines langen Tages

»Und dann?«

Eduarda stand neben dem Kühlschrank in Andreas Küche und sah ihre Freundin mit großen Augen gespannt an.

»Und dann ... tja, dann kam glücklicherweise Lauras Anruf aus der Klinik, dass Simon die Operation gut überstanden hat«, antwortete Andrea, während sie Weißwein in zwei Gläser schenkte. Inzwischen war es später Abend geworden, und noch immer war sie aufgewühlt von dem Kuss, der sie völlig aus der Bahn geworfen hatte.

Mia, die dazwischen einmal aufgewacht war, eine große Portion Brei gegessen und mit ihrer Oma noch ein wenig gespielt hatte, lag längst wieder in ihrem Bett und schlief.

Eduarda war nach ihrer Rückkehr aus Augsburg durch das kleine Tor im Gartenzaun sofort zu Andrea gekommen, um alles über Simons Unfall und die erfolgreich verlaufene Operation zu erfahren.

»Gott sei Dank ist ihm nichts Schlimmes passiert!« Eduarda hatte ihre Freundin glücklich umarmt.

»Ich weiß nicht, was ich gemacht hätte, wenn ...« Andrea hatte nicht weitersprechen können.

»Hey, ist doch alles gut gegangen. Simon hatte eben einen Schutzengel. Wie schon so oft.«

Tatsächlich hatte Andreas Sohn schon einige sehr brenzlige

Situationen überstanden, unter anderem den Sturz aus einem Skilift in den Tiefschnee während einer Schulsportwoche in Südtirol, einen Blinddarmdurchbruch und eine schwere Lebensmittelvergiftung nach einem Kindergeburtstag.

»Wer mit zweitem Vornamen Felix – der Glückliche – heißt, dem kann einfach nichts Ernsthaftes zustoßen.«

»Er ist echt ein Glückskind.«

»Eben ... Aber sag mal, Andi, da ist doch noch irgendwas mit dir, oder?«

»Was meinst du?«

»Ach komm ... Du bist nicht nur wegen Simons Unfall so seltsam aufgedreht. Außerdem hast du die ganze Zeit rote Wangen. Und erzähl mir nicht, dass das von den Wechseljahren kommt.«

Eduarda schien eine Art sechsten Sinn zu besitzen. Denn Andrea konnte ihrer besten Freundin kaum was verheimlichen. Und auch diesmal hatte sie nicht lockergelassen, bis Andrea ihr die Geschichte mit Michael erzählte.

Inzwischen hatten sie es sich auf der Terrasse gemütlich gemacht, eingewickelt in warme Decken. Es war frisch geworden, trotzdem wollten sie lieber draußen sitzen mit Blick in den sternenklaren Nachthimmel.

»Meine Güte, da hast du heute aber wirklich einen aufregenden Tag hinter dir«, konstatierte Eduarda und trank einen Schluck Wein.

»Ja ... Der Tag ist wie eine Achterbahnfahrt gewesen, und er scheint irgendwie gar nicht enden zu wollen ...«, erwiderte Andrea und nippte ebenfalls an ihrem Glas.

»Und?«

»Und was?«

»Meine Güte, jetzt lass dir doch nicht alles aus der Nase ziehen. Wie war denn nun der Kuss?«, bohrte Eduarda nach.

Andrea schloss für einen kurzen Moment die Augen. Beim Gedanken an Michaels Lippen verstärkte sich das Kribbeln im Bauch, das sie seit dem Kuss immer wieder wellenartig überfiel.

»Was soll ich sagen ...«, begann sie. Es war schon ewig her, dass sie sich über solche Dinge unterhalten hatte, und sie suchte nach Worten.

»Das soll sich jetzt nicht kitschig anhören, aber ich hatte buchstäblich weiche Knie«, sagte sie schließlich. »Und ich kann dir nicht sagen, ob der Kuss nur zehn Sekunden oder zehn Minuten gedauert hat. Ehrlich nicht. Ich habe jedes Zeitgefühl verloren.«

»Wenn ich das Strahlen in deinen Augen sehe – das muss ja wirklich der Hammer gewesen sein«, sagte Eduarda und grinste breit.

»Schon, aber ... ich fürchte, es war ein Fehler«, meinte Andrea.

»Warum das denn? Er ist doch nicht etwa in einer Beziehung?«, fragte Eduarda alarmiert.

Andrea schüttelte den Kopf.

»Nein ... Zumindest nicht dass ich wüsste. Aber seine Scheidung war erst vor einem halben Jahr. Und genau das hatte ich schon einmal so ähnlich. Und wie wir alle wissen, ging das nicht gut aus.«

»Hmm.«

»Mehr fällt dir dazu nicht ein?«

»Aber du interessierst dich für ihn, oder?«, wich Eduarda ihrer Frage aus.

»Ja, ich geb's zu. Michael ist der erste Mann seit Langem, der etwas auslöst in mir, das ich schon ewig nicht mehr gespürt habe.«

»Das ist doch grandios! Ich hatte ohnehin schon Angst um dich, dass du womöglich nach und nach wieder zu einer alten Jungfrau mutierst«, feixte Eduarda mit einem frechen Zwinkern.

»So weit wollte ich es jetzt dann doch nicht kommen lassen«, stellte Andrea klar, die ihrer Freundin den Scherz jedoch nicht übelnahm. Schließlich waren ihr ab und zu selbst schon ähnliche Gedanken durch den Kopf gegangen.

»Trotzdem, Edu, ich muss vorsichtig sein. Ich will mich bei Michael nicht in etwas verrennen. Für ihn bedeute ich vermutlich nur eine willkommene Ablenkung nach seiner Scheidung. Aber ein zweites Mal die Zwischenfrau sein? Das wird bestimmt nicht mehr passieren!«, sagte sie und bekräftigte ihre Worte mit einem Kopfschütteln.

»Das verstehe ich, aber ...« Eduarda schien nach den richtigen Worten zu suchen.

»Was meinst du?«

»Auch wenn ich dich damals noch nicht kannte: Du warst ja noch ziemlich jung und hast dich, voller Vertrauen in deine große Liebe, auf eine Ehe und eine Familie eingelassen. Umso schlimmer war die Enttäuschung, das ist mir schon klar. Inzwischen bist du aber ein ganz anderer Mensch geworden, und deine Prioritäten haben sich verändert.«

Andrea dachte über Eduardas Worte nach.

»Dein Sohn ist erwachsen, hat seine eigene Familie«, fuhr Eduarda fort. »Du bist selbstständig und unabhängig in deinem Beruf. Und wenn du bis an dein Lebensende nicht nur eine Katze haben möchtest, die bei dir im Bett kuscheln darf, lohnt es sich, dass du dich vielleicht doch mal auf ein spannendes Abenteuer einlässt. Oder zumindest die Möglichkeit in Betracht ziehst.«

»Ja, das mag stimmen«, gab Andrea ihr recht. »Aber trotzdem geht es ja auch um meine Gefühle. Gerade bei Michael kann ich es mir vorstellen, mich endlich wieder fallen zu lassen. Wenn ich aber für ihn nur eine Art Ablenkung bin – was ich ihm ja noch nicht einmal vorwerfen möchte –, dann habe ich Angst davor, dass er die Macht hat, mich zu verletzen. Außerdem ... Mir geht es als Single gut, ich brauche keinen Mann, um glücklich zu sein.«

»Das weiß ich doch. Genauso denke ich auch! Aber man kann durchaus auch *mit* einem Partner glücklich sein!«, sagte Eduarda schmunzelnd.

In diesem Moment kam Charly über den Rasen gelaufen und sprang in einem Satz auf Eduardas Schoß.

»Hey, du kleiner Racker«, begrüßte sie ihn und streichelte liebevoll durch sein weiches Fell, während Andrea Wein nachschenkte. »Wie seid ihr denn nach dem Kuss überhaupt verblieben?«

»Ich bekam ja den Anruf von Laura aus der Klinik, deswegen ging er, ohne dass wir noch mal reden konnten«, antwortete Andrea.

»Hat er sich seither schon gemeldet?«

»Nein. Aber es ist ja auch erst ein paar Stunden her. Ich weiß wirklich nicht, wie ich damit jetzt umgehen soll. Ach Edu ...«, seufzte sie.

»Du wirst dich auf keinen Fall bei ihm melden, bevor er es nicht tut, Andi!«, riet Eduarda eindringlich. »Da bin ich echt altmodisch.«

»Ich wüsste ohnehin nicht, was ich sagen oder schreiben sollte. Aber am Mittwochabend kommt er zum Essen. Ich habe ihn eingeladen. Noch vor dem Kuss.«

Eduarda lächelte.

»Vielleicht solltest du dir nicht so viele Gedanken machen. Schau doch einfach, was passiert.«

»Und wenn ich mich emotional total verstricke?«, sprach Andrea ihre Ängste aus.

Eduarda zuckte mit den Schultern.

»No risk, no fun ...«

»Du sagst das so einfach!«

»Sieh es mal positiv. Dieser Michael scheint ein spannender Typ zu sein. Freue dich doch einfach, dass du so interessant für ihn bist – und er für dich. Ist ja nicht so, dass in unserem Alter die Auswahl an passenden Singlemännern so überwältigend groß wäre, dass sie vor der Haustür Schlange stehen. Es wird Zeit, dass du mal wieder in dieses Spiel einsteigst, Andi.«

»Ich bin da leider total aus der Übung«, gab sie zu und seufzte.

»Quatsch. Das verlernt man nicht. Glaube mir. Man muss es nur wieder wollen und sich einen Ruck geben. Wirf die Angst über Bord. Angst ist wie ein Klotz am Bein.«

Andrea nahm einen Schluck Wein.

»Weißt du, wann ich das letzte Mal Sex hatte?«, fragte sie dann.

»Nein.«

»Ich auch nicht mehr.«

Die Frauen sahen sich für einen Moment an, dann lachten sie lauthals auf.

Erschrocken sprang Charly von Eduardas Schoß und verschwand ins Haus.

»Unsere Frauengespräche scheinen ihn nicht sonderlich zu interessieren. Man merkt, er ist ein Männchen«, sagte Eduarda, und sie prusteten erneut los.

»Im Ernst, ich musste vorhin tatsächlich darüber nachdenken, wann das war. Und stell dir vor, es ist schon über vier Jahre her.«

»Wow – so lange warst du enthaltsam? Das ist ja echt eine Ewigkeit. Dass du das überhaupt ausgehalten hast?«, fragte Eduarda verblüfft.

»Ich kann es selbst kaum glauben«, meinte Andrea etwas verlegen. Auch wenn sie beste Freundinnen waren, fiel es ihr nicht leicht, über das Thema mal eben so locker zu reden.

»War das etwa mit diesem ehemaligen Musiklehrer von Simon? Wie hieß er noch gleich?«

»Laurin.«

»Stimmt ... Laurin mit den dunklen Wuschelhaaren und den hellgrauen Augen. Ein Hübscher war der ja schon«, meinte Eduarda versonnen.

»Und sieben Jahre jünger als ich.«

Andrea spürte, wie sie errötete. Das kurze, aber sehr aufregende Intermezzo mit dem Musiklehrer war ihr mit einem Mal lebhaft in Erinnerung.

»Damals habe ich dich glatt ein wenig beneidet«, gab Eduarda zu. »Das war kurz nachdem Jadim sich von mir getrennt hatte«, erinnerte sie sich.

»Zum zweiten oder dritten Mal?«

Sie zuckte mit den Schultern.

»Keine Ahnung. Und letztlich spielt es auch keine Rolle.«

Jadim war Finanzbuchhalter in der Produktionsfirma, in der auch Eduarda beschäftigt war. Sie führten seit fast sechs Jahren eine On-Off-Beziehung. Momentan waren die beiden wieder getrennt. Doch Andrea hätte alles darauf verwettet, dass sie bald wieder zusammenkamen. Keiner der beiden konnte auf Dauer ohne den anderen sein.

In diesem Moment meldete Andreas Handy eine Nachricht.

»Michael hat geschrieben«, sagte sie und spürte, wie ihr Puls sich beschleunigte.

»Jetzt lies doch schon!«, forderte Eduarda sie ungeduldig auf.

Was für ein Kuss! Ich freue mich schon sehr auf Mittwoch!, stand da.

Andrea schluckte. Seinen Worten entnahm sie, dass er den Kuss jedenfalls nicht bereute.

Nun kam auch noch ein Selfie, das so aussah, als hätte er es heute Vormittag am Weiher gemacht, als sie schon unterwegs zum Krankenhaus gewesen war.

Eduarda nahm ihr das Handy weg.

»Der sieht echt nicht übel aus, dieser Michael ... Und scheint auch nicht kompliziert zu sein, sondern eher erfrischend direkt«, sagte sie.

»Als kompliziert habe ich ihn bisher tatsächlich nicht erlebt. Auch nicht in beruflicher Hinsicht ... Und ja, er ist attraktiv. Aber was schreibe ich denn jetzt zurück? Hilf mir doch bitte mal!«

Andrea kam sich vor wie ein Teenager. Sie war tatsächlich völlig aus der Übung. Oder war man generell unsicher, wenn man jemanden kennengelernt hatte und dabei war, sich in ihn zu verlieben? Dieser plötzliche Gedanke brachte sie ein wenig aus der Fassung. *Verlieben?* So weit konnte es doch gewiss noch lange nicht sein! Trotzdem brachte Michael sie gehörig durcheinander.

»Du schreibst einfach, dass du dich auch auf Mittwoch freust«, riet Eduarda.

»Denkst du wirklich, es ist eine gute Idee, wenn ich mich weiterhin jenseits der Arbeit mit ihm treffe?« Die Tatsache, dass er erst seit Kurzem geschieden war, bereitete ihr nach wie vor ein wenig Bauchgrummeln.

»Gegenfrage: Wenn du die Einladung zum Essen rückgängig machst und den Kontakt nur noch auf rein berufliche Begegnungen beschränkst, würdest du das irgendwann mal bereuen?«

»Vermutlich«, gab Andrea zu. »Aber es könnte auch sein, dass ich es später bereue, jetzt nicht schon einen Schlussstrich gezogen zu haben.«

»Tja. Du wirst dich für eine Variante entscheiden müssen, und es ist ja allgemein bekannt: Meistens bereut man das, was man gar nicht erst versucht hat, mehr als einen Versuch, der vielleicht scheitert. Oder aber auch nicht scheitert. Es könnte auch alles ganz wunderbar werden!«

Andrea spielte nachdenklich mit ihrem Weinglas.

»Mein Rat an dich: Triff dich mit ihm und schau einfach, wie es dir damit geht. Du musst ihn ja nicht gleich heiraten. Lerne ihn erst mal besser kennen. Vielleicht entdeckst du Seiten an ihm, die dir nicht gefallen, und dann kannst du dich immer noch zurückziehen.«

»Oder er stellt fest, dass der Kuss mit mir ein Fehler war, und es gefallen ihm an mir manche Dinge nicht, und deswegen wird er ...«

»Jetzt sei mal nicht so eine Schwarzmalerin«, unterbrach Eduarda sie. »Klar, das kann auch sein, aber stell dir doch lieber vor, was du dir wünschst, und versteife dich nicht auf das, was du nicht möchtest!«

»Okay ... Du hast recht. Normalerweise bin ich das Gegenteil einer Schwarzmalerin. Und das weißt du auch. Nur hier ... hier bin ich einfach unsicher.«

»Das verstehe ich doch. Trotzdem – locker bleiben und gedanklich hoffnungsvolle Seifenblasen in den Himmel pusten!«

»Seifenblasen in den Himmel pusten?«, fragte Andrea irritiert. »Aber die zerplatzen doch alle sofort!«

»Genauso wie jeder Augenblick auch gleich wieder zerplatzt. Trotzdem ist jeder Augenblick etwas Besonderes. Und nur darauf kommt es an.«

»Deine Vergleiche sind manchmal ein wenig schräg, Edu. Aber na gut. Ich werde deinen Rat beherzigen und es einfach mal wagen.«

»Sehr schlau von dir.«

Eduarda grinste.

»Außerdem ist es nur ein Abendessen, und Mia ist ja auch dabei«, erklärte Andrea entschieden. Doch insgeheim war ihr klar, dass dieses Abendessen nach dem heutigen Kuss eine Bedeutung hatte. Sie war zwar aus der Übung, aber trotzdem nicht naiv.

»Wenn du möchtest, passe ich am Mittwoch gerne auf Mia auf«, bot Eduarda an.

»Oder du kommst einfach zum Essen rüber?«

»Du weißt, wie neugierig ich bin. Und ich möchte ihn gern kennenlernen, aber willst du wirklich, dass ich euch Gesellschaft leiste?«

»Du kannst ja wieder verschwinden, sobald Mia im Bett ist«, scherzte Andrea.

»Wie du meinst, Andi. Das lass ich mir dann nicht entgehen, wenn du schon so darauf drängst! Und jetzt schreib ihm zurück.«

Andrea atmete einmal tief durch, griff dann nach dem Handy und tippte.

Ich freue mich auch sehr auf Mittwoch!

Damit war alles gesagt, und die wenigen Worte zeigten gleichzeitig ihre Bereitschaft, sich womöglich auf mehr einzulassen.

»Und jetzt schick ihm auch noch ein Selfie!«, schlug Eduarda vor.

»Ach was!« Andrea winkte ab und fuhr sich durchs Haar. »Ich sehe sicher fürchterlich aus.«

»Du siehst gut aus! Darüber freut er sich bestimmt. Jetzt stell dich nicht so an, und sei mal ein wenig abenteuerlustiger! Du hast doch absolut nichts zu verlieren. Das Schlimmste, was dir passieren kann, ist ein wenig Herzschmerz. Aber das kriegen wir dann mit ganz viel Caipirinha auch wieder hin.«

Andrea musste lachen. Caipirinha – allerdings nur in einer speziellen Mixtur nach dem Rezept ihres Onkels Francisco – war Eduardas Wundermittel für sämtliche Gelegenheiten.

»Na gut. Wenn du meinst.«

Der Wein hatte Andrea ein wenig mutiger gemacht. Und so lächelte sie fröhlich in die Kamera und schickte Michael das Foto.

Gleich darauf schrieb er zurück:

Für eine Großmutter hast du dich wirklich ziemlich gut gehalten!

Dahinter setzte er ein zwinkerndes Smiley.

Andrea lächelte. Humor schien er jedenfalls zu haben.

Eine Eigenschaft, die sie ebenfalls sehr schätzte.

KAPITEL 9

Freundinnen

In den nächsten Tagen hatte Andrea so viel um die Ohren, dass sie nur selten dazu kam, über Michael und den Kuss nachzudenken. Sie besuchte Simon in der Klinik, kümmerte sich um Mia und musste ihre Aufträge erfüllen. Da sie tagsüber kaum dazu kam, saß sie meist bis tief in die Nacht vor ihrem Computer an der Arbeit, sobald Mia schlief.

Glücklicherweise erholte sich Simon erstaunlich schnell von der Operation. Am Ende der Woche würde er die Klinik verlassen dürfen. Da er nicht allein in der Wohnung bleiben konnte und Laura noch nicht zurück war aus New York, bereitete Andrea schon mal das Schlafsofa in seinem früheren Zimmer vor, in dem jetzt Mia ihr eigenes kleines Reich hatte. Das Kinderbett würde sie vorübergehend in ihr Schlafzimmer stellen, damit Simon genug Ruhe hatte, um sich zu erholen. Doch kaum hatte sie das Schlafsofa vorbereitet und das Kinderbett umgestellt, wurde ihr klar, dass es für ihren Sohn schwierig sein würde, die Treppen in den ersten Stock hinauf zu bewältigen.

»Ich bin vielleicht ein Dussel. Wieso habe ich nicht gleich daran gedacht?«, fragte sie Eduarda, die nach der Arbeit auf einen Sprung vorbeischaute. »Natürlich ist es für ihn einfacher, wenn er unten im Wohnzimmer auf dem Sofa schläft.«

»Ich denke, dir geht einfach zu viel im Kopf herum«, antwortete ihre Nachbarin lachend. »Wie ist denn die Lage zwischen dir und Michael?«

»Er hat sehr viel im Verlag zu tun. Aber wir schreiben uns ab und zu kurze Nachrichten.«

»Das Abendessen morgen steht also noch?«

»Ja, es steht noch. Du kommst auch, oder?«

»Auf jeden Fall! Ach, Andi, wegen der Vorschläge für das Filmplakat: Denkst du, du schaffst es bis nächsten Montag, uns schon was zu schicken? Du weißt ja, wie ungeduldig mein Chef sein kann.«

»Aber klar. Ich habe schon ein paar Ideen skizziert. Am Wochenende mache ich alles fertig.«

Zumindest war das ihr Plan. Irgendwie würde sie mit ihrer Arbeit, Mia und der Versorgung von Simon ziemlich jonglieren müssen, damit sie Vorschläge präsentieren konnte.

»Super, danke!«

Mia zupfte an Eduardas Bluse.

»Eda« – das war ihre Abkürzung für Eduarda – »mag du Sandpielen?«, fragte sie mit einem Blick, dem sich kaum jemand entziehen konnte.

»Aber klar! Wir beide gehen schon mal in den Garten, Mia-Maus.«

Die Kleine kicherte fröhlich und griff nach Eduardas Hand.

»Ich komme gleich nach. Soll ich uns Kaffee machen?«, fragte Andrea.

»Ein Tee wäre mir lieber.«

»Na gut.«

Während die beiden Hand in Hand nach unten in den Garten gingen, verstaute Andrea das bereits bezogene Bettzeug für Simon vorübergehend im Schrank. Auf dem Weg nach unten meldete ihr Handy den Eingang neuer Emails.

Laura hatte zwei Bewerbungen von Nannys an sie weitergeleitet, mit der Bitte, doch einen Blick darauf zu werfen. Sie selbst habe mit mehreren Frauen schon Gespräche per Videochat geführt und diese beiden in die engere Auswahl genommen, ließ sie Andrea wissen.

Andrea holte im Büro ihr iPad. Während in der Küche das Wasser für den Tee kochte, warf sie einen Blick auf die beiden Kandidatinnen. Lindegard Meisner hatte mit Mitte fünfzig eine langjährige Berufserfahrung vorzuweisen. Die Erzieherin hatte bisher vor allem in Privathaushalten gearbeitet. Nachdem ihre derzeitige Beschäftigung am Starnberger See bald enden würde, weil ihre beiden Schützlinge mittlerweile zu alt für eine Nanny waren, suchte sie eine neue Stelle, die sie kurzfristig antreten konnte. Die zweite Kandidatin war zwanzig Jahre jünger als ihre Mitbewerberin und ausgebildete Kinderpflegerin. Sophie Lamazek hatte die letzten Jahre in einer Kita in Regensburg gearbeitet, doch da sie vor Kurzem zu ihrem Freund nach München gezogen war, hatte sie die Stelle dort gekündigt. Die junge Frau wirkte auf dem Foto sehr sympathisch. Doch Andrea wollte natürlich auch der anderen Kandidatin eine Chance geben. Beide hatten ausgezeichnete Zeugnisse vorzuweisen.

Sie schickte Laura eine Sprachnachricht.

Liebe Laura, ich finde beide Frauen fachlich geeignet, soweit ich das den Unterlagen entnehmen kann. Letztlich kann man nur bei einer persönlichen Begegnung einen verlässlichen Eindruck gewinnen.

Kurz darauf schickte Laura eine Sprachnachricht zurück:

Könntest du bitte mit den beiden auch ein Gespräch führen? Ich habe schon eine Tendenz, würde aber gerne deine Meinung dazu hören, bevor ich mit Simon darüber spreche.

Andrea freute sich, dass Laura sie einbezog. Vor allem nach dem etwas emotionalen Ausbruch der Partnerin ihres Sohnes von neulich.

Natürlich. Du kannst den beiden gerne meine Kontaktdaten geben, damit sie sich bei mir melden wegen eines Termins.

Danke, Andrea!

Ein paar Minuten später saßen Andrea und Eduarda auf der schattigen Terrasse und tranken frisch aufgebrühten Tee mit Pfefferminze aus Eduardas Garten.

Mia spielte im Sandkasten, der mit einem Sonnensegel überdacht war. Noch jetzt am späten Nachmittag hatte die Sonne viel Kraft.

»Mia kann sich wirklich gut allein beschäftigen«, fand Eduarda.

»Ja, da ist sie Simon sehr ähnlich. Sag mal, weißt du denn inzwischen schon, wie du deinen Geburtstag feiern wirst?«, fragte Andrea ihre Nachbarin.

Eduarda schüttelte den Kopf.

»Nein, bis jetzt habe ich noch keinen blassen Schimmer, was ich anstellen soll. Am liebsten würde ich den Geburtstag gar nicht feiern.«

Andrea lachte.

»Eduarda! Du und nicht feiern? Das hat es ja noch nie gegeben!«

Sie zuckte mit den Schultern.

»Ich weiß«, sagte Eduarda. »Aber irgendwie ist fünfzig so ein seltsames Alter, vor allem wenn man sich bewusst macht, dass man die Hälfte des Lebens schon eine Weile hinter sich hat und die voraussichtlich noch zur Verfügung stehenden Jahre immer weniger werden.«

»So habe ich dich ja noch nie reden hören!«, stellte Andrea überrascht fest.

»Man muss ja über das Offensichtliche nicht ständig reden«, erklärte Eduarda.

»Aber trotzdem, den fünfzigsten Geburtstag musst du feiern, und du willst ihn auch feiern! Vielleicht hast du das im Moment nur ... vergessen?«

»Senil bin ich jetzt aber wirklich noch nicht!«, protestierte sie, nur halb im Ernst.

»Natürlich nicht. Jedenfalls weißt du, dass ich dir bei den Vorbereitungen helfe, egal, wie du es aufziehen möchtest.«

»Danke, Andrea. Jasmin hat auch angeboten, dass sie mithilft.«

»Na, siehst du ... Außerdem kann ich mich noch gut an den letzten Silvesterabend erinnern. Du hast lautstark verkündet, dass du eine legendäre Party schmeißen und es ordentlich krachen lassen wirst.«

»Da war ich auch schon etwas betrunken.«

»Edu! Langsam mache ich mir echt Sorgen.«

»Schon gut. Das musst du nicht. Vielleicht veranstalte ich einfach eine kleine Gartenparty. Nur mit ein paar wenigen Leuten«, spekulierte Eduarda.

»Mit ein paar wenigen Leuten? Deinen fünfzigsten Geburtstag? Sag mal, was ist denn mit dir los? So kenne ich dich ja gar nicht.«

Eduarda griff nach der Tasse und nahm vorsichtig einen Schluck heißen Tee, der paradoxerweise bei dieser Hitze half, sich durch das Schwitzen Kühlung zu verschaffen.

Sie wirkte nachdenklich, fast ernst, was für die normalerweise so lebensfrohe Frau eher ungewöhnlich war.

»Weißt du, dieses ›fünfzig‹, das ist doch ein gewaltiger Meilenstein. Zumindest fühlt es sich im Moment für mich so an.«

»Tja, wenn man so uralt ist wie du, ist das natürlich schon ziemlich schrecklich. Gut, dass ich noch viel jünger bin«, versuchte Andrea, ihre Freundin ein wenig aufzuziehen. Doch es funktionierte nicht.

»Jadim hat mich heute Mittag gefragt, ob wir es noch einmal miteinander versuchen wollen«, rückte sie schließlich mit der Sprache heraus.

»Ach!«

Deswegen war sie also so nachdenklich.

»Also seid ihr jetzt wieder ein Paar?«

»Bis jetzt habe ich ihm noch keine Antwort gegeben.«

»Okay ...«

»Wir waren inzwischen fünf- oder sechsmal zusammen, ich weiß es gar nicht mehr so genau, aber ebenso oft auch wieder getrennt, Andrea.«

»Vielleicht gehört das bei euch einfach dazu?«, spekulierte Andrea.

Sie zuckte mit den Schultern.

»Jadim hat mir beteuert, ihm sei endgültig klar geworden, dass er nur mit mir zusammen sein möchte und dass er sich sogar vorstellen kann, mich zu heiraten.«

»Er hat dir heute beim Mittagessen einen Heiratsantrag gemacht?«, fragte Andrea verdutzt.

»Du kennst doch Jadim, das würde er nie so direkt machen. Er hat es in eine unverbindliche Aussage verpackt.«

»Mit Romantik hat er es echt nicht so.«

»Romantik ist für ihn ein Schimpfwort. So ist er halt ... und ich muss ja auch gar nicht heiraten. Aber ich weiß nicht, wie ich ihm glauben soll, dass er in ein paar Monaten nicht wieder ankommt und seine sogenannte Freiheit braucht und wir uns erneut trennen.«

Da Eduarda selbst ein eher unkonventioneller Mensch war, war sie in den letzten Jahren mit diesem Hin und Her relativ gut klargekommen. Zumindest hatte sie diesen Eindruck vermittelt, auch wenn Andrea es nicht verstanden hatte, wie sie das immer so wegsteckte. Gleichzeitig strahlten Eduarda und

Jadim eine besondere Art von Harmonie aus und schienen trotz allem irgendwie das perfekte Paar zu sein. So, als gehörten sie zusammen, egal was ihr Beziehungsstatus gerade anzeigte.

»Ach Edu ...«, Andrea griff nach ihrer Hand und drückte sie kurz. »Ich kann deine Bedenken so gut verstehen.«

»Ich liebe ihn, wirklich. Doch jetzt bin ich an einem Punkt angelangt, an dem ich nicht mehr daran glaube, dass diese Liebe reicht.«

Andrea nickte verständnisvoll.

»Auch wenn wir getrennt sind, fühle ich mich trotzdem an ihn gebunden, weil wir bisher immer wieder ein Paar wurden und ich ihn deswegen nie ganz loslasse. Ich komme mir vor wie in einer Warteschleife – oder eher wie ein Eintopf, der auf dem Ofen vor sich hin köchelt, damit für ihn immer etwas Warmes zu essen parat ist. Doch irgendwann ist dieser Eintopf so verkocht, dass er nicht mehr schmeckt. Und ich will kein verkochter Eintopf sein.«

»Ich liebe deine schrägen Vergleiche«, sagte Andrea mit einem leisen Lachen.

»Das hab ich wohl von meinem Onkel Francisco geerbt«, sagte Eduarda und musste ebenfalls lachen.

»Also, wenn ich dich richtig verstanden habe, hast du deine Entscheidung schon getroffen, oder?«, fragte Andrea.

Eduardas Blick wurde wieder ernst.

»Ich denke schon.«

»Wann willst du es ihm sagen?«

»Ich wollte eigentlich noch mal in Ruhe darüber nachdenken. Aber es ist wohl besser, wenn ich es heute noch angehe, oder?«

»Kann sein, ja ...«

»Puh, das wird nicht einfach werden, wenn wir uns täglich in der Arbeit über den Weg laufen.«

»Oder du wartest besser noch bis Freitag. Dann hast du das ganze Wochenende vor dir, und ihr müsst euch nicht gleich am nächsten Tag im Job wieder gegenübertreten.«

»Hm, ja ... Du hast recht.«

Sie seufzte, doch irgendwie schien sie über den Aufschub erleichtert.

»Ist das nicht verrückt? Ich mache mit einem Mann Schluss, obwohl wir gar nicht zusammen sind. Das muss mir auch erst mal jemand nachmachen.«

Sie versuchte ein Lächeln.

»Ich glaube eher, dass ihr niemals wirklich getrennt wart und es auch jetzt nicht seid.«

»Emotional wohl nicht. Aber ich muss diesen Schnitt jetzt machen. Es ist besser für uns beide.«

»Ich bin für dich da, Edu! Das weißt du.«

»Danke.«

Sie schloss für einen Moment die Augen. Dann sah sie Andrea an.

»Ich muss noch Cachaça und genügend Limetten besorgen für den Caipirinha, den ich danach sicher ganz dringend brauchen werde.«

»Den *wir* brauchen werden!«, korrigierte Andrea.

Eduarda nickte.

»Irgendwie ist mir jetzt ein wenig leichter ums Herz, nachdem ich mit dir gesprochen und eine Entscheidung getroffen habe. Als ob jemand den Eintopf von der heißen Herdplatte gezogen hätte.«

»Eines kann ich dir versichern, liebe Edu, du bist ganz sicher kein verkochter Eintopf. Höchstens feuriges Chili oder leckeres Sushi.«

Eduarda lächelte, auch wenn in ihren Augen noch Traurigkeit zu erkennen war. »Und irgendwie habe ich jetzt doch Bock auf eine Geburtstagsparty«, erklärte sie dann, fast ein wenig trotzig.

»Na siehst du!«

In diesem Moment kam Mia zu den beiden. Sie hatte keine Lust mehr, allein zu spielen. Andrea nahm sie auf den Schoß und gab ihr die Kindertasse mit Früchtetee. Die Kleine trank durstig.

»Hast du schon Hunger, Mia?«

»Nein!«, beteuerte sie und schüttelte den Kopf. Dann rutschte sie von Andreas Schoß und rannte Charly hinterher. Der Kater schien das Spiel mit ihr zu genießen, ließ sich jedoch nicht fangen.

»Und jetzt bin ich schon sehr gespannt auf deinen Michael morgen«, sagte Eduarda. »Ehrlich gesagt, trägt das auch einen Teil dazu bei, dass ich die Sache mit Jadim endgültig beenden werde.«

Andrea sah sie überrascht an.

»Wie meinst du das?«

»Na ja, es zeigt mir, dass das Leben immer wieder Überraschungen bereithält. Vielleicht lerne ich ja auch mal einen Mann kennen, der nicht immer wieder Auszeiten von mir braucht, damit es für ihn funktioniert.«

»Ich wünsche dir den Mann, der für dich genau der Richtige ist.«

»Danke ... Und dir wünsche ich, dass es mit diesem Michael klappt. Wenn du das möchtest.«

»Hm. Ehrlich gesagt habe ich jetzt wieder Bedenken. Wenn sogar eine Beziehung wie die von dir und Jadim endgültig scheitert, obwohl ihr irgendwie so gut zusammenpasst ...«

»Uns kannst du doch nicht als Maßstab nehmen, Andi. Also wirklich, wie kann man nur an das Ende von etwas denken, wenn es noch nicht einmal richtig begonnen hat?«, schimpfte

Eduarda und schien nun wieder zu ihrer Leichtigkeit zurückgefunden zu haben. Oder sie wollte sich damit von ihren eigenen Problemen ablenken.

»Vielleicht war ich einfach schon viel zu lange ohne Partner.«

»Das ganz sicher. Aber umso mehr solltest du das Wagnis eingehen. Es ist doch spannend, sich mal wieder auf etwas Neues einzulassen, oder?«

»Spannend – aber auch ein wenig beängstigend«, gab Andrea zu.

»Ach was. Du machst das schon, morgen.«

Andrea nickte, war jedoch nicht wirklich überzeugt.

KAPITEL 10

Ein turbulenter Tag

Am nächsten Tag lief alles wie verhext. Es ging schief, was nur schiefgehen konnte. Ein verärgerter Zahnarzt hatte sie angerufen und die versprochenen Entwürfe für einen Flyer angemahnt. Die E-Mail mit dem Vorschlag hatte Andrea schon vor Tagen weggeschickt, offenbar war sie jedoch in den unendlichen Weiten des Internets verschwunden. Oder der Zahnarzt hatte sie versehentlich gelöscht, was sie eher für wahrscheinlich hielt, ohne es auszusprechen. Schließlich war der Kunde König.

Während des Telefonats war Charly über ihren Schreibtisch spaziert und hatte ihre Lieblingstasse mit Kaffee umgestoßen. Andrea versuchte, ihre Unterlagen und die Tastatur vor der heißen braunen Brühe zu retten und gleichzeitig dem Kunden zu versichern, dass sie die Mail umgehend nochmals an ihn rausschicken würde. Mia hatte von ihrer Spieldecke aus zugesehen und fing erschrocken zu weinen an, als Andrea beim Saubermachen die Tasse aus der Hand rutschte und am Boden in tausend Scherben zersprang.

Kaum hatte sie ihre Enkelin wieder beruhigt und das Büro von dem Chaos befreit, rief Simon an. Er vermisste seine Tochter.

»Könnt ihr nicht doch heute kommen?«, fragte er, da sie eigentlich den Besuch für den nächsten Tag vereinbart hatten.

»Na gut«, stimmte Andrea zu, obwohl sie bis zum Abend genug um die Ohren hatte. »Ich muss ohnehin noch in den Supermarkt, dann komme ich vorher mit Mia vorbei. Aber wir können nicht lange bleiben.«

»Das macht nichts. Hauptsache, ich sehe euch! Danke, Mama!«

»Aber klar doch.«

Als sie losfahren wollte, sprang der Wagen nicht an.

»Das darf doch nicht wahr sein!«, murmelte sie genervt. Da meldete das Handy eine Nachricht von Michael.

Soll ich weißen oder roten Wein mitbringen?

Im Moment fühlte sie sich schon von dieser einfachen Frage überfordert. Trotzdem freute sie sich, dass er so aufmerksam war.

Überrasche mich!, schrieb sie also zurück.

Da sie keine Lust hatte, die Einkäufe zu Fuß nach Hause zu schleppen, rief sie Eduarda an und bat sie, sich ihr Auto ausleihen zu dürfen. Es stand ohnehin die meiste Zeit in der Garage, weil sie mit den öffentlichen Verkehrsmitteln zur Arbeit fuhr.

»Aber klar, Andi, du weißt ja, wo der Schlüssel liegt«, sagte Eduarda.

»Danke! Bis heute Abend.«

»Bis heute Abend. Welchen Wein soll ich denn mitbringen?«, frage Eduarda.

Andrea lächelte.

»Das überlasse ich dir.«

Wein musste sie jedenfalls heute keinen mehr besorgen.

Als sie mit Mia endlich im Krankenhaus ankam, war Simon gerade bei einer Untersuchung, und sie mussten fast eine halbe Stunde warten, bis er wieder in sein Zimmer kam.

»Heute früh war die junge Frau hier, die für den Unfall verantwortlich war, und hat sich entschuldigt«, erzählte er und deutete auf einen großen Blumenstrauß, der am Fenstersims stand.

»Immerhin. Anstand scheint sie jedenfalls zu haben«, meinte Andrea.

»Ja. Sie war ziemlich zerknirscht. Ihr tut das alles furchtbar leid«, sagte er und seufzte.

Heute wirkte ihr Sohn zum ersten Mal deprimiert, auch wenn er versuchte, es sich vor Mia und seiner Mutter nicht anmerken zu lassen. Doch Andrea kannte ihn gut genug, um zu spüren, dass es ihm nicht gut ging. Jetzt erst schien er so richtig realisiert zu haben, dass lange Wochen vor ihm lagen, in denen er in seiner Bewegung stark eingeschränkt war. Das bedeutete vor allem, dass ihm viele Aktivitäten mit seiner Tochter verwehrt blieben. Dazu kam noch der ganze Papierkram für die Versicherungen.

»Was hältst du eigentlich von der Sache mit der Nanny?«, fragte er und sie hörte an seinem Tonfall, dass er davon nicht sonderlich begeistert war.

»Ich finde, das ist eine gute Lösung in dieser Situation«, antwortete sie. »Ich helfe gerne aus, aber alleine kann ich es zusammen mit meiner Arbeit auf die Dauer nicht schaffen. Laura wird beruflich in Zukunft auch eher mehr als weniger unterwegs sein. Und du fällst jetzt länger aus. Mit einer zuverlässigen Nanny als Unterstützung könntest du außerdem auch wieder studieren oder eine Berufsausbildung machen ... Simon, ich will dir nicht vorschreiben, was du tun sollst, aber glaub mir, du wirst es irgendwann bereuen, dass du das Studium abgebrochen hast.«

Er protestierte nicht. Was Andrea doch etwas überraschte. Denn normalerweise wollte Simon zu diesem Thema nichts hören.

»Schauen wir einfach, wie es läuft mit einer Nanny. Immerhin bin ich zu Hause und bekomme mit, wie sie mit Mia umgeht«, meinte er dann.

Doch nicht nur ihr Sohn war an diesem Tag deprimiert, auch Mia schien traurig zu sein. Es gefiel ihr ganz und gar nicht, dass ihr Papa in dieser fremden Umgebung in einem Bett lag und sie schon seit Tagen ohne ihn heimgehen musste.

Natürlich war sie regelmäßig und auch gerne bei ihrer Oma und übernachtete dort auch immer wieder. Aber Simon war ihre Hauptbezugsperson, und inzwischen schien sie die Routine mit ihrem Papa zu vermissen. Überdies war auch ihre Mama schon seit Tagen nicht da. Sie weinte, als Andrea schließlich mit ihr nach Hause gehen wollte, und klammerte sich an ihrem Papa fest, der sich heute ebenfalls nicht von seiner Tochter trennen wollte.

»Ihr zwei macht es mir heute echt nicht leicht«, seufzte Andrea.

Um die Kleine aufzumuntern, begann sie ein Lied zu singen, einen Fingerreim, den sie sich selbst mit einer einfachen Melodie ausgedacht hatte, als Simon noch ganz klein gewesen war. Schon bei der ersten Zeile erkannte Simon das Lied und begann zu lächeln.

»Ein kleiner Vogel sitzt oben auf dem Baum ...
zwei kleine Katzen haben einen Traum ...
drei kleine Igel laufen durch das Gras ...
vier kleine Hasen haben ganz viel Spaß ...
fünf kleine Hunde bellen vor dem Haus ...
sechs kleine Mäuse sehen müde aus ...
sieben kleine Pferde stehen in dem Stall ...
Mia und Oma spielen mit dem Ball ...«

Mia grinste und klatschte in die Hände.

»Das Lied habe ich ja schon ewig nicht mehr gehört«, sagte Simon lächelnd.

»Tja, du warst in den letzten Jahren auch schon ein wenig zu alt dafür«, scherzte Andrea.

»Das hat deine Oma mir ganz oft vorgesungen, als ich noch ganz klein war, Mia. Bei mir hieß es am Ende: *Simon und Mama spielen mit dem Ball.*«

Mia kicherte.

»Noch mal!«, forderte sie.

»Na gut.«

Diesmal sang Simon mit und endete mit den Worten: *Mia und Papa spielen mit dem Ball.*

Mia klatschte erneut fröhlich in die Hände.

»Sollen wir daheim mit dem Ball spielen?«, fragte Andrea, und Mia nickte.

»Und sicher hat deine Oma auch noch ein Eis für dich im Gefrierschrank«, meinte Simon, von dessen Niedergeschlagenheit nichts mehr zu spüren war. Der Besuch hatte ihm offenbar gutgetan.

»Natürlich habe ich noch Eis im Gefrierschrank. Aber das gibt es erst nach dem Nachmittagsschläfchen«, stellte Andrea klar.

Nachdem sie eingekauft und mit Mia zu Hause eine Kleinigkeit gegessen hatte, spielte Andrea, wie versprochen, im Garten noch ein wenig Ball mit ihrer Enkelin, bevor sie sie ins Bett legte. Sie wollte die Zeit nutzen, um noch ein wenig zu arbeiten und sich dann an die Vorbereitungen fürs Abendessen zu machen. Sie hatte zwar nur ein einfaches Nudelgericht angekündigt, aber natürlich würde sie den Tomatensugo selbst zubereiten. Und wenn sie schon Gäste hatte, wollte sie auch eine Nachspeise servieren.

Doch Mia wachte schon nach kurzer Zeit wieder auf, also musste Andrea mal wieder jonglieren.

»Früher hatte ich dafür echt noch mehr Energie«, murmelte sie. Vielleicht sollte sie Eduarda bitten, am Abend ein wenig früher zu kommen, um auf ihre Enkelin aufzupassen, damit sie sich vor dem Essen zumindest noch in Ruhe duschen konnte.

Der Sugo köchelte auf dem Herd vor sich hin, und der Duft von Tomaten, Knoblauch und würzigen Kräutern zog durch die Küche. Andrea wusch gerade Erdbeeren für ein Beeren-Tiramisu und erzählte ihrer Enkelin eine Geschichte, als es an der Haustür klingelte.

Das Gesicht der Frau kam ihr bekannt vor, obwohl sie wusste, dass sie ihr noch nie begegnet war.

»Ja, bitte?«

»Entschuldigen Sie, dass ich störe. Mein Name ist Sophie Lamazek.«

»Sie sind die Kinderpflegerin, nicht wahr?«, fiel es Andrea ein.

»Genau.«

»Oma!!!«, rief Mia von drinnen. »Komm!«

»Aber wir haben doch noch keinen Termin ausgemacht, oder?«, fragte Andrea etwas irritiert. Konnte es sein, dass sie womöglich eine Nachricht übersehen hatte? Im Moment würde sie das nicht wundern, bei allem, was sie gerade um die Ohren hatte.

»Nein. Haben wir noch nicht. Es ist nur so, ich habe bei den Kontaktdaten gesehen, dass Ihre Adresse gleich um die Ecke liegt.« Sie deutete mit dem Finger in die andere Richtung. »Ich wohne in der Parallelstraße, und da dachte ich, ich komme mal kurz vorbei und ...«

»Oma! Snell kommen!!!« Es klang drängend.

»Kommen Sie einfach mit rein!«, forderte Andrea sie auf, die schnellstens zu ihrer Enkelin wollte.

»Gern!«

Als sie in die Küche kamen, zeigte Mia, die in ihrem Kinderstuhl saß, kichernd auf den Kater, der seinen Kopf in der Schüssel mit der geschlagenen Sahne für das Dessert versenkt hatte und hingebungsvoll schleckte.

»O nein!«, rief Andrea.

»Tsarly hat Hunger«, erklärte Mia.

»Das ist absolut nichts für dich, du kleiner Vielfraß!«, schimpfte Andrea. Sie trug den Kater von der Schüssel weg und scheuchte ihn durch das geöffnete Fenster hinaus in den Garten.

»Tut mir leid, dass Sie so ein Chaos mitkriegen«, sagte Andrea zu der jungen Frau. »Aber ich bekomme heute noch Besuch, und irgendwie läuft alles Mögliche schief.«

»Entschuldigen Sie, ich hätte nicht einfach so ohne Termin kommen dürfen ...«

»Schon gut. Wenn Sie gleich hier ums Eck wohnen, bietet sich das geradezu an.«

»Ich will aber wirklich nicht stören!«

»Tun Sie nicht.«

»Und du bist Mia, nicht wahr?«, wandte die Kinderpflegerin sich nun lächelnd an die Kleine.

»Ja.«

»Freut mich, Mia. Ich bin die Sophie. Sag mal, baust du da gerade einen Turm?«, fragte sie und deutete auf die Holzbausteine, die neben ihr auf dem Tisch lagen.

Mia nickte.

Sophie Lamazek drehte sich zu Andrea um.

»Wenn Sie möchten, dann spiele ich ein wenig mit Mia, und Sie können in Ruhe kochen, Frau Forster«, schlug sie mit einem freundlichen Lächeln vor.

Andrea überlegte nicht lange.

»Das wäre ja großartig«, nahm sie das Angebot an. Diese Sophie Lamazek war in echt noch sympathischer als auf den Fotos.

»Hier duftet es übrigens total verlockend.«

»Danke. Wenigstens die Tomatensoße scheint heute zu gelingen«, sagte Andrea, dann hob sie die Schüssel mit der Sahne hoch und seufzte. »Das hier kann ich jetzt aber noch mal neu machen ... Aber erst brauche ich ganz dringend einen Cappuccino – mögen Sie auch einen?«

»Total gern!«

Drei Stunden später war alles für den Abend vorbereitet. Andrea hatte sich sogar in Ruhe duschen und umziehen können. Sie verabschiedete sich an der Haustür von Sophie.

»Vielen Dank noch mal. Sie waren wirklich eine tolle Hilfe«, sagte sie.

»Es hat sehr viel Spaß gemacht mit Mia. Sie ist ein supercooles Mädchen«, erklärte die junge Frau und zwinkerte der Kleinen zu, die im Flur auf ihrem Bobby-Car saß. Es war erstaunlich, wie schnell Mia und Sophie einen Draht zueinander gefunden hatten. Es gefiel Andrea, wie natürlich sie mit dem Kind umging.

»Ich kann nicht für Mias Mutter und meinen Sohn entscheiden, und natürlich werden die beiden noch selbst mit Ihnen sprechen wollen, aber ich persönlich werde dringend dazu raten, Sie als Nanny einzustellen«, versprach Andrea, für die es gar nicht mehr nötig schien, auch die andere Kandidatin zu treffen.

Wenn es passt, passt es!, hatte ihre Großmutter immer gesagt. *Da muss man nicht lange fackeln.*

Andrea hatte diesen Ratschlag in ihrem Leben schon oft beherzigt und sich viel Zeit damit gespart, indem sie auf ihr Bauchgefühl hörte.

»Vielen Dank. Das würde mich riesig freuen. Und wie gesagt, ich kann jederzeit anfangen und bin absolut flexibel. Und falls Sie mich brauchen, bevor etwas entschieden ist, helfe ich gerne aus. Meine Nummer haben Sie ja.«

»Es kann tatsächlich sehr gut sein, dass ich mich bald melde«, meinte Andrea.

»Jederzeit! Im Notfall kann ich in ein paar Minuten hier sein.«

»Das ist wirklich sehr praktisch ... Ein Auto können Sie nicht zufällig reparieren?«

»Ein Auto reparieren?«, fragte sie verdutzt.

»War nur ein Scherz, Frau Lamazek«, sagte Andrea schmunzelnd.

»Mit der Reparatur von Autos kenne ich mich leider gar nicht aus. Aber sagen Sie doch bitte Sophie zu mir.«

»Gern, Sophie. Und ich bin Andrea!«

Sie schüttelten sich die Hände.

Bevor Sophie ging, winkte sie Mia noch einmal zu. Die Kleine winkte grinsend zurück.

»Findest du Sophie nett?«, fragte Andrea ihre Enkelin kurz darauf.

Mia nickte.

»Ja. Sie ist nett.«

»Finde ich auch.«

Andrea griff nach ihrem Handy und schickte gleich eine Sprachnachricht an Laura und Simon.

KAPITEL 11

Ein fast perfekter Abend

Du musst mir wirklich nicht dabeo helfen, Michael«, sagte Andrea, während sie Teller in den Geschirrspüler räumte.

»Hey, du hast dir so viel Mühe gemacht mit dem Abendessen, obwohl abgemacht war, dass du statt der Weißwürste nur eine Kleinigkeit vorbereitest. Da ist es doch kein Thema, wenn ich ein wenig mithelfe«, beteuerte Michael und trocknete einen großen Topf ab, den Andrea zuvor gespült hatte.

»Ich habe noch nie so gute Spaghetti Napoli gegessen. Und das meine ich ganz ehrlich.«

»Danke. Leider kann ich keine Geschichte dazu erzählen, dass die Soße nach dem geheimen Rezept irgendeiner italienischen Tante oder Großmutter zubereitet ist, der ich auf dem Totenbett schwören musste, dass ich es nur an meine Nachfahren weitergeben werde.«

Er lachte – und sie mochte die winzigen Fältchen um seine Augen.

»So eine Story wäre natürlich schon beeindruckend«, sagte er.

»Tja. Das Rezept stammt leider nur aus einem Kochforum im Internet, das jedem Interessierten zugänglich ist. Ich habe es nur noch ein wenig nach meinem persönlichen Geschmack verändert.«

»Zum Glück ist es dem Gericht egal, nach welchem Rezept es gekocht wurde, solange es nur gut schmeckt«, sagte er.

Sie lächelte.

»Da hast du recht!«

»Wo gehört der Topf hin?«

»In das Fach unter dem Kühlschrank. Aber du musst vermutlich Tetris spielen, damit er reinpasst.«

»Also nicht anders als auch bei mir in der Küche«, sagte er amüsiert. »Übrigens, es war toll, auch deine Nachbarin kennenzulernen. Diese Eduarda ist eine sehr spezielle Frau und äußerst unterhaltsam«, sagte er, während er den Topf verstaute. »Ich weiß nicht, wann ich das letzte Mal so gelacht habe.«

»Ja, das kann sie wirklich gut, und heute ist sie wieder zur Höchstform aufgelaufen«, erklärte Andrea, die für sich behielt, dass Eduarda ihr beim Abschied noch zugeflüstert hatte, wie toll sie Michael fände.

»Aber vor allem ist Edu ein richtiger Schatz, eine beste Freundin, die immer für mich da ist. Sie war ebenfalls viele Jahre lang alleinerziehend, und wir haben uns gegenseitig sehr unterstützt. Ich weiß nicht, ob ich alles so gut geschafft hätte, wenn sie nicht gewesen wäre.«

»Schön, wenn man solche Freunde hat. Und ich bewundere sowieso jede alleinerziehende Mutter und jeden alleinerziehenden Vater. Da muss man schon sehr viel stemmen.«

Sie nickte.

»Schon ... Die Zeiten waren nicht immer einfach, aber sie waren schön. Ich möchte sie nicht missen«, sagte sie, ein wenig versonnen.

»Wie toll, dass du es so betrachtest.«

»Sich mehr auf die positiven Dinge in der Vergangenheit zu konzentrieren, macht automatisch auch die Gegenwart besser ...« Sie lachte kurz auf. »Ich hoffe, das hört sich jetzt nicht an, als hätte ich Kalenderblätter mit Motivationssprüchen geschluckt?«

Er zuckte grinsend mit den Schultern.

»Hey, nichts gegen gute Kalendersprüche«, sagte er, und sie lachten beide.

Andrea hatte inzwischen den Geschirrspüler eingeräumt, legte einen Spül-Tab ein und startete das Programm.

»Soll ich uns noch eine Flasche Wein aufmachen?«, fragte sie.

»Sehr gern. Aber du sagst mir bitte, wenn du müde bist und ich gehen soll.«

»Ein Gläschen geht noch. Außerdem hast du so viel Wein mitgebracht, dass wir auf jeden Fall noch was trinken müssen.«

»Ich wusste ja nicht, welchen genau du magst.«

»Mit Pinot Grigio und Chianti kannst du bei mir nichts falsch machen.«

Sie einigten sich auf den Rotwein. Andrea öffnete die Flasche und nahm sie mit zwei frischen Gläsern mit ins Wohnzimmer.

»Ich schaue noch mal kurz zu Mia, ob sie gut schläft«, sagte sie.

»Klar.«

Als sie ein paar Minuten später zurückkam, hatte Michael bereits eingeschenkt und tippte gerade etwas in sein Handy. Er bemerkte sie nicht sofort, und Andrea nutzte den Augenblick, um ihn eingehend zu betrachten. Michael trug an diesem Tag legere Jeans und ein kurzärmeliges dunkelgrünes Hemd, das seine Augen betonte. Er war auf eine sehr sympathische Weise ein gut aussehender Mann, und Andrea freute sich über seinen Besuch. Fast fühlte es sich so an, als ob er schon oft hier zu Gast gewesen wäre. Der Gedanke erstaunte sie.

In diesem Moment bemerkte er Andrea.

»Schade, dass wir nicht mehr auf der Terrasse sitzen können«, sagte er.

»Wenigstens haben wir es noch geschafft, draußen die Pasta zu essen, bevor das Gewitter kam«, meinte Andrea und setzte sich ihm gegenüber in einen gemütlichen Sessel.

Inzwischen hatte sich das Gewitter wieder gelegt, doch es regnete noch immer in Strömen. Andrea machte sich ein wenig Sorgen um Charly, der seit dem Nachmittag nicht nach Hause gekommen war. Meistens erschien er spätestens am Abend von seinen Streifzügen in der Nachbarschaft, um zu fressen. Vielleicht hatte er sich wegen des Gewitters irgendwo einen Unterschlupf gesucht und war eingeschlafen? Oder sie machte sich einfach nur wieder zu viele Gedanken, und er würde bald an der Terrassentür kratzen, um hereingelassen zu werden.

Ihr Handy meldete eine Nachricht von Eduarda.

Das mit dem Caipirinha am Wochenende fällt flach. Jadim hat mich daheim überrascht. Wir werden uns doch noch eine letzte Chance geben. Der verkochte Eintopf kommt in die Tonne, und wir werden ein neues Gericht auf den Herd bringen, schrieb sie.

Andrea schüttelte amüsiert den Kopf. Irgendwie hatte sie schon geahnt, dass es mit den beiden noch nicht endgültig vorbei war.

»Deinem Lächeln nach zu schließen handelt es sich um eine gute Nachricht«, spekulierte Michael.

»Ja ... Zumindest für den Moment«, antwortete sie. Ob die Beziehung diesmal endgültig hielt, musste sich erst noch herausstellen. Sie hoffte sehr, dass es für Eduarda nicht bald die nächste Enttäuschung bedeutete, sondern die beiden als Paar auch auf Dauer zusammenfanden.

»Na dann – auf den schönen Abend!«, sagte er, und sie prosteten sich zu.

»Auf den schönen Abend!«

»Und Mia schläft friedlich?«, fragte Michael, nachdem er das Glas wieder abgestellt hatte.

»Ja. Sie war ziemlich bratfertig. Ihr Nachmittagsschläfchen war viel zu kurz, und danach war echt viel los heute.«

»Bratfertig?«, fragte er mit einem amüsierten Stirnrunzeln.

»Kennst du nicht?«

»Nein.«

»Das sagen wir manchmal statt müde, erschöpft, kaputt ...«, erklärte sie.

»Ist das typisch bayerisch?«

Sie zuckte mit den Schultern.

»Keine Ahnung, bei mir hat man das jedenfalls in der Familie so gesagt.«

»Wieder was dazugelernt – danke.«

»Gern geschehen.«

»Deine Enkelin ist übrigens ganz zauberhaft. Und erstaunlich ist auch, was sie schon für einen Wortschatz hat mit zweieinhalb Jahren. Zumindest soweit ich das beurteilen kann.«

»Sie redet tatsächlich schon einiges. Ihre Eltern, vor allem Simon, beschäftigen sich wirklich viel mit ihr, das merkt man. Und sie liebt Geschichten, egal ob erfundene oder vorgelesene.«

»Die perfekte Voraussetzung für eine treue Leserschaft von morgen. Das freut den Buchmenschen in mir natürlich besonders.« Er schmunzelte.

»Ich hoffe sehr, dass ihre Liebe zu Geschichten bleibt und sie später mal gerne selbst liest.«

»Jedenfalls ist Mia ein goldiges Kind.«

»Danke dir. Wobei sie auch manchmal ganz schön aufdrehen kann, wie du heute gesehen hast«, erinnerte Andrea ihn an ihren lautstarken Protest, als sie vorhin ins Bett gehen sollte.

Er lachte.

»Na ja, ich wollte als Kind auch nicht gern schlafen gehen, wenn Besuch da war ... Aber du hast es gut gemeistert und gehst toll mit ihr um.«

»Ich versuche mein Bestes. Vor allem soll sie sich so wohl und sicher wie möglich fühlen, gerade jetzt, wo ihr Papa im Krankenhaus liegt und ihre Mama beruflich wieder länger weg ist«, erklärte Andrea.

»Wenn die Rahmenbedingungen stimmen, dann kann man das als Kind gut wegstecken. Meine Eltern waren beide Anwälte und auch viel unterwegs. Mein Bruder und ich wurden mehr oder weniger von unserer Tante großgezogen, die im Haus neben uns wohnte und selbst zwei Kinder hatte. Im Gegensatz zu meiner Mutter, die ihre Karriere zielgerichtet vorantrieb, hatte ihre Schwester sich für die Rolle der Vollzeithausfrau entschieden. Wir Kinder haben von beiden Modellen profitiert.«

»Leben deine Eltern noch?«

Er schüttelte den Kopf.

»Nein. Sie kamen vor sechs Jahren bei einem Autounfall ums Leben.«

»Das tut mir leid.«

»Danke. Und deine Eltern?«

»Leben leider auch nicht mehr ... Mein Vater starb schon, als ich noch ein Teenager war. Ein Aneurysma. Und Mutter vor drei Jahren. Manchmal vergesse ich das und greife zum Telefon, um sie anzurufen, um ihr irgendeine Neuigkeit zu erzählen, bis mir schlagartig wieder bewusst wird, dass sie nicht mehr da ist. Und dann scheint es, als ob die Zeit eine Sekunde lang über sich selbst stolpert, und diese eine Sekunde raubt mir den Atem.«

»Ich verstehe genau, was du meinst«, sagte er. »Meine Eltern liebten es, wenn ich ihnen von meinen Reisen Postkarten schickte, egal ob aus dem Ausland, oder wenn ich irgendwo in Deutschland unterwegs war. Wenn ich verreise und in Geschäften ein Regal mit Ansichtskarten sehe, dann versetzt es mir jedes Mal einen Stich, und sie fehlen mir ganz besonders. Im letzten Jahr fing ich dann an, ihnen einfach wieder Karten zu schreiben, so wie ich es früher gemacht habe, und sie in den Briefkasten zu werfen.«

»Du schreibst ihnen Karten?«, fragte Andrea und sah ihn verblüfft an.

»Ja …«

Er lächelte ein wenig verlegen, aber vor allem wirkte er traurig.

»Allerdings ohne eine Adresse. Ich weiß zwar nicht, wo diese Karten landen, aber ich weiß, dass sie auf jeden Fall bei meinen Eltern ankommen.«

Andrea schluckte, berührt von seinen Worten. Es fühlte sich besonders an, wie offen sie über diese Themen sprechen konnten.

»Soll ich vielleicht ein wenig Musik vom Handy laufen lassen?«, fragte Michael plötzlich.

»Ja, gerne«, antwortete Andrea. »Entschuldige, dass ich nicht selbst daran gedacht hab.«

»Das macht doch nichts. Was hörst du denn am liebsten?«, wollte er wissen.

»Ach, ich lass mich überraschen.«

Michael suchte kurz in seinem Handy und drückte dann auf Start.

»Ich nehme mal diese Playlist. Wenn es dir nicht gefällt, dann habe ich noch eine andere Idee.«

Andrea hatte schon nach den ersten Tönen das Lied erkannt: *Absolute Beginners.*

»David Bowie!«, rief sie. »Perfekt. Einer meiner Lieblingsmusiker.«

»Tatsächlich? Dann haben wir wohl einen ähnlichen Musikgeschmack«, stellte er fest und lächelte.

»Ich habe das Lied schon ewig nicht mehr gehört«, sagte sie versonnen.

»David Bowie war für mich ein Ausnahmekünstler«, meinte Michael. »Schade, dass ich es nie geschafft habe, auf eines seiner Konzerte zu gehen.«

»Ich glücklicherweise schon«, sagte Andrea. »Ich habe ihn in der Olympiahalle gesehen. Es war ... Moment, ich muss kurz überlegen, es müsste 2003 gewesen sein. Ja. Genau. Es war 2003.«

»Wirklich? Du glaubst gar nicht, wie sehr ich dich darum beneide, Andrea!«

»Es war tatsächlich ein unbeschreibliches Erlebnis. Auch wenn ich damals fast nicht hätte hingehen können, weil ich so erkältet war. Aber es hat sich absolut gelohnt!«

»Was ist dagegen schon so eine kleine Erkältung?« Er lächelte. »Immerhin habe ich es geschafft, Michael Jackson live zu sehen«, meinte Michael.

»Nicht nur du. Ich war damals mit ein paar Freundinnen in Prag!«

»Das ist jetzt aber nicht dein Ernst, oder? Ich war auch in Prag. Die *History Tour* 1996!«

»Das gibt es doch nicht! Dann waren wir auf demselben Konzert!«

»Vielleicht standen wir sogar mal nebeneinander am Bierstand an?«

»Kann sein. Oder du warst der Typ, der mir permanent die Sicht verstellt hat.«

»Wenn ich es war, dann tut es mir leid.«

Sie lachten und schwelgten in Erinnerungen an den unvergesslichen Auftritt des viel zu früh verstorbenen Musikers. Andrea freute sich, dass Michael genau wie sie ein großer Fan von Livekonzerten war. Es war erstaunlich, wie viele Gemeinsamkeiten sie entdeckten, während sie aufzählten, welche Künstler und Bands sie schon live gesehen hatten.

»Ich wäre so gerne noch auf viel mehr Konzerte gegangen. Doch in der Zeit, als ich alleinerziehend war, konnte ich mir teure Tickets ein paar Jahre lang leider überhaupt nicht leisten«, verriet sie freimütig. »Edu hat dann an meinen Geburtstagen immer mit ein paar Freunden zusammengelegt und mir ein Ticket für einen Konzertbesuch geschenkt.«

»Jetzt kann ich noch mehr nachvollziehen, warum sie deine beste Freundin ist.«

»Allerdings. Sag mal, wenn du in die Vergangenheit reisen könntest und auf ein Konzert gehen dürftest, welches würdest du aussuchen?«, fragte sie.

»Hmm. Eine spannende, aber äußerst schwierige Frage«, antwortete er und fuhr sich nachdenklich durchs Haar. »Sich da zu entscheiden, ist ja fast unmöglich ... oder warte, es sei denn ...«

»Ja?«

Plötzlich funkelten seine Augen. »Da gibt es eigentlich nur eine Antwort: Das *Live Aid*-Konzert 1985 in London! Mehr legendäre Künstler auf einmal geht gar nicht. Queen, Paul McCartney, Sade, Elton John, Tina Turner, Bob Dylan und noch so viele mehr.«

Andrea grinste.

»Dann könnten wir uns dort vielleicht über den Weg laufen, denn genau das Konzert würde ich auch wählen.«

»Aber diesmal würden wir auf jeden Fall gemeinsam ein Bier trinken, oder?«

»Klar. Ach, stell dir vor, wie wir das Konzert bei einer Reise in die Vergangenheit genießen würden.«

»Total!«

Ein neues Lied begann, das Andrea ebenfalls sehr mochte: *More than words* der Band Extreme.

»Was für eine coole Playlist!«, sagte sie und nahm einen Schluck Wein. Inzwischen war ihr der Chianti schon ein wenig zu Kopf gestiegen.

»Ich kann sie gern mit dir teilen. Magst du tanzen?«, fragte er plötzlich.

»Tanzen? Jetzt?«

»Ja.«

Plötzlich war es wieder da, dieses aufregende Kribbeln im Bauch.

»Komm, tanz mit mir«, bat er leise.

Er stand auf, reichte ihr die Hand, und sie erhob sich ebenfalls. Ihr Herz klopfte schneller.

Michael legte einen Arm um ihre Hüfte und zog sie an sich.

»Ich habe schon ewig nicht mehr getanzt, außer mit Mia zu lustigen Kinderliedern«, scherzte sie, um sich ihre Aufregung nicht anmerken zu lassen.

»Ich auch nicht. Vor allem nicht zu Kinderliedern.« Er lachte leise. »Aber wir müssen ja keinen Tanzwettbewerb gewinnen.«

»Müssen wir nicht.«

Langsam begannen sie sich zu bewegen und sie schloss die Augen. Die Gespräche über legendäre Konzerte und Musik, die Generationen überdauert, gaukelten ihr vor, tatsächlich eine kleine Zeitreise zu machen. Eine Zeitreise vor allem zu Empfindungen, die schon ewig zurücklagen. Andrea fühlte sich wie ein Teenager beim ersten Date. Unsicher, aufgeregt, neugierig und gleichzeitig so lebendig, wie lange nicht mehr! Wie sehr hatte sie das in all den Jahren vermisst, wie sie sich nun eingestand!

»Es ist schön, mit dir zusammen zu sein«, flüsterte er an ihrem Ohr und bescherte ihr eine Gänsehaut.

Für einen Moment ging ihr wieder der Gedanke durch den Kopf, dass er noch nicht lange geschieden war und sie vorsichtig sein solle, doch sie verscheuchte diese Bedenken sofort wieder.

Sie öffnete die Augen und sah ihn an. »Geht mir genauso«, sagte sie leise.

Michael zog sie noch enger an sich. Sein Duft und seine Nähe betörten sie.

Inzwischen lief das Lied *Purple Rain* von Prince.

»Ich mag deine Playlist wirklich sehr«, murmelte sie.

»Das freut mich ...« Er streichelte sanft durch ihr Haar.

Wie in Zeitlupe näherten sich seine Lippen, und sie spürte seinen warmen Atem. Und dann küssten sie sich, während sie sich weiter langsam zur Musik bewegten. Verlangen stieg in ihr hoch, heiß und mächtig, gleichzeitig trommelte ihr Herz wie wild gegen die Brust. Der Kuss wurde leidenschaftlicher, und sie konnte seine Erregung spüren, als er sie noch fester an sich zog. *Es geht zu schnell!*, dachte sie. Gleichzeitig wuchs ihre Sehnsucht nach ihm und nach einer Erfüllung, die sie in einer Zweisamkeit lange nicht mehr erlebt hatte.

In diesem Moment krachte etwas laut gegen die Terrassentür, und sie rissen sich erschrocken voneinander los.

»Charly!« Der Kater kratzte mit beiden Pfoten wild an der Scheibe, um hereingelassen zu werden.

»Gott, bin ich jetzt erschrocken«, sagte Michael, während Andrea rasch die Terrassentür öffnete. Als der Kater hereinflitzte, lachte Michael.

»Das ist ja mal ein Auftritt!«

»Ja, so was kann Charly«, sagte sie, fast ein wenig atemlos.

Maunzend drückte der Kater sich gegen ihre Beine.

»Du bist ja patschnass!«, rief Andrea. »Komm, Charly.« Der Kater folgte ihr in die Küche.

Mit Küchenkrepp rieb sie ihm notdürftig das Fell ab, und er ließ es widerstandslos geschehen.

Michael kam herein.

»Kann ich was helfen?«

»Nein, nein, alles ist gut. Ich muss ihn nur trockenlegen und dann füttern«, scherzte sie.

Michael grinste.

»Die kleinen Tiger halten einen immer schön auf Trab, nicht wahr?«

»Allerdings ...«

»Genau das fehlt mir manchmal«, sagte er.

Andrea öffnete eine Dose Katzenfutter und löffelte es auf einen Teller. Charly machte sich sofort darüber her.

»Er scheint ja am Verhungern zu sein«, meinte er amüsiert.

»Das ist der Vielfraß immer.«

Sie wusch sich die Hände und warf Michael einen entschuldigenden Blick zu. »Tut mir leid. Irgendwie schaffen es die Mitglieder meiner Familie immer, uns zu unterbrechen«, sagte sie mit einem schrägen Lächeln.

Er trat zu ihr und griff nach ihrer Hand. »Ich bin mir sicher, dass der Tag kommt, an dem uns niemand unterbricht«, sagte er leise, und in seinen Augen sah sie ein Versprechen, das Tausende von Hummeln in ihrem Bauch aufscheuchte.

Sie nickte nur.

»Andrea, ich würde gern noch bleiben, aber es ist schon spät, und ich habe morgen einen langen Tag vor mir.«

»Aber klar doch. Ich sollte auch bald ins Bett. Mia ist Frühaufsteherin, und ich habe so viel um die Ohren ... Allerdings ...«

»Allerdings *was?*«

»Ich weiß nicht, ob ich überhaupt einschlafen kann«, meinte sie.

»Ich auch nicht ...«, gab er zu.

Sie lächelten sich zu.

»Sag mal, hast du Lust, am Freitagabend mit mir ins Kino zu gehen?«, fragte er.

»Lust schon, aber leider kann ich nicht. Simon wird an diesem Tag entlassen, und solange Laura nicht zurück ist aus New York, wird er hier bei mir bleiben, damit ich mich um ihn kümmern kann. Ich kann ihn und Mia nicht gleich am ersten Tag allein lassen.«

»Das verstehe ich.«

»Vielleicht nächste Woche?«

»Da bin ich für ein paar Tage beruflich in London ... Aber wir können ja telefonieren und uns schreiben. Und nach meiner Rückkehr machen wir etwas aus.«

»Gerne«, sagte sie, bedauerte es jedoch, dass sie sich nun eine Weile nicht sehen konnten.

Er orderte über die App ein Taxi, das in wenigen Minuten kommen sollte.

»Danke für das leckere Essen und den schönen Abend, Andrea«, sagte er, als sie sich an der offenen Haustür mit einer Umarmung verabschiedeten. Es fiel beiden schwer, sich voneinander zu lösen.

»Danke für deinen Besuch und für den Wein ...«, sagte sie schließlich, als das Taxi vorfuhr. »Und vergiss nicht, das Weißwurstfrühstück hast du immer noch gut bei mir.«

»Das lasse ich mir auch ganz bestimmt nicht entgehen«, meinte er lächelnd. »Hast du eigentlich Spotify auf deinem Handy?«, fragte er.

»Ja.«

»Gut. Ich schicke dir später noch die Playlist.«

»Ich freue mich darauf. Komm gut heim!«

Als er weg war, räumte Andrea den Tisch ab und brachte die Gläser in die Küche. Noch immer war sie aufgewühlt von ihrem Tanz und dem Kuss. Aufgewühlt auf eine lebendige, freudige Art.

Charly lag inzwischen satt und scheinbar zufrieden auf seiner Decke auf dem Sofa und putzte sich hingebungsvoll das noch nicht ganz trockene Fell. Obwohl er sie bei ihrem Kuss unterbrochen hatte, war sie froh, dass der Kater wieder wohlbehalten zu Hause war.

»Das nächste Mal wirst du uns aber nicht wieder stören«, mahnte sie ihn freundlich. »Hast du gehört, du kleiner Frechdachs?«

Charly unterbrach seine Fellpflege und sah sie aus hellgelben Augen unergründlich an. Und als ob er sie verstanden hätte, bedachte er sie mit dem typischen Katzen-Gurren.

»Schlaf schön, mein Süßer«, sagte sie und streichelte ihn hinter den Ohren, was er besonders mochte.

Dann warf sie noch einen Blick in Mias Zimmer, wo die Kleine friedlich in ihrem Kinderbett schlief. Sie verschwand kurz ins Bad und ging dann ins Schlafzimmer. Während sie ein frisches Nachthemd aus dem Schrank holte, schoss ihr die Frage durch den Kopf, ob sie mit Michael heute hier gelandet wäre, wenn die Katze sie nicht unterbrochen hätte. Sie sah sich um. Das Schlafzimmer war leider kein besonderer Hingucker mehr. Die Wände konnten frische Farbe vertragen, und die Vorhänge wollte sie schon lange durch modernere ersetzen, genau wie den Lampenschirm, der leider etwas altbacken wirkte. Doch irgendwie war niemals genug Zeit dafür gewesen, und auf eine sentimentale Art hing sie auch an den Möbeln, die teilweise noch aus der Zeit ihrer Ehe mit Richard stammten. Nach der Trennung hatte sie nicht genügend Geld gehabt, um sich komplett neu einzurichten, und einige Möbel behalten und einige gebraucht gekauft. Das Doppelbett war praktisch gewesen, weil Simon bei ihr schlafen konnte, wenn er als Kind krank gewesen war oder sich nach schlechten Träumen gefürchtet hatte und zu ihr ins Bett geschlüpft war. Doch langsam war es wirklich angebracht, das Zimmer zu renovieren und sich endlich mal neue Möbel zu leisten.

Warum eigentlich nicht?, fragte sie sich plötzlich und lächelte. Es war wohl überhaupt an der Zeit, ihrem Leben generell mehr frische Farbe zu geben. Sie fasste einen Entschluss: Sobald sie wieder ein wenig Luft hatte und es Simon wieder gut ging, würde sie die Sache in Angriff nehmen.

Sie schlüpfte aus ihren Sachen und wollte nach dem Nachthemd greifen, das eigentlich ein längeres ausgewaschenes T-Shirt war. Doch bevor sie hineinschlüpfte, stellte sie sich vor den Spiegel und betrachtete eingehend ihren nackten Körper. Auch wenn sie schlank und für eine knapp fünfzigjährige Frau noch relativ fit war, hatte der Zahn der Zeit doch unweigerlich seine Spuren hinterlassen. Würde Michael gefallen, was er womöglich bald zu sehen bekam? Wie würde es sein, mit ihm zu schlafen? Der Gedanke daran war aufregend, aber gleichzeitig auch beängstigend. Konnte sie sich bei ihm fallen lassen? Und er sich bei ihr? Auch wenn sie ihn jetzt anziehend fand, war das kein Versprechen für eine funktionierende, erfüllende Intimität. Sie seufzte. Früher hatte sie sich niemals solche Gedanken gemacht und sich einfach in eine Beziehung treiben lassen. Doch je älter sie wurde, desto vorsichtiger – oder vielleicht auch ängstlicher – war sie geworden.

Du hast doch nichts zu verlieren. Lass es einfach auf dich zukommen, Andrea, murmelte sie.

Sie streifte ihr Nachthemd über und schlüpfte ins Bett. Kaum hatte sie das Licht gelöscht, meldete ihr Handy eine Nachricht. Michael hatte die versprochene Playlist geschickt.

Falls du tatsächlich nicht einschlafen kannst, magst du vielleicht ein wenig Musik hören, schrieb er dazu.

Sie lächelte.

Vielen Dank! Ich bin gespannt, was mich noch für Lieder erwarten, tippte Andrea.

Nach unserem Gespräch heute gehe ich davon aus, dass das meiste dir gefallen könnte. Gute Nacht, Andrea.

Gute Nacht, Michael!

Ein paar Sekunden später klingelte das Handy. Michael!

»Ja?«, meldete sie sich neugierig.

»Entschuldige bitte, dass ich anrufe, aber mir ist noch etwas eingefallen, und ich hatte keine Lust mehr auf die Tipperei.«

»Kein Problem!«

»Also, auf der Heimfahrt habe ich nachgedacht über deine Frage mit der Zeitreise. Weißt du, was auch ganz spannend wäre?«

»Was?«

»Es ist zwar musikalisch eine ganz andere Ecke, aber sicher wäre es auch ein Erlebnis, in der Vergangenheit ein Konzert von Mozart zu besuchen«, sagte er.

»Mozart.« Andrea lachte leise.

»Wieso lachst du?«, fragte er.

»Entschuldige, das fände ich natürlich auch interessant. Ich stelle mir nur gerade vor, wie du in einem feschen Gehrock aus dieser Zeit, mit Perücke und gepudertem Gesicht aussehen würdest.«

Nun lachte er auch.

»Gewiss sehr imposant. Und du müsstest natürlich auch ein dementsprechendes Kleid und ebenfalls eine Perücke tragen, damit wir beide nicht auffallen.«

»Solange ich darunter keine unbequeme Strumpfhose anhaben muss ...«, feixte sie.

»Ich kenne mich zwar mit der Mode der damaligen Zeit nicht aus, aber Feinstrumpfhosen gab es damals sicher noch nicht«, meinte er. »Wir wären jedenfalls bestimmt ein ziemlich fesches Paar.«

»Aber klar doch.«

Andrea drehte sich auf den Rücken.

»Weißt du, was auch toll wäre? Ein Elvis-Presley-Konzert ... vielleicht eines von denen, die er auf Hawaii gegeben hat«, schlug sie vor. »Dann könnte man das gleich mit einer traumhaften Reise verbinden.«

»Honolulu ist wirklich schön!«

»Warst du schon mal dort?«

»Ja«, sagte er nur, ohne weiter darauf einzugehen.

»Weißt du, Elvis Presley erinnert mich immer ein wenig an meinen Vater, als er noch jung war. Er sah ihm ein wenig ähnlich«, verriet Andrea.

»Wirklich?«

»Ja. Warte mal ...«

Sie stand auf und machte das Licht an. Dann fotografierte sie mit dem Handy das Hochzeitsfoto ihrer Eltern ab, auf dem die beiden gemeinsam eine Torte anschnitten. Das Bild hing neben anderen Familienfotos an der Wand über der Kommode. Sie schickte es per WhatsApp zu Michael.

»Wahnsinn. Das ist verblüffend!«, sagte er gleich darauf. »Die beiden hätten echt verwandt sein können. Dein Vater war ein sehr attraktiver Mann.«

»Ja ...« Andrea nickte, obwohl er das nicht sehen konnte, und betrachtete das Gesicht ihres Vaters, der viel zu früh gestorben war.

»Deine Mutter war auch eine sehr schöne Frau. Du kommst mehr nach ihr, oder?«

»Ja, aber Simon schlägt wieder in die Art seines Großvaters.«

»Ich freue mich schon, deinen Sohn auch bald mal kennenzulernen«, sagte er ganz selbstverständlich. Und es gefiel ihr, dass er sich so aufrichtig für ihre Familie zu interessieren schien.

In diesem Moment war Andrea sicher, dass aus ihr und Michael wirklich etwas werden könnte. Dieser aufregende Gedanke trieb ihren Puls wieder ein wenig in die Höhe.

»Ich stelle dir Simon gerne demnächst mal vor«, sagte sie und löschte das Licht wieder.

Doch keiner wollte das Gespräch beenden. Sie unterhielten sich die halbe Nacht über Gott und die Welt und verdrängten die Tatsache, dass beide am nächsten Tag früh rausmussten. Erst kurz vor drei Uhr morgens wünschten sie sich schließlich eine gute Nacht.

»Es war schön, noch mit dir zu plaudern. Schlaf gut, Andrea.«

»Du auch, Michael. Bis bald!«

»Bis bald!«

Andrea legte das Handy auf den Nachttisch und schloss die Augen. Sie atmete tief ein und aus und spürte das Lächeln in ihrem Gesicht. Inzwischen konnte Andrea sich nichts mehr vormachen. Sie hatte sich in Michael verliebt.

KAPITEL 12

Mohnblumen-Prinzessin

Am Freitagnachmittag holte Andrea Simon aus dem Krankenhaus ab. Obwohl sie dadurch noch mehr um die Ohren hatte, genoss sie es, die Zeit mit ihrem Sohn und der Enkelin zu verbringen. Mia war überglücklich, dass ihr Papa endlich wieder den ganzen Tag für sie da sein konnte. Allerdings musste sie sich erst daran gewöhnen, dass seine Beweglichkeit sehr eingeschränkt war und er nicht wie sonst mit ihr herumtollen und im Garten spielen konnte. Das fiel ihr nicht ganz leicht. Simon bewegte sich zwar inzwischen schon relativ gut mit den Krücken, trotzdem konnte Andrea die beiden nicht für längere Zeit alleine lassen. Sie besprach sich mit Laura per Videochat und vereinbarte, dass Sophie bis zu Lauras Rückkehr schon ab und zu auf Mia aufpassen sollte. Für Sophie wäre das eine Art Probezeit in Anwesenheit von Simon, der sie dabei besser kennenlernen konnte.

Die junge Kinderpflegerin freute sich riesig, dass sie diese Chance bekam. Andrea konnte nun zumindest für ein paar Stunden tagsüber in Ruhe ihre eigenen Sachen erledigen und sich an die letzten Änderungen für das Filmplakat und die beiden aktuellen Buchcover machen. Und ab und zu klappte es auch, mit Michael in London zu telefonieren, auch wenn er beruflich bedingt nur wenig Zeit hatte. Trotzdem genoss sie diese kleinen Gespräche, die sie einander immer näher brachten, wie sie fand. Er würde am selben Tag zurückkommen wie Laura aus New York, und danach wollten sie sich bald treffen.

»Und, wie findest du Sophie?«, fragte Andrea ihren Sohn am Abend vor Lauras Rückkehr, als Mia schon schlief.

»Sie geht toll mit Mia um, und vor allem scheint Mia sie schon jetzt zu mögen. Das ist für mich das Entscheidende«, sagte er.

»Ich habe auch den Eindruck, dass die beiden sich gut verstehen. Sophie hat eine wunderbar entspannte Art und wirkt auf mich auch sehr zuverlässig.«

Simon nickte.

»Obwohl ich zunächst skeptisch war, muss ich zugeben, dass es eine gute Idee von dir und Laura war, eine Nanny zu suchen.«

»Ich bin froh, dass du das so siehst«, sagte Andrea. »Wenn sie da ist und Mia bald den halben Tag in der Kita sein wird, bleibt auch für dich wieder mehr Zeit. Und vielleicht kannst du dir doch noch überlegen, ob du wieder zu studieren ...«

»Mama!«, unterbrach er sie, doch Andrea wollte die Gelegenheit nutzen, endlich in Ruhe mit ihm darüber zu sprechen.

»Nein, Simon. Jetzt lass mich bitte ausreden«, sagte sie. »Ich will dir nicht vorschreiben, was du zu tun oder zu lassen hast. Wirklich nicht. Aber glaub mir, du wirst es ganz bestimmt bitter bereuen, wenn du keinen Abschluss machst und ganz ohne Beruf dastehst. Außerdem bist du dann wirklich kein Vorbild für deine Tochter und ...«

»Mama. Schon gut, du hast doch völlig recht«, sagte er und lächelte nun.

»Okay ...« Sie sah ihn überrascht an. Sie hatte nicht damit gerechnet, dass er so schnell nachgeben würde.

»Ich hatte im Krankenhaus viel Zeit, um nachzudenken. Doch eigentlich beschäftigt mich das auch schon länger. Aber ich musste erst mal selbst rausfinden, was ich möchte, bevor ich mit jemandem darüber rede.«

»Okay. Und was hast du dir überlegt?«, fragte Andrea gespannt.

»Auf ein ewig langes Studium habe ich inzwischen keine Lust mehr. Und Jura war ohnehin nicht das Richtige für mich, deswegen ist es mir damals auch sehr leichtgefallen, es für die Familie aufzugeben. Was mich wirklich interessiert, sind Fotografie und Mediengestaltung.«

Andrea lächelte. Genau das konnte sie sich auch für ihn vorstellen. Er würde also einen ähnlichen Weg wie seine Mutter einschlagen, auch wenn Andreas Schwerpunkt auf Grafikdesign und Illustration lag.

»Ich finde auch, dass du dafür ein Talent hast. Das habe ich dir auch schon oft gesagt«, meinte sie und versuchte, nicht zu überschwänglich zu klingen.

In diesem Moment meldete ihr Handy den Eingang einer Nachricht.

»Ist das wieder dieser Michael?«, fragte Simon. Da Mia und Laura ihn bereits kennengelernt hatten und Andrea auch kein Geheimnis daraus machen wollte, hatte sie auch ihrem Sohn von ihm erzählt.

»Ja ... das ist Michael.« Sie lächelte, als sie seine Nachricht las.

»Ich würde mich freuen, wenn du endlich mal wieder einen Freund hättest, Mama«, sagte er. »Du warst lange genug allein.«

»Jetzt muss man abwarten, wie es sich zwischen uns entwickelt. Wir sind erst dabei, uns richtig kennenzulernen.«

»Trotzdem scheint er dir jetzt schon gutzutun. So wie deine Augen gerade funkeln.«

»Na ja … schon irgendwie«, gab sie ihm recht.
»Was schreibt er denn?«
»Sei nicht so neugierig! Das geht dich gar nichts an.«
Simon lachte.
»Schräg, wenn man mitbekommt, dass die eigene Mutter sich verknallt hat.«
»Hallo! Ich bin doch nicht verknallt«, protestierte Andrea, allerdings nicht sonderlich überzeugend.
Sie spürte, wie ihre Wangen sich röteten.
»Abstreiten zwecklos! Laura meinte übrigens, dass Michael auf sie einen guten ersten Eindruck gemacht hat. Ich hoffe, ich lerne ihn auch bald kennen.«
»Ja, wirst du natürlich.«
Andrea schenkte Mineralwasser in ihr Glas und nahm einen Schluck.
»Mama?«
»Ja?«
»Danke, dass du dich so um uns kümmerst. Bei Mia tust du das schon die ganze Zeit, wenn wir dich brauchen, und jetzt hast du mich auch noch an der Backe.«
»Du weißt ganz genau, dass ich das gerne mache, wenn ich kann.«
»Ja … aber trotzdem ist es nicht selbstverständlich«, meinte er.
»Für mich schon! Es ist schön, dich mal wieder ein paar Tage hier zu haben. Und bevor wir beide jetzt womöglich noch sentimental werden, mache ich uns eine Schüssel Popcorn, und du suchst inzwischen irgendeinen spannenden Film auf Netflix.«

Laura kam am nächsten Vormittag in München an, und Mia war überglücklich, dass sie endlich wieder Mama und Papa um sich hatte.

»Als kleines Dankeschön für dich«, sagte Laura, die Andrea eine Umhängetasche der Marke *Aunts and Uncles* mitgebracht hatte. Die edle Tasche sah nicht nur schick aus, sondern war auch geeignet, darin ihr Macbook zu verstauen, um es bequem zu den Besprechungen mitzunehmen.

»Als ich sie sah, dachte ich sofort, dass die genau für dich passen würde«, sagte Laura

»Du musst mir doch kein Geschenk mitbringen, Laura«, meinte Andrea. »Aber ich freue mich sehr! Die Tasche ist superschön. Vielen Dank!«

»Gern geschehen«, erwiderte Laura.

»Sobald Simon wieder fit ist, lade ich dich mal ein, und wir beide gehen schön essen«, schlug Andrea vor.

»Das machen wir.«

Bevor die Familie gemeinsam in ihre Wohnung fuhr, musste Simon noch zum Physiotherapeuten.

Andrea bot an, mit Mia inzwischen zum Spielplatz zu gehen und sie später zu Laura und Simon zu bringen. Damit hätte das Paar auch noch ein klein wenig Zeit für sich.

Ausgestattet mit Sandspielzeug und ein wenig Proviant, machte Andrea sich mit Mia samt Dreirad auf den Weg zum Park. In den letzten Tagen hatte es ein wenig abgekühlt, doch es war immer noch angenehm warm, und der tiefblaue Münchner Himmel zeigte sich mit kleinen weißen Wolken von seiner besonders schönen Seite.

Zuerst wollte Mia rutschen und auf der Wippe schaukeln. Dann setzte sie sich zu einem anderen Kind in den Sandkasten. Andrea sah ihr von einer Bank aus zu und hörte eine Sprachnachricht ab, die Michael geschickt hatte. Er war vor einer Stunde in München gelandet. Leider hatte er die restliche Woche so viele Termine, auch an den Abenden, dass sie sich erst am Wochenende wieder würden treffen können.

»Hallo, Michael, schön, dass du wieder gut in München angekommen bist. Ich verstehe natürlich, dass du viel um die Ohren hast. Bei mir ist in den letzten Tagen auch einiges liegen geblieben. Aber vielleicht schaffen wir es am Samstagvormittag zum Weißwurstessen? Die Einladung steht noch immer ... Also, wenn du magst, können wir später noch telefonieren. Melde dich einfach. Bis dann!«

Während Andrea die Sprachnachricht für Michael abschickte, nahm eine Frau auf der Bank neben ihr Platz, die sie gar nicht hatte kommen sehen. Andrea registrierte, dass sie ein Buch mit einem ledernen Einband aus ihrer Handtasche holte und darin Notizen machte.

Andrea hatte selbst immer eine Kladde dabei, in der sie Gedanken festhielt oder etwas skizzierte, wenn sie spontan eine Idee hatte. Von diesen Notizbüchern gab es in ihrem Büro eine ganze Schublade voll. Neugierig fragte sie sich, ob die attraktive Frau, die etwas jünger als sie selbst zu sein schien, einfach nur ein Tagebuch führte, oder ob sie die Notizen beruflich verwendete. Vielleicht war sie Schriftstellerin? Oder sie schrieb Texte für Musikstücke?

»Sau mal, eine so söne Blume«, riss ihre Enkelin sie aus ihren Überlegungen.

Mia hatte eine der Mohnblumen gepflückt, die direkt neben dem Sandkasten wuchsen.

»Das ist eine Mohnblume, Mia«, erklärte Andrea.

»Mohnblume?«

»Ganz genau. Und die ist wirklich wunderschön.«

Die Kleine nickte. »Rot mag ich.«

»Ich auch. Und Mohnblumen sind besondere Blumen. Mit denen kann man was ganz Tolles machen. Soll ich es dir mal zeigen?«, fragte sie.

»Ja!«

Die Kleine sah sie gespannt an.

Andrea pflückte eine noch geschlossene Knospe und eine Kapselfrucht und setzte sich mit Mia auf die Bank.

»Jetzt pass mal auf. Wir beide machen jetzt eine Mohnblumen-Prinzessin.«

»Eine Pinzessin?«

»Ja, eine Prinzessin aus der Mohnblume«, korrigierte sie wie nebenbei. »Moment.«

Andrea öffnete ihre Tasche und kramte darin herum, bis sie fand, was sie gesucht hatte. Immer wenn sie in einem Lokal war, in dem es einzeln abgepackte Zahnstocher gab, schnappte sie sich davon zwei oder drei und steckte sie ein.

»Schau, Mia. Wenn man ganz vorsichtig diese Knospe aufmacht, dann kann man die roten Blütenblätter nach unten ziehen. Und dann sieht es aus wie ein hübsches langes Kleid. Wie bei einer Prinzessin. Und jetzt brauchen wir noch ein Köpfchen, das wir oben befestigen ... Moment ...«

Sie holte den Zahnstocher aus seiner Papierhülle, brach ein Stück davon ab und steckte die Kapselfrucht darauf, die sie vorsichtig als »Kopf« auf den »Körper« steckte.

»Schau her, jetzt haben wir ein Püppchen, eine kleine Mohnblumen-Prinzessin.«

Sie legte sie auf die Bank.

Mia klatschte begeistert in die Hände.

»Noch mehr!«, rief sie.

Sie rannte zum Sandkasten, um weitere geschlossene Blüten und Kapselfrüchte zu pflücken.

»Ihre Tochter ist ja reizend!«, sagte die Frau mit dem Notizbuch, senkte den Kopf und guckte über den Rand ihrer Sonnenbrille. Dabei kamen himmelblaue Augen zum Vorschein, wie Andrea sie in dieser Intensität noch nie gesehen hatte.

»Danke, aber sie ist nicht meine Tochter. Mia ist meine Enkelin«, erklärte sie.

Die Frau schien ziemlich überrascht.

»Entschuldigung. Sie sehen noch viel zu jung aus, um schon eine Enkeltochter zu haben«, sagte sie.

»Ich nehme das als Kompliment, vielen Dank.«

Andrea lächelte.

Mia kam wieder zurück und sie fabrizierten weitere kleine Mohnblumen-Prinzessinnen, denen sie jeweils Namen gaben. Die Farben der Blütenkleider reichten von Rosa bis Dunkelrot.

»Das ist die Mami!«, erklärte die Kleine bei der letzten Puppe, die gleichzeitig die größte war.

»Die ist ganz besonders schön. So wie deine Mami.«

Mia nickte. Doch nun wollte sie wieder zu den anderen Kindern in den Sandkasten, aber ihre Omi müsse unbedingt auf die Püppchen aufpassen.

»Klar, mein Schatz. Ich passe gut darauf auf«, versprach Andrea. »Geh du nur wieder zu deinen Freunden.«

Die Frau auf der Bank hatte inzwischen ein Gebäckstück aus einer Papiertüte geholt und begann zu essen. Das Croissant war mit ziemlich viel Schokolade gefüllt, die sie beim Essen auf ihr Kinn und die Finger verschmierte. Mit der sauberen Hand suchte sie in der Tasche vergeblich nach Taschentüchern. In dem Versuch, sich schließlich mit der Bäckertüte notdürftig zu säubern, machte sie es noch schlimmer.

Andrea bemerkte ihr Dilemma und holte ein einzeln verpacktes Feuchttuch aus ihrer Tasche, von denen sie immer einen Vorrat dabeihatte, und reichte es der Frau.

»Bitte nehmen Sie das«, sagte sie.

»Das ist aber sehr nett von Ihnen. Danke!«

Sie reinigte rasch ihre Hände und das Kinn. »Wie man sich nur so dumm anstellen kann«, sagte sie mit einem Kopfschütteln.

»Ach, so etwas ist uns doch allen schon mal passiert«, meinte Andrea.

»Ist jetzt alles weg?«, fragte die Frau und zeigte auf ihr Gesicht.

»Ja, alles bestens.«

»Vielen Dank noch mal. Sie haben mich gerettet.«

»Gern geschehen.«

»Ich heiße übrigens Ana«, stellte die Frau sich mit einem Lächeln vor.

»Und ich bin Andrea.«

»Freut mich, Andrea. Sind Sie denn öfter hier mit Ihrer Enkelin?«

»Eigentlich schon, ja. Ich wohne ganz in der Nähe, und da bietet es sich an. Und was treibt Sie hierher?«

»Sie meinen: so ganz ohne Kind auf einen Spielplatz?«, fragte Ana, und es klang ein klein wenig spitz.

»Ich hoffe, das war jetzt nicht zu neugierig?«, meinte Andrea entschuldigend.

»Aber nein«, beteuerte die Frau. »Ich bin für ein paar Tage zu Besuch in München und habe heute einen sehr langen Spaziergang gemacht. Ich brauchte eine Pause und fand diesen kleinen Park sehr hübsch, und deswegen ...«

In diesem Moment klingelte Andreas Handy. Michael! Sie nickte der Frau kurz zu.

»Entschuldigung.«

»Klar.«

Dann hob sie ab und drehte sich etwas zur Seite.

»Hallo, Michael!«

»Hallo, Andrea! Danke für deine Nachricht. Also, Samstagvormittag klappt bei mir zwar«, sagte er. »Ich habe allerdings am Nachmittag einen Termin und deshalb nicht ganz so lange Zeit.«

»Wenn Samstag bei dir zeitlich etwas knapp ist, können wir auch am Sonntag gehen, falls es da bei dir besser passt«, schlug Andrea vor.

»Sonntag wäre mir tatsächlich lieber, wenn das auch bei dir möglich ist?«

»Simon und Mia sind wieder zu Hause, und ich bin so flexibel wie eh und je.«

»Tja, dann – nehmen wir doch den Sonntag!«

»Ich freue mich.«

»Super. Ich mich auch ... Jetzt muss ich aber schon wieder los. Ich habe gleich eine Besprechung. Mach's gut, Andrea. Ich melde mich heute Abend noch mal.«

»Dann viel Erfolg und bis später.«

Lächelnd legte sie auf.

»Ihr Mann?«, fragte Ana.

Andrea schüttelte den Kopf.

»Nein, ich bin geschieden.«

»Wirklich? So wie sie lächeln, dachte ich ... egal. Ich bin mal wieder viel zu neugierig. Tut mir leid. Das ist wohl eine Berufskrankheit.«

»Darf ich fragen, was Sie machen?«

»Ich bin Journalistin.«

Deswegen also das Notizbuch!

»Wie spannend.«

»Ja, das ist es. Sie sind also auch geschiedener Single?«, hakte Ana nach, ohne weiter auf ihren Beruf einzugehen.

»Ja, das heißt nein, ich ... es wird sich erst noch herausstellen, ob ich noch länger Single bin«, antwortete Andrea etwas unbeholfen, da sie selbst ihren Beziehungsstatus im Moment nicht ganz festzulegen vermochte. »Es ist alles noch unsicher, aber sagen wir mal so: Es sieht so aus, als würde sich gerade etwas anbahnen.«

»Wie schön! Gerade in unserem Alter einen passenden Partner zu finden ist ja nicht immer so ganz einfach«, bemerkte Ana.

»Das stimmt. Aber Michael – so heißt er – ist wirklich ein besonderer Mann.«

Da die Frau weder sie noch Michael kannte, erlaubte sie es sich, seinen Namen auszusprechen. Und es fühlte sich irgendwie gut an.

»Ich bin auch geschieden«, erklärte Ana, und für einen Moment meinte Andrea einen dunklen Schatten in ihren Augen zu sehen. »Und im Augenblick bin ich sozusagen ein Voll-Single.«

Andrea lachte kurz bei dieser Wortschöpfung.

»Das war ich auch viele Jahre lang, und ich hatte mich eigentlich schon damit abgefunden, Voll-Single zu bleiben. Umso spannender ist diese Zeit jetzt gerade für mich«, erklärte sie.

»Der Zauber eines Anfangs«, sagte Ana mit einem seltsamen Lächeln.

»Sozusagen ... Arbeiten Sie für eine Zeitung?«, fragte Andrea, damit das Gespräch nicht zu persönlich wurde. Zu viel von sich wollte sie dieser ihr fremden Frau dann doch nicht preisgeben.

Doch bevor Ana antworten konnte, kam Mia heulend angelaufen, weil ein anderes Mädchen ihr eine Schaufel Sand über den Kopf gekippt hatte.

»Omiii! Sand!«, schrie sie.

»Das ist doch nicht schlimm. Beug dich mal nach vorn und schüttle den Kopf.«

Andrea sprach ruhig auf sie ein und versuchte den größten

Teil des Sandes aus den Haaren zu streifen, was bei Mias Lockenkopf nicht ganz einfach war.

»Vielleicht gehen wir besser nach Hause, mein Schätzchen, und in der Badewanne waschen wir alles raus«, sagte sie und putzte ihr mit einem Papiertaschentuch die Nase.

Mia hatte sich glücklicherweise wieder beruhigt und nickte. Sie liebte es, zu baden.

»Darf Ihre Enkelin Gummibärchen essen?«, fragte Ana, die ein Päckchen aus ihrer Tasche geholt hatte. »Die habe ich im Flugzeug bekommen.«

Ohne eine Antwort von Andrea abzuwarten, reichte sie die Süßigkeiten bereits dem Kind, was Andrea etwas befremdlich fand.

»Danke«, sagte Mia mit funkelnden Augen.

»Du bist aber ein höfliches Kind«, lobte Ana mit einem Lächeln. »Schenkst du mir vielleicht eine deiner Mohnblumen-Prinzessinnen? Darüber würde ich mich sehr freuen.«

Mia zögerte kurz, dann nickte sie. Sie griff nach einem kleineren Püppchen und reichte es der Frau.

»Für dich!«

»Vielen Dank, Mia! Das ist wirklich sehr lieb von dir. Ich werde gut darauf aufpassen. Und weißt du, wie ich sie nennen werde?«

»Nein.«

Mia zuckte mit den Schultern.

»Mia. Die kleine Mohnblumen-Prinzessin hier heißt jetzt Mia. Denn du bist genauso hübsch wie sie.«

Das Kind kicherte.

»Komm, ich mache dir die Tüte mit den Gummibärchen auf«, sagte Ana.

Andrea befiel plötzlich ein seltsames Gefühl. Das Verhalten dieser Frau, die Andrea offenbar völlig ausgeblendet hatte und sich nur noch auf Mia konzentrierte, empfand sie inzwischen als eher aufdringlich.

»Aber erst müssen wir Hände waschen, Mia«, sagte Andrea deswegen. »Die sind ja vom Sand ganz dreckig.«

Normalerweise würde sie das mit einem der Reinigungstücher machen. Aber aus irgendeinem Grund, den sie selbst nicht benennen konnte, wollte sie nicht, dass Mia diese Gummibärchen jetzt aß.

Doch das war nicht das, was Mia hören wollte, und sie versuchte, das Päckchen selbst zu öffnen.

»Nicht mit den dreckigen Fingern!«, ermahnte Andrea sie.

Sie nahm ihr die Süßigkeiten aus der Hand und steckte das Tütchen in die Tasche, was zu Protesten führte.

»Tut mir leid«, sagte Ana mit zerknirschtem Blick. »Daran bin wohl ich jetzt schuld.«

Ja, hätte Andrea am liebsten gesagt, doch sie blieb höflich und versuchte Mia abzulenken.

»Komm, wir beide packen das Sandspielzeug zusammen und holen dein Dreirad«, schlug sie vor. »Die Gummibärchen darfst du daheim nach dem Baden essen. Außerdem müssen wir uns beeilen, deine Mami und dein Papi warten bestimmt schon auf dich.«

Das überzeugte Mia dann doch, und sie half ihrer Oma eifrig, die Spielsachen in den Eimer zu packen.

»Hat mich gefreut, dass wir uns kennengelernt haben, Andrea«, sagte Ana und umschloss die Mohnblumen-Prinzessin fest mit ihrer Hand, was irgendwie irritierend herzlos wirkte.

»Ja, das war nett«, entgegnete Andrea unverbindlich, und konnte es nun kaum mehr erwarten, von dieser seltsamen Frau wegzukommen. »Ihnen noch einen schönen Aufenthalt in München.«

»Danke sehr. Den werde ich ganz bestimmt haben ... Mach's gut, Mia.«

Ana winkte dem Kind zu. Mia winkte zurück.

»Tsüss!«

Sie machten sich auf den Heimweg. Als Andrea sich noch einmal umdrehte, war die Frau verschwunden.

KAPITEL 13

Eine besondere Einladung

Andrea wollte sich gerade auf den Weg zum Gasthof machen, in dem sie sich mit Michael treffen wollte, da kam sein Anruf, dass ihm leider etwas dazwischengekommen sei und er es nicht schaffen würde.

»Aber das macht doch nichts«, sagte Andrea, auch wenn sie es schade fand, dass er im letzten Moment absagte. »Die Weißwürste sind uns wohl einfach nicht vergönnt.«

»Wir schaffen es ganz sicher noch«, versprach er und klang irgendwie erschöpft.

»Klar ... Sag mal, ist alles in Ordnung bei dir?«

»Ja«, antwortete er, was in Andreas Ohren nicht ganz überzeugend klang.

»Sollen wir uns vielleicht am Nachmittag treffen, auf einen Kaffee oder zum Eisessen?«, schlug sie vor.

»Ehrlich gesagt schaffe ich es auch später nicht, Andrea. Lass und doch bitte telefonieren, wenn ich wieder etwas Luft habe«, bat er. »Okay?«

»Melde dich einfach.«

Er verabschiedete sich rasch von ihr und legte auf. Offenbar war er in Eile.

Damit war ihre Planung für den heutigen Tag dahin. Enttäuscht überlegte Andrea, was sie nun mit der Zeit anfangen sollte. Arbeit hatte sie auch am Sonntag genug. Aber erst einmal war sie ziemlich hungrig, da sie noch nicht gefrühstückt hatte. Kurzerhand klingelte sie bei Eduarda.

»Heute ist dein Glückstag, Edu. Ich lade dich zum Weißwurstessen ein.«

»Tut mir leid, Andi, aber Jadim ist da.«

»Er kann natürlich auch mitkommen.«

»Das ist superlieb von dir. Aber eigentlich wollen wir gleich los an die Isar«, sagte sie bedauernd. »Wir haben schon alles für ein Picknick eingepackt.«

»Okay, schade ... Aber selbst schuld, damit hast du die einmalige Chance auf ein kostenloses Weißwurstfrühstück verpasst«, scherzte sie.

»Darüber werde ich wohl nie hinwegkommen. Aber sag mal, wolltest du nicht mit Michael gehen?«

»Das war eigentlich so geplant, aber dem ist leider was dazwischengekommen«, erklärte sie.

»Wie schade. Komm doch einfach mit uns zum Flaucher!«

So hieß eine besonders beliebte Stelle an der Isar. »Das Picknick reicht locker auch noch für dich«, schlug Eduarda vor.

Doch Andrea hatte keine Lust, das fünfte Rad am Wagen zu sein und den Tag mit einem Paar auf einer Decke am Isarstrand zu verbringen, auch wenn sie die beiden sehr mochte.

»Heute ist mir nicht danach. Vielleicht ein anderes Mal. Grüße bitte Jadim von mir!«

»Danke! Habe ich gehört!«, rief Jadim, der im Flur auftauchte und ihr zuwinkte. Er trug eine abgeschnittene Jeans und eines seiner kunterbunten Hemden, die so typisch für ihn waren. Da auch Eduarda am liebsten auffallende Kleidung trug, passten die beiden in dieser Hinsicht perfekt zusammen. Jadims entspanntes Lächeln zeigte, dass es momentan zwischen ihm und Eduarda – wieder – ziemlich gut lief. Andrea freute sich für die beiden und hoffte, dass es weiterhin und vor allem auf Dauer so blieb.

»Dann viel Spaß!«, wünschte sie und schlenderte wieder heim.

Sie überlegte kurz, trotzdem in die Gastwirtschaft zu gehen. Doch auf ein Weißwurstfrühstück so ganz allein war ihr dann doch nicht zumute. Wenn schon allein essen, dann lieber daheim, dachte sie. Andrea ging in die Küche und sah nach, was der Kühlschrank hergab. Eine Viertelstunde später stellte sie ein Tablett mit einem großen Käsesandwich, frischem Obstsalat und einem großen Cappuccino auf dem Tisch auf der Terrasse ab.

Charly lag auf einem Gartenstuhl und genoss die Sonnenstrahlen auf seinem Fell.

»So ein Katzenleben ist schon was Feines. Manchmal beneide ich dich darum, Charly!«, sagte sie.

Der Kater hob nur kurz den Kopf und schaute sie verschlafen an. Dann drehte er sich auf den Rücken, streckte alle vier Pfoten von sich, und schlief in dieser Position sofort wieder ein.

Während Andrea hungrig ihr spätes Frühstück genoss, rätselte sie darüber, warum Michael ihre Verabredung hatte platzen lassen, ohne dafür einen Grund zu nennen. Hatte es was mit der Arbeit zu tun? In seiner Position war es natürlich nicht überraschend, dass er auch an den Wochenenden Termine hatte. Aber das hätte er ihr ja sagen können. Gab es womöglich einen privaten Notfall?

In diesem Moment wurde ihr bewusst, dass sie zwar am Telefon viel miteinander redeten und sie seinen Musikgeschmack kannte, wusste, dass er spanische und französische Filme und Serien liebte und was er besonders gerne aß oder wie seine politische Grundeinstellung war. Doch über sein privates Umfeld und die Menschen, die darin eine wichtige Rolle spielten, wusste sie so gut wie gar nichts. Aber genau das gehörte doch besonders dazu, wenn man sich kennenlernte, fand sie. Jedenfalls hatte ihre heute Morgen noch so gute Laune durch die kurzfristige Absage einen gehörigen Dämpfer bekommen.

Den Nachmittag verbrachte sie in ihrem Büro und arbeitete das meiste von dem ab, was in der letzten Zeit liegen geblieben war. Doch immer wieder schweiften ihre Gedanken zu Michael. War es wirklich nur eine nicht absehbare, kurzfristige Angelegenheit, weswegen er nicht hatte kommen können, und er würde ihr den Grund bei ihrer nächsten Begegnung verraten? Oder war das womöglich eine Ausrede gewesen, und er hatte einfach nur keine Lust gehabt, sie zu sehen? Doch so schätzte sie ihn eigentlich nicht ein. Andrea seufzte. Wahrscheinlich machte sie sich zu viele Gedanken. Natürlich hatte sie sich darauf gefreut, den Tag mit ihm zu verbringen, doch es konnte immer mal etwas dazwischenkommen. So wie sie das letzte Mal wegen Simons Unfall auch die Fahrradtour hatten abbrechen müssen.

Jetzt sei einfach mal locker, sagte sie sich.

Sie würde sich jetzt mit einer Idee ablenken, die ihr schon seit ein paar Tagen durch den Kopf spukte und die umzusetzen sie bisher noch keine Zeit gefunden hatte.

Seitdem sie Mia im Krankenhaus dieses selbst gereimte kleine Kinderlied vorgesungen hatte, wollte ihre Enkelin es unbedingt jeden Tag hören. Notfalls auch am Telefon oder über einen Videochat, den sie fast täglich mit ihrer Oma auf dem Programm hatte, wenn sie sich nicht treffen konnten. Andrea hatte vor, die Reime zu illustrieren und ein kleines Bilderbuch daraus zu machen, das sie Mia schenken wollte.

Mit Block und Bleistift ging sie wieder auf die Terrasse und begann zu zeichnen. Versunken in ihre Arbeit, vergaß sie sogar Michael für eine Weile.

Inzwischen war es Abend geworden, und sie hatte bereits einen Vogel auf dem Baum, zwei kleine Katzen, die träumten, und drei kleine Igel, die durchs Gras liefen, in verschiedenen Varianten skizziert. Sie war sehr zufrieden mit dem Ergebnis.

Plötzlich klingelte es.

»Michael!«, sagte sie überrascht, als sie die Haustür geöffnet hatte.

»Es tut mir sehr leid wegen heute Vormittag, Andrea«, sagte er und reichte ihr eine große Schachtel Pralinen.

»Als kleine Entschuldigung. Handgemacht aus einer Konditorei.«

»Danke. Das ist lieb von dir. Aber du musst mir doch deswegen keine Pralinen schenken. Es kann immer mal was dazwischenkommen«, sagte sie.

Doch insgeheim freute sie sich darüber. Und vor allem freute sie sich, ihn zu sehen. Vielleicht würde sie nun auch eine Erklärung bekommen, warum ihr Weißwurstessen geplatzt war.

»Aber das heute passierte doch sehr kurzfristig«, meinte er. »Und das ist normalerweise nicht meine Art. Also bitte nimm die Pralinen, dann habe ich kein so schlechtes Gewissen.«

»Okay.« Sie lächelte. »Dann vielen Dank dafür! Und du brauchst kein schlechtes Gewissen zu haben. Komm doch bitte rein.«

»Gern ... Allerdings habe ich leider nur kurz Zeit, weil ich mich für eine Besprechung gleich morgen früh noch intensiv ins Thema einlesen muss. Trotzdem wollte ich dich unbedingt noch sehen, Andrea.«

Sie gingen ins Wohnzimmer.

»Wir können uns auf die Terrasse setzen, wenn du magst. Was möchtest du denn trinken? Eine Saftschorle? Oder Kaffee?«, fragte sie.

Doch ohne zu antworten, nahm er sie an der Hand und zog sie an sich.

»Eigentlich möchte ich nur einen Kuss von dir«, sagte er leise.

Andrea wurde es mit einem Schlag heiß und kalt. Die Intensität in seiner Stimme bescherte ihr eine Gänsehaut und löste ein plötzliches Verlangen in ihr aus, das sie selbst erstaunte.

»Den kannst du gerne haben«, flüsterte sie, und diesmal tasteten sie sich nicht erst vorsichtig heran. Ihr Kuss war vom ersten Moment an wild und fordernd, ihre Zungen schienen miteinander zu tanzen, und ihre Hände streichelten über den Körper des anderen. Andrea vergaß alles um sich herum und wünschte sich, dass der Kuss nie enden würde.

Es war Michael, der sich schließlich von ihr löste. Fast atemlos und mit wild klopfenden Herzen sahen sie sich an, ohne etwas zu sagen. Doch in ihren Augen stand Verlangen.

»Ich kann nicht aufhören, an dich zu denken, Andrea ...«, murmelte er schließlich und streichelte mit dem Daumen sanft über ihre Wange.

»Mir geht es genauso«, gestand sie.

Er lächelte plötzlich.

»Bitte komm mit mir nach Sylt.«

»Nach Sylt?«, fragte sie perplex. »Jetzt?«

Er lachte.

»Nein. So spontan sind wir dann doch wohl beide nicht«, meinte er ein wenig amüsiert.

»Leider nicht«, bestätigte sie mit einem Lächeln.

»Es ist so: Ich habe übernächste Woche auf Sylt einen wichtigen Termin mit ...«, er zögerte, »... den Namen darf ich dir leider nicht verraten, aber es ist eine in Deutschland ziemlich bekannte Persönlichkeit, und unser Verlag möchte unbedingt die Biografie herausbringen. Wir haben der Person schon ein erstes Angebot gemacht, und sie ist äußerst interessiert und will sich mit mir treffen. Und wenn ich schon nach Sylt reise, dann wäre es toll, wenn du dabei wärst. Mein Bruder hat ein Ferienhaus in Hörnum direkt am Meer, das momentan leer steht, und wenn du möchtest, könnten wir dort ein paar Tage verbringen.«

»Dein Bruder hat ein Haus auf Sylt?«, fragte sie beeindruckt.

»Ja ... Weißt du, ich hatte mehr oder weniger seit über einem Jahr keinen Urlaub mehr, und wenn du Lust hast, mitzukommen, werde ich mir ein paar Tage freinehmen. Ich muss nur diesen einen Tag arbeiten, aber du würdest dich ganz gewiss nicht langweilen.«

Die Vorstellung, mit ihm nach Sylt zu reisen, war mehr als verlockend. Noch vor ein paar Stunden war sie unsicher gewesen, ob er nicht eine Ausrede für ihr Treffen gesucht hatte. Und jetzt lud er Andrea sogar auf diese Reise ein?! Sie hätte sich wirklich nicht so viel Gedanken machen müssen.

»Na, was meinst du?«, fragte er und sah sie erwartungsvoll an.

»Auch ich hatte schon lange keinen richtigen Urlaub mehr. Ein paar Tage könnte ich mir auf jeden Fall freischaufeln«, antwortete sie. »Und Sylt hört sich toll an – ich war noch nie dort.«

»Du warst noch nie auf Sylt?«, fragte er überrascht, als könne er es gar nicht glauben.

Sie schüttelte den Kopf.

»Für uns hier in Bayern ist das Meer in Italien und Kroatien näher«, erklärte sie.

»Okay, das ist nachvollziehbar. Aber trotzdem – in diesem Fall ist es erst recht an der Zeit, die Nordsee endlich kennenzulernen«, meinte er und lächelte. »Es gibt dort so viel zu entdecken. Ich bin mir sicher, du wirst Sylt lieben!«

»Na gut!«, sagte sie ganz spontan. »Du hast mich schon überzeugt, Michael. Ich nehme deine Einladung sehr gerne an.«

»Genau das wollte ich hören.«

Er zog sie wieder an sich.

»Und weißt du, was das Besondere an Sylt ist?«, fragte er, ein wenig leiser.

»Was denn?«

»Dort wird uns niemand stören können. Denn wenn wir das erste Mal miteinander schlafen, wünsche ich mir, dass wir uns ganz viel Zeit füreinander nehmen können«, flüsterte er in ihr Ohr.

Andreas Wangen wurden heiß, und ihr Herzschlag beschleunigte sich erneut.

»Das wünsche ich mir auch«, sagte sie leise.

Und dann küssten sie sich noch einmal.

KAPITEL 14

Ankunft auf Sylt

Eigentlich hatten sie gemeinsam nach Sylt fahren wollen, doch Michael musste zwei Tage vor der geplanten Reise kurzfristig einen Termin in Hamburg wahrnehmen.

Andrea hatte an diesem Tag ebenfalls eine wichtige Besprechung, die sie nicht verschieben konnte. Allerdings in München. Sie hatte den Auftrag für die Illustration des Kinderbuchs der Sängerin bekommen, die sich an diesem Tag mit Andrea treffen und über ihre Vorstellungen austauschen wollte. Inzwischen hatte man ihr mit einer Geheimhaltungsvereinbarung auch den Namen der Künstlerin verraten, und Andrea freute sich riesig auf das Projekt mit LuLe. Die sympathische Rapperin erzählte in ihrer Fantasy-Geschichte eine besondere Symbiose aus Tier- und Kinderwelt, inspiriert durch ihre eigene Kindheit mit Eltern, die als Tierpfleger im Berliner Zoo gearbeitet hatten.

Da Andrea aus verschiedenen Gründen nicht gerne flog und Michaels Bruder darum gebeten hatte, ihm doch bitte ein kleines Fass bayerisches Bier mitzubringen, hatte sie angeboten, mit ihrem Auto nachzukommen.

»Du willst die ganze Strecke bis Sylt alleine fahren?«, hatte Michael besorgt gefragt.

»Das macht mir nichts aus. Ich fahre sehr gerne mit dem Auto, auch mal längere Strecken.«

Michael hatte ihr das Versprechen abgenommen, während der langen Fahrt genügend Pausen einzulegen. Andrea fand seine Besorgnis zwar ein wenig übertrieben, trotzdem freute sie sich, dass er sich Gedanken um ihr Wohlbefinden und ihre Sicherheit machte.

Nun also saß sie im Wagen, und laut Navi lagen noch eineinhalb Stunden Fahrt vor ihr bis zum Verladebahnhof in Niebüll. Bis auf einen viertelstündigen Stau in der Nähe von Hannover, war sie gut vorangekommen. Und natürlich hatte sie immer wieder mal kurze Pausen eingelegt. Eine Weile hatte sie einem Hörbuch gelauscht, war dabei jedoch etwas müde geworden. Dann hatte sie über die Freisprechanlage mit Simon telefoniert und mit ihm über seine Zukunftspläne gesprochen. Inzwischen lief Musik aus dem Radio. Bei *Don't go breaking my heart* von Elton John und Kiki Dee sang sie fröhlich mit.

Andrea fühlte sich glücklich und dankbar. In ihrem Leben schien im Moment alles mehr als nur gut zu laufen. Vor ihr lagen ein paar besondere Tage mit Michael auf Sylt. Sie hatte genügend tolle Aufträge, und sie und ihre Familie waren gesund. Simon ging es mit seinem Bein von Tag zu Tag besser, und er hatte endlich eine berufliche Entscheidung getroffen. Auch das Verhältnis zwischen ihr und ihrer zukünftigen Schwiegertochter war herzlicher geworden, nachdem sie sich bei einem gemeinsamen Abendessen vor drei Tagen endlich ganz offen ausgesprochen hatten. Wie es so oft der Fall ist, hatten die Spannungen auf Missverständnissen und falschen Vermutungen beruht, was die jeweils andere wohl denken mochte.

»Ich dachte, du willst nicht, dass Simon beruflich auf eigenen Füßen steht, damit er sich ausschließlich um Mia kümmert, während du deine Karriere weiter vorantreibst«, hatte Andrea ihre Vorbehalte ausgesprochen.

»Diesen Eindruck habe ich auf dich gemacht?« Laura war ehrlich schockiert gewesen.

»Leider ja. Im Nachhinein denke ich, dass ich unterschwellig deswegen immer ein wenig sauer auf dich war.«

»Frag mich nicht, wie oft ich Simon vorgeschlagen habe, dass wir eine Nanny einstellen oder ein Au-pair, damit er wieder studieren kann, aber er wollte das nicht.«

Laura hatte plötzlich gelacht.

»Ich dachte immer, das liegt an dir, weil du seine große Heldin und sein Vorbild bist. Sogar als Alleinerziehende hast du es geschafft, Beruf, Kind und auch noch deinen Haushalt unter einen Hut zu kriegen, und zwar ohne Nanny oder Au-pair. Wie sollte ich da mithalten können? Ständig hatte ich das Gefühl, dem nicht gerecht zu werden. Und das hat mich echt genervt.«

»Das Gefühl wollte ich dir ganz gewiss nicht vermitteln, Laura. Der Grund, warum ich damals keine Kinderfrau hatte, war schlicht und ergreifend der, dass ich mir keine leisten konnte. Trotzdem hatte ich Unterstützung: von meiner Mutter und auch von Edu. Ohne deren Hilfe hätte ich das alleine nie geschafft! Ich finde es toll, wie es beruflich bei dir läuft, und ich finde es auch gut, dass Simon sich um Mia kümmert und den Haushalt schmeißt, aber natürlich ist es mir immer wichtig gewesen, dass auch er eine gute berufliche Perspektive hat.«

»Dann wollten wir beide immer das Gleiche«, hatte Laura resümiert.

»Ja ... Offen miteinander reden hilft ungemein. Hätten wir das nur mal früher gemacht.«

Beide hatten gelacht und sich mit einem Glas Crémant zugeprostet.

»Schade nur, dass Simon erst einen Unfall haben musste, damit er einverstanden war, eine Nanny einzustellen. Aber manchmal braucht es vermutlich so ein Erlebnis, damit man wieder eine andere Perspektive bekommt.«

Inzwischen waren alle glücklich über Sophie, die eine große Bereicherung für die ganze Familie war.

Ein Anruf von Michael riss Andrea aus ihren Gedanken. Er war bereits am Vormittag von Hamburg aus mit dem Zug nach Sylt gereist und erwartete sie im Haus seines Bruders.

»Fühlst du dich noch fit?«, fragte er.

»Ja, mir geht's gut«, beteuerte sie, auch wenn sie nun doch froh war, dass sie es bald geschafft hatte. »Ich komme gleich am Verladebahnhof in Niebüll an.«

Von dort ging es mit dem Autozug auf die Insel, das Ticket hatte sie bereits online reserviert.

»Da bist du ja wirklich schnell vorangekommen. Lang können deine Pausen dann nicht gewesen sein.«

»Lang genug«, erwiderte sie. »Es ist wirklich alles okay bei mir.«

»Ich kann es kaum mehr erwarten, dich endlich zu sehen«, sagte er.

»Ich auch nicht.«

»Der Kühlschrank ist gut gefüllt, und ich würde langsam anfangen zu kochen. Hast du einen besonderen Wunsch für das Abendessen?«

»Nein, aber mir reicht auch eine Kleinigkeit. Ich hatte genügend Proviant eingepackt und habe in den Pausen immer wieder etwas gegessen.«

»Okay ... ich überlege mir, was ich mache.«

»Michael, jetzt bin ich gleich da und muss mich orientieren, wie das hier läuft und in welcher Spur ich mich mit meinem Onlineticket anstellen muss für den Autozug. Bis dann. Ich freue mich!«

»Ich mich auch!«

Fünfunddreißig Minuten später fuhr der Zug über den Hindenburgdamm nach Westerland. Andrea hatte im Wagen die Fenster geöffnet. Auch wenn es laut war, genoss sie den warmen Fahrtwind, der ihr die frisch für die Reise gefärbten und in Form geschnittenen Haare ins Gesicht wehte.

Obwohl sie sich wahnsinnig darauf freute, ihn endlich zu sehen, war sie auch etwas nervös. Denn eins war klar: In der Zweisamkeit mit Michael würde es nicht mehr bei ausgedehnten Küssen bleiben.

Die Anziehungskraft zwischen ihnen beiden war inzwischen immer größer geworden, deswegen konnte Andrea es tatsächlich kaum mehr erwarten, dass aus den Küssen mehr wurde. Doch gleichzeitig hatte sie auch ein wenig Angst davor. Angst, ihm womöglich nicht zu gefallen. Angst, sich nicht wirklich fallen lassen zu können. Denn letztlich ging es um mehr als nur darum, miteinander Sex zu haben.

»Es ist schon so lange her ... Und wenn ich mich blöd anstelle?«, hatte sie am Tag zuvor Eduarda gefragt.

»Das wirst du nicht«, hatte die Freundin beteuert. »Und falls doch, dann habt ihr wenigstens was, worüber ihr lachen könnt.«

»Du bist mir ja echt eine Hilfe, Edu«, hatte Andrea gesagt.

»Jetzt stell dich nicht so an! Du bist doch keine achtzehn mehr!«

»Eben. Genau das macht es ja so schwierig. In nicht ganz einem halben Jahr werde ich fünfzig!«

»Und genau deswegen hast du jede Menge Erfahrung. Das wird schon, Andi!«

»Dein Wort in Gottes Ohr.«

Doch da gab es noch etwas anderes, das ihr im Kopf herumspukte. Obwohl sie darauf gehofft hatte, dass Michael ihr den

Grund verriet, warum er die Verabredung so kurzfristig platzen ließ, hatte er kein Wort mehr darüber verloren.

»Frag ihn halt einfach!«, hatte Eduarda ganz pragmatisch vorgeschlagen.

Doch Andrea wusste nicht, ob er diese Neugierde nicht als zu aufdringlich und unangemessen empfinden würde. Letztlich kannten sie sich doch noch immer nicht gut genug, als dass sie ihn in dieser Beziehung hätte einschätzen können. Aber vermutlich machte sie aus einer Mücke nur einen Elefanten. Was sollte er ihr auch schon groß verheimlichen wollen? Er war doch noch am selben Tag zu ihr gekommen und hatte sie für ein paar Tage nach Sylt eingeladen. Er wollte möglichst viel Zeit mit ihr verbringen, damit sie sich noch näher kennenlernen konnten. Das allein zählte doch!

Tief in Gedanken versunken, registrierte sie überrascht, dass der Zug bereits langsamer wurde und in den Bahnhof von Westerland einrollte. Sie war auf Sylt angekommen. Nun lag die letzte Etappe vor ihr: nach Hörnum, das ganz im Süden der Insel lag.

Während Andrea die letzten Kilometer bis zu ihrem Ziel fuhr, war sie schon jetzt verzaubert von der herrlichen Landschaft auf der Insel. Sie war, bis auf einen beruflichen Termin in Hamburg vor drei Jahren, noch nie so weit im Norden gewesen, weder an der Nordsee noch an der Ostsee. Falls sie es sich überhaupt hatte leisten können, ans Meer zu verreisen, war sie zusammen mit Eduarda und den beiden Kindern an die viel näher gelegene Adria gefahren.

Das Reetdachhaus von Michaels Bruder lag am Ende der Straße, fast ein wenig versteckt in den Dünen, eingebettet in Heidekraut, Heckenrosen und Strandhafer, nur einen Steinwurf vom Strand entfernt.

Schon von Weitem entdeckte sie Michael, der bereits am strahlend weiß gestrichenen Gartenzaun wartete und ihr zuwinkte. Andrea parkte den Wagen am Straßenrand neben dem Zaun und stieg aus.

Ein frischer Wind wehte ihr die Haare ins Gesicht, und obwohl die Sonne schien, fröstelte es sie in ihren sommerlichen Sachen. Vielleicht weil sie inzwischen doch ein wenig übermüdet war.

Sie streckte ihre von der Fahrt steifen Glieder einmal fest durch und atmete tief die salzig schmeckende Luft ein, während Michael auf sie zukam.

»Wie schön, dass du endlich da bist, Andrea.«

Er trat zu ihr und umarmte sie.

»Willkommen auf der Insel.«

»Danke ... Es ist traumhaft schön hier!«

»Nicht wahr?«

»Ich komme mir fast ein wenig vor, als wäre ich im Hobbit-Land angekommen.«

Er lachte.

»Ich verspreche dir, ich bin kein Hobbit«, beteuerte er.

»Schade ... Ich bin nämlich ein großer Fan von Samweis Gamdschie. Für mich ist er der eigentliche Held bei *Herr der Ringe*.«

»Echt? Für mich auch«, stimmte er ihr amüsiert zu.

»Endlich jemand, der es genauso sieht wie ich«, sagte sie und war wieder einmal erstaunt, wie ähnlich ihre Ansichten in vielen Dingen waren.

»Aber leider kann ich nicht mit so riesigen haarigen Plattfüßen dienen wie ein Hobbit«, scherzte er und hob zur Verdeutlichung kurz seinen rechten Fuß, der in bequemen Sneakers steckte.

»Das ist natürlich sehr schade.«

Andrea grinste.

»Tja ... Kaum bist du angekommen, erlebst du schon eine herbe Enttäuschung.«

»Ich werde darüber hinwegkommen«, sagte sie und schnappte nach Luft, als eine heftige Windbö ihr erneut die Haare ins Gesicht peitschte. Inzwischen fror sie tatsächlich schon etwas.

»Komm, wir bringen schon mal deine Sachen rein. Das Bierfass hole ich dann später«, sagte Michael.

Schon in der kleinen Diele stieg Andrea der Duft von exotischen Gewürzen in die Nase.

»Hmm ... Was hast du denn Tolles gekocht? Hier riecht es ja super«, sagte sie.

»Danke. Es gibt Gemüsecurry und Reis«, antwortete er. »Ich hoffe, du magst das.«

»Sehr!« Obwohl sie noch nicht viel Hunger hatte, lief ihr plötzlich das Wasser im Mund zusammen.

»Wir können jederzeit essen. Aber vielleicht möchtest du dich erst noch ein wenig umsehen und dich kurz frisch machen?«

»Gerne.«

Das Haus war viel größer, als es von außen ausgesehen hatte. Von der kleinen Diele kam man in ein geräumiges Wohnzimmer, dessen Fenster einen atemberaubenden Blick auf das Meer freigaben. Helle moderne Möbel, bunte Teppiche auf den Holzdielen, eine gemütliche Sofaecke und ein Bücherregal, das eine ganze Seite des Raums einnahm – all das bewirkte, dass Andrea sich sofort wohlfühlte.

»Die Wohnküche zeige ich dir, wenn wir später essen«, sagte Michael. »Gehen wir erst mal nach oben.«

Er nahm ihren Koffer und führte sie über die Holztreppe ins obere Stockwerk.

»Hier ist das Badezimmer.« Er öffnete die Tür. »Die Handtücher findest du unten im Waschtisch. Der Bademantel links ist für dich. Gleich neben dem Bad befindet sich übrigens ein einzelnes WC. Und noch eines gibt es unten neben der Haustür.«

»Gut zu wissen«, sagte sie lächelnd.

Als Nächstes öffnete er auf der gegenüberliegenden Seite die Tür zu einem Schlafzimmer mit einem riesigen Boxspringbett, von dem aus man einen wunderbaren Blick aufs Meer hatte. Ansonsten gab es einen kleinen Frisiertisch, der vermutlich eher als Sekretär verwendet wurde, und einen Korbsessel mit hellblauem Kissen, das farblich zur Bettdecke passte. Ein weißer Schrank war in eine Nische eingebaut, was den Raum größer wirken ließ.

»Mit diesem Blick am Morgen aufzuwachen, wird einfach nur herrlich sein!«, schwärmte sie.

Er nickte.

»Andrea, ich wusste nicht so genau, wie du es gerne haben möchtest, ich meine: mit den Schlafräumen«, sagte er und wirkte plötzlich ein klein wenig unsicher.

Als sie begriff, was er damit andeutete, errötete sie.

»Deswegen habe ich mal noch ein zweites Schlafzimmer vorbereitet. Es ist nebenan, zwar ein wenig kleiner als das hier, aber mit der gleichen Aussicht aufs Meer«, fuhr er fort. »Und du kannst entscheiden ...«

Er sprach nicht weiter, doch ihr war natürlich klar, was er meinte.

»Michael ...«

Andrea spürte plötzlich eine gewisse Scheu. Wusste in diesem Moment selbst nicht, was sie wollte, und vor allem nicht, wie sie diese Unsicherheit artikulieren sollte. Michael sollte nicht denken, sie sei prüde. Das war sie nicht. Doch wenn sie jetzt entschied, das Zimmer mit ihm zu teilen, bedeutete das bereits eine gewisse Verbindlichkeit, die sie unter Druck setzte. Irgendwie hatte sie sich vorgestellt, dass sich alles wie von selbst ergab, ohne weiter darüber nachzudenken.

»Also, ich …«, setzte sie an, doch er unterbrach sie.

»Pass auf, Andrea«, sagte Michael und lachte etwas verlegen. »Das ist jetzt eine etwas seltsame Situation. Und ganz ehrlich – ich kann dein Zögern verstehen. Schließlich sind wir erst dabei, uns richtig kennenzulernen.«

»Das bedeutet aber nicht …« Sie suchte vergeblich nach den passenden Worten.

»Machen wir es uns doch so unkompliziert wie möglich. Du nimmst das Schlafzimmer hier. Und ich das andere. Und dann lassen wir uns überraschen, was sich ergibt … Und wo wir jeweils am Morgen aufwachen. Was meinst du?«

Sein Lächeln war entwaffnend.

»Das wäre mir im Moment tatsächlich die liebste Lösung«, gab sie zu. »Aber ich möchte nicht, dass du denkst …«

Er schüttelte den Kopf.

»Bitte mach dir deswegen keine Gedanken. Für mich ist das völlig okay, Andrea. Wirklich. Außerdem bist du seit fünf Uhr früh unterwegs und ganz allein über tausend Kilometer gefahren. Ich kann mir vorstellen, dass du heute Nacht vielleicht einfach nur in Ruhe schlafen möchtest.«

Dass er so locker damit umging, erleichterte sie. Michael war wirklich ein wunderbarer Mann.

»Ich merke tatsächlich, dass langsam ein wenig die Erschöpfung kommt«, gab sie zu.

»Nur ein wenig? Also, ich bin nach so einer langen Fahrt total erledigt.«

»Danke für dein Verständnis.«

»Ich möchte, dass du dich wohlfühlst. Deswegen sollst du so viel Zeit haben, wie du brauchst. Okay?«

»Okay.«

Er warf einen Blick auf seine Armbanduhr.

»Es ist jetzt halb sieben. Vielleicht magst du dich nach dem Frischmachen noch ein Stündchen ausruhen? Dann essen wir einfach so um halb neun«, schlug er vor. »Bis dahin hast du vielleicht auch ein bisschen mehr Hunger.«

»Wenn das für dich in Ordnung ist, dann gern. Weckst du mich, wenn das Essen so weit ist?«

»Mache ich.«

»Vielen Dank.«

Sie umarmte ihn kurz.

»Brauchst du noch irgendwas? Vielleicht Mineralwasser?«, fragte er.

»Ich habe noch eine angebrochene Flasche in meiner Handtasche. Das reicht im Moment, danke.«

Er lächelte.

»Okay ... ich bin unten und arbeite inzwischen ein wenig. Bis später.«

Bevor sie ins Badezimmer ging, schickte Andrea rasch eine Nachricht in ihre Familiengruppe und zu Eduarda, dass sie gut auf Sylt angekommen und alles bestens war. Und sie wollte wissen, wie es Charly ging. Wenn sie unterwegs war, machte sie sich um den Kater immer viele Gedanken. Er war es gewohnt, dass sie die meiste Zeit zu Hause war. Und auch wenn Eduarda sich gut um ihn kümmerte, hatte sie immer ein wenig Sorge, dass er dachte, sie hätte ihn womöglich verlassen. Was bestimmt Unsinn war. Aber schließlich konnte man einer Katze nicht erklären, dass man wegmusste, aber in ein paar Tagen wiederkommen würde. Eduarda versicherte ihr, dass es

Charly gut ging und sie ihn dermaßen mit besonders leckerem Essen und Kuscheleinheiten verwöhnte, dass er Andrea keine Sekunde lang vermissen würde. Nachdem sie Eduardas Sprachnachricht abgehört hatte, war sie erleichtert.

Sie stellt sich rasch unter die Dusche und streifte ein langes T-Shirt über. Ihre Sachen würde sie erst später in den Schrank räumen, im Moment war sie einfach zu müde dafür. Es würde ihr sicher helfen, ein Stündchen auszuruhen. Sie schlüpfte unter die Bettdecke, die angenehm dezent nach einem ihr unbekannten blumigen Weichspüler duftete. Die Matratze hatte genau die richtige Stärke, um sich wohlzufühlen. Sie atmete tief ein und seufzte dann wohlig. Kaum hatte sie die Augen geschlossen, war sie auch schon eingeschlafen.

Als sie wach wurde, war es stockdunkel im Zimmer, und sie brauchte einen Moment, um sich zu orientieren. Sie griff nach ihrem Handy und sah auf die Uhr. Es war kurz nach halb zwei! Michael hatte sie nicht geweckt. Doch auch wenn sie sich den ersten Abend auf Sylt anders vorgestellt hatte, war sie ihm nicht böse deswegen. Sie verschwand kurz auf die Toilette und legte sich dann wieder ins Bett. Diesmal dauerte es jedoch länger, bis sie einschlief. Ein klein wenig lag es wohl daran, dass sie das Abendessen verschlafen hatte und etwas hungrig war. Doch vor allem ließ die Tatsache, dass Michael gleich nebenan in seinem Bett lag, sie nicht zur Ruhe kommen. Hunderte Gedanken schwirrten durch ihren Kopf. Würden sie auch morgen Nacht wieder in getrennten Zimmern schlafen?, fragte sie sich. Oder läge sie womöglich um diese Zeit in seinen Armen? Ob Michael schon schlief? Oder grübelte er auch schlaflos darüber, wie sich die Sache zwischen ihnen in den nächsten Tagen entwickeln würde? Plötzlich begann sie, diese Spannung zu genießen. Nachdem sie so viele

Jahre Single gewesen war, spürte sie endlich wieder dieses herrliche Prickeln im Bauch, welches das Leben so spannend machte. Trotz aller Unsicherheit fühlte sie sich lebendig und irgendwie so abenteuerlustig wie ein Seemann, der sich auf eine Reise mit unbekanntem Ziel begab. Während sie sich weiter diesen Gedanken hingab, segelte sie schließlich erneut in einen tiefen Schlaf.

KAPITEL 15

Am Leuchtturm

Als Andrea das nächste Mal erwachte, war es draußen bereits hell. Sie setzte sich auf. Der Blick vom Bett aus auf das Meer war atemberaubend. Fast kam sie sich vor wie am Bug eines Schiffs, das durch die Nordsee segelte. Möwen ließen sich spielerisch im Wind treiben, und weit draußen auf dem Wasser entdeckte sie ein Boot. Sie genoss noch eine Weile diesen Ausblick, dann warf sie einen Blick auf ihr Handy. Kurz vor halb sieben, und sie fühlte sich richtig gut ausgeschlafen. Von unten hörte sie Geräusche. Michael war offensichtlich ebenfalls schon wach. Sie schlüpfte aus dem Bett, packte rasch ihre Sachen aus dem Koffer in den Schrank und ging dann ins Badezimmer.

Zwanzig Minuten später empfing sie verlockender Kaffeeduft, als sie die Wohnküche betrat, die sie gestern nicht mehr zu sehen bekommen hatte. Das Haus war insgesamt sehr hübsch und gleichzeitig auch praktisch eingerichtet, doch dieser Raum hatte einen ganz eigenen Charme. Teils gemauert und weiß verputzt, teils mit hellen Holzfronten war die Küche eine Mischung aus moderner Funktionalität und gemütlichem Design, ohne dabei altbacken zu wirken. Es war ein Raum, in dem man sich einfach nur wohlfühlen konnte. Auf den beiden Fensterbänken standen als Farbtupfer in unterschiedlichen Grüntönen verschiedene Kräuter in bunten Töpfen. Die Mitte des Raums dominierte ein rechteckiger Tisch, an dem bequem acht Leute Platz finden konnten. An einem Ende war bereits zum Frühstück für zwei Personen mehr als üppig gedeckt.

Michael stand am Herd und drehte sich kurz zu ihr um.

»Guten Morgen, Andrea!«, begrüßte er sie fröhlich, während er mit einem Löffel vorsichtig Eier in einen kleinen Topf mit kochendem Wasser gab. Er trug Jeans und einen roten Pulli, der das Strahlen seiner braunen Augen besonders hervorhob.

»Guten Morgen, Michael.«

»Na? Gut geschlafen?«

»Ja, danke. Habe ich. Sogar so gut, dass ich leider unser Abendessen verpennt habe«, meinte sie mit einem bedauernden Lächeln.

»Entschuldige bitte, dass ich dich nicht wie versprochen geweckt habe gestern Abend. Aber ich hatte das Gefühl, dass es dir nach der langen Autofahrt guttun würde, durchzuschlafen.«

»Das hat es tatsächlich, aber ich hätte dir auch gern Gesellschaft geleistet.«

»Keine Sorge. Ich habe noch ein wenig gearbeitet, bin dann auch bald schlafen gegangen.«

»Dabei hast du extra gekocht für uns.«

»Das Essen steht im Kühlschrank. Wir können es uns später aufwärmen. Magst du Ei im Glas?«

»Gern! Kann ich dir was helfen?«

»Ja, indem du dich setzt und mir sagst, wie du deinen Kaffee magst.«

»Zum Frühstück trinke ich ihn am liebsten schwarz«, erklärte sie, als sie Platz nahm.

»Okay.«

»Wow! In den letzten Jahren gab es so ein opulentes Frühstück für mich nur an Muttertagen oder zum Geburtstag, wenn mein Sohn mich überraschen wollte. Oder an einem Frühstücksbuffet im Hotel«, sagte sie ein paar Minuten später, als er mit ihr am Tisch saß. »Du hast wirklich an alles gedacht. Und es gibt sogar vier verschiedene Sorten Marmelade und Honig!«

»Na ja, ich wollte dich eben beeindrucken«, sagte er mit einem Zwinkern.

»Das ist dir gelungen. Danke, Michael. Nur beim Heringssalat muss ich passen. Auch wenn ich richtigen Hunger habe, den kriege ich so früh am Morgen wirklich noch nicht runter.«

Michael lachte.

»Vermutlich muss man dafür ein eingefleischtes Nordlicht sein«, meinte er.

»Vermutlich ... Sag mal, was macht dein Bruder eigentlich beruflich?«, fragte Andrea, während sie Butter auf ein Brötchen schmierte.

»Du meinst wohl, weil er sich ein Haus auf Sylt leisten kann?«, stellte er die Gegenfrage.

»Entschuldige, es sollte nicht neugierig wirken«, beteuerte sie.

»Ich mach doch nur Spaß. Nils ist Kirchenrestaurator und viel unterwegs. Das Haus hier hat er von seiner ersten Frau geerbt. Franziska starb leider sehr früh an Krebs.«

»Das tut mir leid.«

»Die ersten Jahre nach ihrem Tod verbrachte er jede freie Minute hier in diesem Haus. Offenbar half ihm die Abgeschiedenheit, seine Trauer einigermaßen zu bewältigen. Als er später Mathilda kennenlernte, seine zweite Frau, nutzten sie das Haus nur noch in den Ferien oder an verlängerten Wochenenden. Und auch ich konnte hierherkommen, wann immer ich wollte.«

»Zusammen mit deiner Frau?« Es war ihr einfach so herausgerutscht.

Michael schien für einen Augenblick irritiert, dass sie ihn auf seine Frau ansprach. Doch dann nickte er.

»Ja, Adriana, also meine damalige Frau, war früher auch meistens mit dabei«, sagte er ruhig.

Adriana heißt sie also!, dachte Andrea.

»Ich hoffe, das ist kein Problem für dich?«, fragte er vorsichtig.

Tatsächlich war die Vorstellung, dass er früher hier mit seiner Frau Zeit verbracht hatte, etwas befremdlich.

»Ehrlich gesagt, weiß ich jetzt gar nicht, was ich darauf antworten soll«, gab sie offen zu. Seltsamerweise hatte sie sich darüber vorher keine Gedanken gemacht.

»Es tut mir leid, Andrea. Ich habe das tatsächlich nicht bedacht, als ich dich eingeladen habe.« Er wirkte etwas zerknirscht. »Es ist auch schon eine ganze Weile her, dass sie das letzte Mal hier war.«

Plötzlich ging ihr durch den Kopf, dass auch in ihrem Haus noch diverse Möbel und Sachen aus ihrer Ehe mit Richard standen. Nicht zuletzt das Schlafzimmer, auch wenn sie plante, es bald zu renovieren und mit neuen Möbeln einzurichten. Das bedeutete jedoch nicht, dass Richard noch eine Rolle für sie spielte.

»Na ja. Es ist ja das Haus deines Bruders«, sagte sie schließlich. »Ich denke, da kann ich jetzt einfach drüberstehen.«

Er lächelte erleichtert.

»Danke, Andrea. Das kannst du wirklich. Ansonsten müssten wir ins Hotel gehen. Allerdings finde ich, dass wir es hier gemütlicher haben.«

»Alles ist gut. Ich bin gern hier. Es ist echt zauberhaft.«

Nachdem der erste Schritt getan war, wollte Andrea nun doch noch mehr über seine Ex-Frau erfahren.

»Michael, ich möchte nicht neugierig klingen, aber darf ich fragen, warum ihr euch getrennt habt? Weißt du, für mich ist es wichtig zu wissen, ob du tatsächlich mit ihr und eurer Beziehung abgeschlossen hast.«

Nun hatte sie die Frage gestellt, die sie schon die ganze Zeit vor sich hergeschoben hatte. Gespannt wartete sie auf seine Antwort.

Er nahm einen Schluck Kaffee. Schien nach den richtigen Worten zu suchen.

»Adriana und ich waren sehr jung, als wir geheiratet haben. Und wir waren viele Jahre auch sehr glücklich miteinander«, begann er schließlich. »Ich weiß, es hört sich etwas abgedroschen an, aber wir haben uns in den letzten Jahren auseinandergelebt. Jeder von uns beiden ist in eine andere Richtung gegangen und hat andere Vorstellungen und Wünsche vom Leben entwickelt. Es hat irgendwann nicht mehr gepasst zwischen uns.«

Andrea versuchte, zwischen den Zeilen zu lesen, zu spüren, ob das die ganze Wahrheit war. Doch sie konnte ihn schwer einschätzen.

»Der Scheidungstermin war zwar erst vor ein paar Monaten, aber wir lebten davor schon zwei Jahre getrennt.«

Michael griff nach ihrer Hand.

»Ich weiß nicht, was genau du herausfinden willst, Andrea«, sagte er, so als ob er ihre Gedanken lesen könnte. »Aber ich bin kein Mensch, der über verflossene Partner viele Worte verliert. Das wäre nicht fair meiner Ex-Frau gegenüber, die ich nach wie vor trotz unserer Trennung schätze. Außerdem ist das alles für mich inzwischen Vergangenheit und abgeschlossen. Ansonsten hätte ich mich auch nie auf uns beide eingelassen. Ich meine, auf das, was sich vielleicht ... also, ich meine hoffentlich ... aus uns entwickeln kann.«

Seine Worte nahmen plötzlich eine Bürde von ihren Schultern, von der sie gar nicht gewusst hatte, wie schwer sie darauf gelastet hatte. Diesmal schien sie keine Zwischenfrau zu sein. Kein mögliches Abenteuer, das ihn vom Scheitern seiner alten Beziehung ablenken sollte.

»Das ist gut zu wissen«, sagte sie leise.

Sie lächelten sich zu. Mehr Worte dazu waren im Moment nicht nötig. Er drückte kurz ihre Hand und ließ sie dann los.

»Du musst die Orangenmarmelade versuchen«, forderte er sie auf und beendete damit das Thema. Er schmierte sich selbst einen großen Löffel davon auf das gebutterte Brötchen und biss herzhaft hinein.

»Hast du die selbst gemacht?«, fragte sie mit einem Zwinkern.

»So gut wie«, sagte er mit vollem Mund und fuhr dann fort: »Ich habe sie höchstpersönlich eingekauft in einem kleinen Bioladen. Für mich ist das die beste Orangenmarmelade, die man kriegen kann.«

»Dann werde ich sie auch versuchen.«

Sie griff nach dem Marmeladenglas, doch Michael hielt ihr sein Brötchen entgegen. Mit einem Lächeln biss sie hinein.

Als sie eine halbe Stunde später gemeinsam die Küche aufräumten, fragte Michael: »Hast du irgendeinen besonderen Wunsch, was du dir gern ansehen möchtest?«, fragte er.

»Offen gesagt, kenne ich mich auf Sylt überhaupt nicht aus«, gestand sie. »Ich verlasse mich darauf, dass du mir die schönsten Plätze zeigst.«

»Das mache ich sehr gerne. Um diese Jahreszeit ist natürlich überall besonders viel los. Aber wir könnten heute in den Norden fahren und dort mit der Inselerkundung anfangen. In List gibt es ein herrliches Naturschutzgebiet, und am sogenannten Ellenbogen könnten wir am Meer entlangspazieren und den Kitesurfern zusehen.«

»Hört sich nach einem guten Plan an«, sagte Andrea.

»Dann lass uns doch am besten bald losfahren«, schlug er vor.

»Okay. Ich zieh mich nur schnell um.«

»Nimm dir eine Jacke mit. Auch wenn wir tolles Wetter haben, kann es im Wind trotzdem frisch werden. Und creme dich gut mit Sonnenschutz ein.«

»Aye aye, Käpt'n!«, scherzte sie vergnügt.

Um kurz vor neun Uhr hatten sie ihr Ziel fast erreicht, als sie an eine Mautstelle kamen. Michael übernahm den kleinen Betrag, der es ihnen ermöglichte, das Naturschutzgebiet auf der lang gestreckten Halbinsel zu besichtigen.

Andrea kam sich vor wie in einer anderen Welt. Die atemberaubend schöne Landschaft hatte etwas eigentümlich Sanftes, wirkte jedoch auch karg und ein wenig einsam auf sie, obwohl sie nicht die Einzigen hier waren. Während sie langsam die schmale Straße entlangfuhren, neben der gemütlich Schafe grasten, kam sie sich vor, als ob sie bald das Ende der Welt erreichten. Und auch wenn es nicht das Ende der Welt war, so war es doch das nördlichste Ende Deutschlands.

»Halten wir da vorne«, schlug Michael vor, und sie stellte ihren Wagen auf einem Parkplatz neben einem VW-Bus ab, aus dem zwei junge Männer eben ihre Ausrüstung zum Kitesurfen holten. Hier war so relativ früh am Morgen schon erstaunlich viel los.

Andrea folgte Michael auf einem Pfad zu einem herrlichen Strandabschnitt. Direkt am Wasser standen einige Jugendliche in Neoprenanzügen mit ihren Boards um eine Kitelehrerin herum, die ihnen die Grundlagen erklärte.

Etwa ein Dutzend Kitesurfer schienen auf ihren Brettern in hoher Geschwindigkeit regelrecht über das Wasser zu schweben. Sie ritten auf den Wellen und wurden von ihren Drachen nach waghalsigen Sprüngen durch die Luft getragen.

»Irre, wie schnell die über das Wasser brausen. Und dann diese wilden Sprünge«, sagte Andrea beeindruckt. »Ich würde mich das nie im Leben trauen.«

»Vor ein paar Jahren habe ich mal einen Kurs gemacht und es ausprobiert«, verriet Michael, während sie langsam den Sandstrand entlangspazierten. »Beim ersten Mal im Wasser lief es sogar richtig gut. Doch beim nächsten Versuch bin ich so blöd gestürzt, dass ich mir das Handgelenk gebrochen habe. Danach habe ich das Kitesurfen für mich abgehakt.«

»Trotzdem kann ich mir vorstellen, dass es ein unglaublich befreiendes Gefühl ist, so über das Wasser zu fliegen«, sagte sie.

»Das ist es auch ... Wollen wir schnell ein Selfie machen?«, fragte er.

»Gern.«

Sie stellten sich vors Wasser und lächelten in Michaels Handykamera. Gleich darauf schickte er ihr das Foto per WhatsApp.

»Übrigens klappt es bei Laura und Simon mit dem gemeinsamen Essen nächsten Sonntagmittag, wenn wir wieder zurück sind aus Sylt«, sagte sie, als sie weitergingen.

»Wunderbar. Ich freue mich schon sehr, deinen Sohn endlich kennenzulernen.«

Vor ihrer Reise hatten sie es nicht mehr geschafft, einen gemeinsamen Termin zu finden, an dem alle Zeit hatten.

»Simon ist auch schon ganz schön neugierig auf dich«, verriet sie.

»Und du willst wirklich wieder selbst kochen?«, fragte Michael. »Sollen wir diesmal nicht lieber in ein Restaurant gehen?«

»Wegen Mia ist es einfacher, wenn wir bei mir essen. Das ist dann auch für Laura entspannter, weil sie inzwischen von immer mehr Leuten erkannt wird und vermeiden möchte, dass dabei Fotos von Mia gemacht werden, die womöglich jemand auf Instagram postet.«

»Okay, das kann ich nachvollziehen. Aber dann lass mich dir wenigstens beim Kochen helfen.«

»Wenn du unbedingt möchtest.«

»Möchte ich. Hast du schon eine Idee, was du machen willst?«

»Ich dachte an Lasagne, gefüllt mit Spinat, Ricotta und gerösteten Walnüssen.«

»Super. Ich mache deinen Küchenhelfer und kann dabei gleich von dir lernen, wie das geht. Sag mal, hast du Lust, zum Leuchtturm zu gehen?«

»Sehr gern. Die ganze Insel ist wirklich ein einziges Postkartenidyll«, sagte sie begeistert. »Egal, wohin man schaut«.

»Tja. Sylt eben.« Er lächelte.

Während sie zum Leuchtturm spazierten, bekam Michael einen Anruf.

»Tut mir leid, da muss ich schnell drangehen«, sagte er und entfernte sich ein Stück. Während er telefonierte, überflog Andrea rasch die Nachrichten auf ihrem eigenen Handy. Es war glücklicherweise nichts Wichtiges dabei, das dringend beantwortet werden musste. Sie schlenderte ein wenig herum und machte Fotos von der Gegend aus verschiedenen Perspektiven. Die Bilder konnte sie vielleicht irgendwann einmal als Inspiration oder Vorlage für ihre Arbeit verwenden.

Schließlich beendete Michael sein Gespräch mit einem Stirnrunzeln.

»Gibt es Probleme?«, fragte Andrea.

»Nun ja. Der Erscheinungstermin eines bereits groß angekündigten Romans muss leider vom Winter ins Frühjahr verschoben werden. Es ist der vierte Teil einer Reihe. Der Autor hat mehrmals seinen Abgabetermin nicht eingehalten, und jetzt hat sich herausgestellt, dass er noch nicht einmal die Hälfte geschrieben hat. Dabei war er bei seinen bisher erschienenen Büchern immer absolut zuverlässig.«

»Ach je«, sagte sie bedauernd.

»So was kommt leider ab und zu mal vor. Es ist für uns ärgerlich, und wir müssen einiges umdisponieren, aber letztlich ist es kein Weltuntergang. Allerdings müssen die Fans der Reihe nun ein wenig länger warten. Ich hoffe nur, dass er den neuen Abgabetermin dann einhalten kann.«

»Eine Deadline kann einen manchmal schon an die Grenzen bringen. Vor allem, wenn privat Unvorhergesehenes passiert«, meinte Andrea. »Ich hatte das einmal bei einem Auftrag: Simon war krank geworden, meine Mutter wegen einer Gallenoperation im Krankenhaus, und Eduarda war mit ihrer Tochter zu Besuch bei ihrer Familie in Brasilien. Ich wusste nicht mehr ein noch aus, war aber auf das Geld für den Auftrag dringend angewiesen. Keine Ahnung, wie, aber am Ende habe ich es gerade noch geschafft, den Termin einzuhalten.«

»Für Freiberufler bedeutet es sicherlich noch mehr Druck«, sagte er.

»Allerdings. Vor allem, wenn man – wie ich damals – alleinerziehend ist.«

»Dafür hast du wirklich meinen Respekt. Wie alt war dein Sohn eigentlich, als du und dein Mann euch damals getrennt habt?«

»Er war sechs.«

»Noch ziemlich klein ...«

Sie nickte. Doch in diesem Moment hatte sie keine Lust, über ihren Ex-Mann zu sprechen.

»Der Wind hier ist aber schon etwas gewöhnungsbedürftig«, sagte sie deswegen. »Ich hätte mir eine Mütze oder ein Stirnband mitnehmen sollen.«

»Tut mir leid, ich hätte dich vorwarnen müssen. Aber warte mal ...«

Er griff in seine Jackentasche und holte eine schwarze Mütze heraus.

»Die kannst du haben.« Er reichte sie ihr.

»Brauchst du sie denn nicht?«

Er schüttelte den Kopf.

»Mir macht das nichts aus.«

»Danke.« Sie setzte die Mütze auf, die ihr ein wenig zu groß war. Doch sofort fühlte sie sich besser vor dem Wind geschützt.

Inzwischen näherten sie sich dem rot-weißen Leuchtturm und blieben schließlich mit ein wenig Abstand davor stehen.

»Das ist mein Lieblingsleuchtturm auf der Insel«, erklärte Michael.

»Wie viele gibt es denn insgesamt?«, fragte Andrea.

»Fünf, davon zwei hier in List.«

»Kann man den besichtigen und nach oben gehen?«, wollte sie wissen.

»Leider nicht. Allerdings finde ich, dass ein Leuchtturm ohnehin nur von außen so besonders ist. Erstens ist er schön anzusehen – und dieser hier ganz besonders –, aber vor allem zeigt er einem den Weg, wenn man die Orientierung verloren hat. Genau dafür ist er da.«

Seine Worte und vor allem der Tonfall berührten sie auf eine seltsame Art.

»Andrea?« Plötzlich sah er sie mit einem so intensiven Blick an, dass ihr Herz schneller schlug.

»Ja?«

»Ich habe dir gestern versprochen, dass wir es langsam angehen. Und daran halte ich mich natürlich. Aber ich möchte, dass du weißt, wie unglaublich wohl ich mich in deiner Nähe fühle. Und dass ich gerade dabei bin, mich in dich zu verlieben.«

Er ist dabei, sich in mich zu verlieben? Sie schluckte. Noch nie hatte ein Mann zu einem so frühen Zeitpunkt in einer sich anbahnenden Beziehung diese Worte zu ihr gesagt und sich damit selbst verletzlich gemacht. Ein mutiges Eingeständnis von Gefühlen, während man gleichzeitig noch am Herantasten war und sich gegenseitig kennenlernte. Er war aus seiner Deckung herausgekommen, ohne zu wissen, wie sie es aufnehmen würde und ob nicht schon einen Moment später diese Offenheit mit Ablehnung bestraft würde.

Ihre Knie waren plötzlich weich wie Butter.

Fahrig schob sie eine Haarsträhne zurück, die unter der Mütze hervorgerutscht war.

»Ich ... also mir geht es ganz genauso, Michael«, gestand sie leise.

»Das habe ich mir fast schon gedacht«, meinte er mit einem frechen Lächeln, das womöglich seine Erleichterung überspielen sollte, dass seine Gefühle auf fruchtbaren Boden fielen.

»Ach ja? Du hast dir das schon gedacht?«

»Ja. Oder besser gesagt: Ich habe es mir gewünscht. Sehr gewünscht.«

Eine warme Welle von Glück schien sie sanft zu überrollen.

»Ach, Michael ...«, sagte sie leise.

»Du hast es wirklich geschafft, mir den Kopf zu verdrehen, Andrea Forster!«

»Dito, Michael Parker!«

Langsam zog er sie an sich und küsste sie ganz sacht, fast vorsichtig. So als ob dieser kostbare Moment, dieser Kuss einer ganz besonderen Achtsamkeit bedurften.

Andrea hatte das Gefühl, als wären sie und Michael die einzigen Menschen auf der Welt. Sie schloss die Augen. Ihre Sinne schienen alles gleichzeitig wahrzunehmen. Sie spürte die zärtliche Berührung seiner Lippen, atmete den salzigen Duft des Meeres ein, der sich mit dem Eigengeruch des Mannes zu einem aufregenden Aroma verbunden hatte, das sie betörte. Sie hörte die Schreie der Möwen und das leise Meeresrauschen, spürte den Wind, der über sie hinwegfegte. In diesem Strudel der Sinneseindrücke wünschte sie sich, dass dieser Kuss niemals enden sollte. Und doch wollte sie gleichzeitig viel mehr, war sie voller Neugierde darauf, Michael zu entdecken. Ganz und gar.

Langsam lösten sie sich voneinander.

»Am liebsten würde ich jetzt mit dir zurück ins Haus fahren«, sagte er mit einem eindeutigen Blick, und streichelte über ihre Wange. »Aber ich möchte dir natürlich noch gerne ein wenig mehr von der Insel zeigen.«

Sie lächelte.

»So etwas nennt man Dilemma!«, sagte sie, immer noch ein wenig atemlos von dem Kuss.

»Ein ziemliches Dilemma sogar. Aber ich habe einen Vorschlag. Wir spazieren jetzt zurück zum Auto, und auf dem

Rückweg nach Hörnum legen wir in Kampen einen Zwischenstopp ein im Café Kupferkanne. Das ist ein Künstlerlokal mit einem tollen Garten. Wir können draußen sitzen, Kaffee trinken und leckeren Kuchen essen. Ich bin mir sicher, das wird dir gefallen.«

»Hört sich für mich nach einem guten Kompromiss an«, sagte Andrea.

Auch wenn sie es kaum mehr erwarten konnte, mit ihm alleine zu sein, war sie insgeheim um diesen kleinen Aufschub doch ein wenig dankbar. Sie fragte sich, warum sie immer noch diese Scheu vor einer intimen Zweisamkeit hatte, die sie gleichzeitig herbeisehnte. War es wirklich die Sorge, dass er ihren nicht mehr ganz jungen Körper nicht attraktiv genug finden und womöglich enttäuscht sein und sich von ihr abwenden könnte? Oder ging es nicht eher darum, dass sie sich davor fürchtete, sich ihm ganz hinzugeben und deswegen verletzlich zu werden, weil ihre Gefühle zu ihm inzwischen über ein anfängliches Verliebtsein hinausgingen? Wenn sie ehrlich zu sich war, dann war Letzteres wohl der Grund für ihre bisherige Zurückhaltung. Angst vor einer möglichen Verletzung, falls er ihre Gefühle doch nicht ausreichend erwiderte. Doch Angst war kein guter Begleiter. Jede bedeutende Entscheidung im Leben trug immer ein gewisses Risiko. Und worauf wollte sie denn warten? Auf eine Garantie für eine perfekte Zukunft mit Michael? Die gab es nicht und würde es auch für keine Beziehung der Welt geben. Jedoch existierte die Möglichkeit, die Zukunft mit mutigen Entscheidungen willkommen zu heißen und sich dabei auf das zu konzentrieren, was man sich von Leben wünschte. Sie jedenfalls wünschte sich eine Zukunft mit Michael, voller Glück und mit der Kraft und Zuversicht, auch weniger glückliche Zeiten gemeinsam zu überstehen, füreinander da zu sein, auch wenn es mal nicht perfekt lief. Als ihr endlich klar geworden war, was sie wollte, entschloss sie sich endgültig, das Risiko einzugehen. Während sie nebeneinander zurück zum Parkplatz gingen, griff sie nach seiner Hand. Ihre Finger umschlossen sich fest. Er sah sie an und lächelte.

KAPITEL 16

Das Lächeln eines Sommertages

Als sie das Café erreichten, stand bereits eine lange Menschenschlange an, die fast bis zum Parkplatz reichte. Zwei Reisebusse erklärten, warum hier so viel los war.

»Mist!«, sagte Michael. »Ich hätte es mir fast denken können.«

»Hier muss der Kuchen ja wirklich bombastisch sein. Wollen die alle ins Café?«, fragte Andrea verblüfft.

»Leider.«

»Ehrlich gesagt, habe ich keine große Lust, mich jetzt ewig anzustellen«, erklärte sie, auch wenn das idyllisch gelegene Café sehr einladend aussah.

»Ich auch nicht. Aber wenn wir schon mal hier sind, könnten wir noch ein wenig spazieren gehen. Gleich hinter dem Parkplatz führt ein Weg durch die Heide mit einem herrlichen Blick auf das Wattenmeer. Und vielleicht hat sich die Schlange ja aufgelöst, bis wir wieder zurück sind«, schlug er vor.

Konnte es sein, dass auch Michael es ein wenig hinauszögern wollte, mit ihr allein zu sein? Der Gedanke war ihr bisher noch gar nicht gekommen, dass auch er, ähnlich wie sie, mit irgendwelchen Ängsten zu kämpfen hatte. Oder einfach nur mit Nervosität? Falls dem so war, machte es ihn nur umso liebenswürdiger.

»Ja, wir können sehr gerne noch ein Stück gehen«, stimmte sie zu.

»Wieso lächelst du denn so?«, fragte er neugierig, und sie fühlte sich ertappt.

»Ich habe gar nicht gemerkt, dass ich lächle«, sagte sie und suchte nach einer Antwort. »Das liegt wohl an dem herrlichen Sommertag, der ebenfalls zu lächeln scheint. Und an deiner Gesellschaft. Da kann man doch nur glücklich sein«, erklärte sie schließlich mit einem Zwinkern.

»Wie schön zu wissen, dass ich meinen Teil dazu beitrage, dich so vergnügt zu sehen.«

Er hatte nicht zu viel versprochen. Die Landschaft hier war ganz anders als vorhin in List. Kieferbäume, Heidekraut, blühende Heckenrosen, deren zarter Duft überall in der Luft lag. Sie spazierten einen hölzernen Weg entlang und dann über Stufen hinauf bis zu einer kleinen Anhöhe, die einen herrlichen Blick auf das Wattenmeer bot. Andrea hatte sich nicht vorstellen können, wie abwechslungsreich die Landschaft auf der Insel war. Einzig auf den lästigen Wind hätte sie gut verzichten können.

»Wann musst du denn morgen zu diesem Treffen mit der geheimnisvollen Persönlichkeit?«, fragte Andrea, als sie bereits wieder auf dem Rückweg waren.

»Vereinbart ist halb zehn im Haus des Managers in Morsum. Ich muss etwa eine halbe Stunde vorher los«, erklärte Michael.

»Soll ich dir mein Auto leihen?«, bot Andrea an.

»Das ist lieb, Andrea. Aber ich nehme ein Taxi, dann bist du mobil.«

»Ich könnte dich aber auch hinfahren und später wieder abholen.«

»Danke. Aber das musst du wirklich nicht.«

»Du meinst, weil ich sonst womöglich herausfinden könnte, um wen es sich handelt?«, fragte sie mit einem frechen Grinsen.

Er lachte.

»Das auch. Ich weiß noch nicht, wie lange unser Gespräch dauern wird. Aber ich denke mal, dass ich am späten Nachmittag wieder zurück bin.«

»Mach dir bitte um mich keine Gedanken. Ich komme gut mal einen Tag allein klar und werde mich ganz bestimmt nicht langweilen.«

»Am Abend könnten wir essen gehen. Ich kenne eine tolle Tapas-Bar in Westerland, und wenn du magst, reserviere ich uns einen Tisch.«

»Sehr, sehr gern! Ich liebe Tapas!«

»Ich auch.«

Es war schon fast unheimlich, wie viele Vorlieben sie teilten.

»Hast du einen Tipp für mich, was ich mir tagsüber anschauen könnte?«, fragte sie.

»Du kannst natürlich schon mal ohne mich Hörnum entdecken, den Hafen besuchen, am Strand spazieren gehen und den Leuchtturm besichtigen. Übrigens darf man diesen sogar betreten. Oder du fährst nach Keitum. Ich kann mir vorstellen, dass es dir dort sehr gefallen würde. Ein wunderbar idyllischer kleiner Ort mit schmucken Kapitänshäusern, schönen Gärten, gemütlichen Cafés und Handwerksläden. Es gibt in Keitum sehr viel zu sehen.«

»Am besten entscheide ich das morgen spontan. Kommt auch drauf an, wie das Wetter wird«, sagte sie. Vielleicht würde sie auch einfach nur einen faulen Tag auf der Terrasse und am Strand verbringen. Die Auswahl an Büchern im Wohnzimmer war jedenfalls verlockend.

»Leider soll es morgen nicht ganz so schön sein. Deswegen wäre Keitum vielleicht sogar besser. Aber schau es dir daheim einfach im Internet an.«

»Das werde ich machen«, sagte sie.

In diesem Moment kam eine Nachricht bei ihr an. Da sie das Handy noch in der Hand hielt, weil sie zwischendurch immer wieder Fotos machte, sah sie, dass sie von Simon stammte. Seit seinem Unfall hoffte sie bei jeder Nachricht der Familie insgeheim, dass nichts passiert war. Doch es war nichts passiert.

Mia möchte dir unbedingt zeigen, was sie und ich Sophia beigebracht haben, schrieb Simon, und es folgte ein Video, in dem Mia und Sophia gemeinsam Andreas selbst getexteten Kinderreim sangen und dabei mit Händen und Fingern die Tiere spielten.

Tsüss Omi. Hab dich lieb!, rief Mia am Ende in die Kamera und warf ihr einen Luftkuss zu.

Andrea stiegen unvermittelt Tränen der Rührung in die Augen. Da sie das Video über Lautsprecher abgespielt hatte, hatte es auch Michael mitverfolgt.

»Unglaublich, wie süß die Kleine ist«, sagte er staunend und lächelte.

»Nicht wahr? Dieses kleine Zauberwesen hat vom ersten Moment an mein Herz erobert.«

Er nickte.

»Das kann ich gut verstehen ... Und die neue Nanny scheint auch alles im Griff zu haben, wenn sie Mia innerhalb von so kurzer Zeit schon so viel beibringt.«

»Mia kennt den kleinen Reim von mir. Ich habe ihn für Simon erfunden, als er noch klein war. Er liebt Tiere über alles. Genau wie Mia.«

»Du hast das gemacht?«, fragte er, während sie wieder weitergingen. »Wobei – eigentlich überrascht mich das nicht. Du bist ziemlich kreativ, musikalisch und auch liebevoll.«

»Danke für die Blumen. Aber so viel ist da auch nicht dabei. Es ist nur ein einfacher Reim, doch Mia mag ihn sehr. An ihrem Geburtstag bekommt sie ihn deshalb als Bilderbuch, das ich selbst für sie gestalte. Ich bin fast fertig mit der Illustration.«

»Was für eine schöne Idee. Darf ich die Illustration mal sehen?«

»Klar ... Ich habe mein iPad dabei, und wenn du möchtest, zeige ich dir die Entwürfe später«, versprach sie und blieb plötzlich stehen. »Ist das ein Reh?«, fragte Andrea in der Nähe des Parkplatzes und deutete zu den Bäumen, hinter denen das Tier nun verschwand.

»Tatsächlich«, sagte Michael. »Ein Reh habe ich bisher noch nie auf Sylt beobachtet.«

»Da siehst du mal, was du alles entdeckst, wenn du mit mir unterwegs bist.«

»Wer hätte das gedacht?«

Sie lächelten sich zu, und Andrea spürte wieder diese besondere Spannung, die zwischen ihnen in der Luft lag.

Nun klingelte sein Handy. Michael holte es aus der Hosentasche und sah auf das Display. Doch er drückte das Gespräch weg.

»Meinetwegen kannst du gerne rangehen«, sagte Andrea, doch er schüttelte den Kopf.

»Das ist jetzt nicht wichtig«, sagte er und griff nach ihrer Hand.

Als sie wieder beim Café angelangt waren, standen zwar kaum mehr Leute an, aber das Lokal war drinnen und auch draußen bis auf den letzten Tisch besetzt. Also beschlossen sie, nun doch zurückzufahren.

»Vielleicht schaffen wir es ja an einem anderen Tag«, meinte Michael.

»Wir können es gerne noch mal versuchen.«

»Ich habe zwar keinen Kuchen zu Hause, aber ein paar Packungen Kekse sind im Vorratsschrank, und in der Gefriertruhe gibt es jede Menge Eis«, erklärte Michael.

»Wir werden sicher nicht verhungern«, meinte Andrea und spürte, dass sie immer nervöser wurde, je näher sie dem Ferienhaus kamen.

»Nanu, was ist das denn Hübsches?«, rief Michael, als er die Haustür aufschließen wollte und trat einen Schritt zurück.

Nun sah auch Andrea, was auf dem Fußabstreifer lag.

»Das ... das sind ja Mohnblumen-Prinzessinnen«, rief sie überrascht.

»Mohnblumen-Prinzessinnen?«, fragte er amüsiert. »Nennt man die so?«

»Ja. Die haben wir schon als Kinder zum Spielen gebastelt«, erklärte sie. »Erst vor Kurzem habe ich solche Püppchen mit Mia gemacht.«

Sie erinnerte sich plötzlich wieder an den Nachmittag auf dem Spielplatz. Und an diese Frau, die ihr anfangs so sympathisch erschienen war, sich jedoch später ziemlich eigenartig verhalten hatte.

»Sicher waren es Kinder aus der Nachbarschaft«, sagte er und hob die beiden Blumenpüppchen auf, bevor er die Tür aufsperrte. Er legte sie im Flur auf die Kommode.

»Was macht man denn damit? Muss man sie ins Wasser stellen?«, fragte er Andrea.

»Nein. Man erfreut sich einfach so lange an ihnen, bis sie verschrumpeln«, erklärte sie, und er lachte.

Während Andrea sich kurz abduschte, danach voller aufgeregter Vorfreude in ihre eigens für diese Reise gekauften petrolfarbenen Dessous und dann in ein leichtes Sommerkleid schlüpfte, führte Michael einige dringende Telefonate mit dem Verlag. Danach verschwand auch er nach oben unter die Dusche.

Andrea versuchte inzwischen, mit dem hochmodernen Kaffeeautomaten zwei Cappuccini zu fabrizieren, was nicht ganz so einfach war, wie gedacht. Doch schließlich hatte sie den Dreh raus. Sie öffnete eine Packung dänische Butterkekse, die sie im Schrank entdeckt hatte, und füllte sie in eine Schale. Dann packte sie alles auf ein Tablett, trug es durch das Wohnzimmer hinaus auf die windgeschützte Terrasse und stellte es auf einem runden Caféhaustisch ab. Der Ausblick auf das Meer war ein Traum. Hier in diesem Haus könnte sie es sicher länger als nur ein paar Tage aushalten. Vielleicht würde sich in der Zukunft ja wieder eine Gelegenheit ergeben, hoffte sie.

Sie griff nach ihrem Handy und schickte Eduarda eine Nachricht:

Jetzt bitte ganz fest die Daumen drücken!

Gleich darauf traf eine Antwort ein: mit einem breit grinsenden Smiley und einem gedrückten Daumen.

In diesem Moment kam auch schon Michael mit vom Duschen noch feuchten Haaren. Er hatte eine Flasche Crémant und zwei Sektgläser dabei.

»Das ging aber schnell«, sagte sie und griff in die Schale mit den Keksen. Doch irgendwie war sie zu aufgeregt, um etwas zu essen, und legte den Keks gleich wieder zurück auf den Unterteller.

»Hast du Lust auf ein Glas? Ich dachte mir, der könnte jetzt genau richtig sein«, sagte er und öffnete bereits die Flasche.

Sie nickte.

»Sehr gern.«

Michael schenkte ein und prostete ihr zu.

»Auf dich!«

Sie hob ebenfalls ihr Glas.

»Auf dich!«

»Auf uns«, sagte er schließlich, und sie tranken einen Schluck.

Der Crémant war eiskalt und fruchtig prickelnd, genau wie sie ihn mochte. Über die Gläser hinweg sahen sie sich in die Augen, ohne ein Wort zu sagen.

Andrea spürte, wie es in ihrem Bauch zu kribbeln begann, und das lag ganz sicher nicht am Crémant. Begehren lag in der Luft, schwer wie ein teures Parfüm.

»Wenn du außer den Keksen was essen möchtest, sag bitte Bescheid, ich wärme uns dann das Gemüsecurry auf«, bot Michael an.

Seine sonst so volle Stimme klang etwas dünn. Er räusperte sich mehrmals.

»Jetzt nicht, danke«, lehnte sie höflich ab.

Sie nahm noch einen großen Schluck, um sich Mut zu machen, dann sah sie ihn an.

»Michael?«

»Ja?«

»Ich habe doch Hunger«, sagte sie leise. »Aber nicht auf das Curry.«

KAPITEL 17

Ein rotgoldener Himmel

Andrea wusste später nicht mehr, wie sie nach oben ins Schlafzimmer gekommen waren. Nun standen sie sich am Fußende des Bettes gegenüber, ohne sich zu berühren. Sie befanden sich unmittelbar vor dem Moment, in dem sie die Grenze vom Küssen zur Intimität und damit eine Linie überschreiten würden, hinter der Andrea lange Zeit in einer Art Wartestellung verharrt hatte. Nicht nur körperlich, sondern vor allem emotional.

»Ich habe das schon ziemlich lange nicht mehr gemacht«, gestand sie leise mit wild klopfendem Herzen.

»Keine Ahnung, wie du *ziemlich lange nicht mehr* definierst, aber ich kann dir versichern, dass es bei mir auch schon eine kleine Ewigkeit her ist.«

»Wirklich?« Sie war überrascht und fragte sich nun ihrerseits, wie er *eine kleine Ewigkeit* definierte. Hakte jedoch nicht nach.

Er nickte.

»Ich habe mich sogar schon gefragt, ob ich es überhaupt noch richtig kann«, fügte er mit einem schiefen Grinsen hinzu, das offenbar seine Nervosität überspielen sollte.

»Na, dann sind wir ja schon zwei«, meinte sie, und sie mussten beide lachen.

Dieser Moment war so befreiend, dass jede Angst von ihr

abfiel und sie stattdessen eine Abenteuerlust verspürte, die sie selbst verblüffte.

»Ich habe mir von Edu sagen lassen, dass man es überhaupt nicht verlernen kann«, erklärte sie.

»Deine Freundin macht mir den Eindruck, als wäre sie ziemlich lebenserfahren«, meinte Michael mit einem Zwinkern.

»Wir könnten ja gemeinsam rausfinden, ob sie recht hat«, murmelte sie.

»Genau das wollte ich dir eben auch vorschlagen«, flüsterte er.

Und plötzlich war alles ganz einfach. Langsam knöpfte Andrea sein Hemd auf und streifte es ihm über die leicht gebräunten Schultern.

Dann schlüpfte er aus seinen Jeans und den Socken. Barfuß und nur noch mit schwarzen Shorts bekleidet, zog Michael ihr das Kleid über den Kopf und warf es auf den Stuhl vor dem Schminktisch. Nun stand sie in ihren neuen Dessous vor ihm.

»Du bist wunderschön, Andrea!«, sagte er leise, und sein Blick bestätigte die Worte, während er mit dem Handrücken sanft über ihre Wange streichelte.

»Du siehst auch nicht übel aus«, murmelte sie und lächelte, während ihr Herz vor erwartungsvoller Aufregung hart gegen ihre Rippen schlug.

»Komm ...«

Michael nahm sie an der Hand und zog sie mit sich aufs Bett.

»Weißt du, was das Gute ist?«, fragte er, halb über sie gebeugt, ganz leise an ihrem Ohr, und sie bekam eine Gänsehaut.

»Was?«

»Wir können uns alle Zeit der Welt lassen, Eduardas Theorie zu überprüfen, ob man es wirklich nicht verlernen kann.«

Sie nickte. Und dann küssten sie sich.

Obwohl beide getrieben waren von einer leidenschaftlichen Begierde, kosteten sie es aus, sich gegenseitig zu erkunden und dabei ihre körperlichen Empfindungen nach so langer Zeit der partnerschaftlichen Abstinenz wieder ganz neu zu entdecken.

Es fühlte sich genau so an, wie sie es in Erinnerung hatte, und doch war es gleichzeitig anders, von einer Tiefe und Intensität, die ihr fast den Atem raubten.

Seine Küsse und Berührungen, seine geflüsterten Worte hatten ihr jegliche Sorge genommen, für ihn nicht begehrenswert zu sein. Und so konnte sie sich ihm öffnen, ihm alles geben, sich ihm schenken und gleichzeitig die Beschenkte sein. Sie ließ sich treiben in diesem aufgewühlten Meer des Verlangens, bis die Wellen wild über ihr zusammenschlugen und sie gleichzeitig mit einer unglaublichen Zärtlichkeit sanft wiegten. Der Strudel der Empfindungen wirbelte bis in ihr tiefstes Inneres und ließ sie für eine winzige Ewigkeit alles um sich herum vergessen. Während sie noch langsam an die Oberfläche trieb, stöhnte er leise, und sie erlebte sein Beben wie ihr eigenes wenige Sekunden zuvor.

Schwer atmend legte er die Stirn an ihren Hals und sie streichelte durch sein Haar. Schließlich legte er sich auf den Rücken, zog sie an sich. Ihr Kopf lag auf seiner Brust, und sie lauschte dem Trommeln seines Herzens. Schnell und fest und wie ein Echo ihres eigenen Herzschlags.

»Eduarda hatte recht. Man verlernt es nicht. Es ging sogar noch besser als gedacht bei uns beiden«, murmelte er schließlich, und sie prusteten los.

Andrea hatte das Gefühl zu schweben. Überwältigendes Glück war der Lohn für ihren Mut.

Eng aneinander geschmiegt hörten sie leise Musik, plauderten über banale Dinge, streichelten und küssten sich immer wieder. Genossen es, zusammen zu sein und die Welt um sich herum zu vergessen.

Später am Nachmittag wärmten sie sich in der Küche das Essen auf und nahmen es mit nach oben ins Bett. Wie alberne verliebte Teenager fütterten sie sich gegenseitig und leerten dazu die Flasche Crémant.

Schließlich verschwand er kurz aus dem Zimmer, um etwas zu holen. Andrea nutzte die Zeit und schickte Eduarda eine Nachricht.

Du hattest recht, schrieb sie mit einem verliebten Smiley dahinter.

Kurz darauf kam die Antwort von Eduarda: *Ich habe immer recht!* Dazu ein grinsender Smiley. *Und ich will alles wissen!*

Andrea schloss die Augen und schickte ein Dankeschön ans Universum oder wer auch immer dafür zuständig war, dass Michael in ihr Leben getreten war und sie sich nun so großartig fühlte.

»Schau mal, was ich für uns habe«, sagte er, als er wenig später zurückkam, und reichte ihr ein Kuvert.

»Was ist das denn?«, fragte sie neugierig.

»Wenn du reinschaust, weißt du es«, neckte er sie.

Sie öffnete den Umschlag und holte zwei Konzertkarten hervor.

»Robbie Williams!«, rief sie überrascht.

»Das Konzert ist im August in München.«

»Ich weiß, ich hatte auch schon überlegt hinzugehen.«

»Also kommst du mit?«

»Wahnsinnig gern! Danke, Michael«, sagte sie begeistert.

»Bisher habe ich es leider noch nie geschafft, auf eines seiner Konzerte zu gehen. Sie sollen ja immer ziemlich spektakulär sein.«

»Ich einmal, als er allerdings noch Mitglied bei Take That war. Das war 1994, glaube ich, in der Olympiahalle. Solo habe ich ihn bisher leider noch nicht live gesehen. Ich freue mich riesig darauf!«

»Ich fände es toll, wenn Robbie Williams der Auftakt zu noch sehr vielen Livekonzerten wäre, die wir zukünftig gemeinsam besuchen.«

Eine Aussage, in der unausgesprochen die uralte Frage steckte: *Willst du mit mir gehen?*

»Das wünsche ich mir auch ...«, sagte sie und beantwortete damit seine versteckte Frage, ohne es auszusprechen: *Ja. Ich will mit dir gehen.*

Er lächelte.

Sie legte das Kuvert mit den Karten auf den Nachttisch, dann schlang sie die Arme um seinen Hals und küsste ihn.

Inzwischen war es Abend geworden, und sie saßen sich in der großen Eckbadewanne gegenüber. Michael blätterte auf ihrem iPad durch die Skizzen für das Kinderbuch, das sie für Mia anfertigen wollte.

»Das ist richtig gut! Klar, der Text des Reims ist einfach, aber diese Zeichnungen dazu sind absolut bezaubernd«, sagte er.

»Danke!« Sie freute sich, dass die Illustrationen ihm gefielen.

»Leider verlegen wir keine Kinderbücher, sonst würde ich dir glatt einen Vertrag anbieten«, meinte er.

»Allein schon, dass du es tun würdest, schmeichelt mir sehr«, sagte sie.

»Ich kenne ein paar Kinder- und Jugendbuchleute in unserer Branche. Wenn du möchtest, kann ich gern mal unverbindlich vorfühlen.«

»Echt?«

Er nickte.

»Wenn deine Enkelin so viel Spaß daran hat, dann haben es andere Kinder vermutlich auch ... Aber natürlich kann ich nichts versprechen.«

»Es muss auch nicht sein. In erster Linie ist es ja ein Geschenk für Mia. Alles andere wäre ein toller Bonus.«

Er legte das iPad auf eine Ablage neben der Wanne und deckte es zur Sicherheit mit einem Gästehandtuch ab.

»Musst du dich eigentlich noch für das Gespräch morgen einlesen?«, fragte Andrea.

»Nein, ich bin vorbereitet«, beteuerte er. Er balancierte eine Schaumwolke auf seiner Hand und blies sie dann in ihre Richtung. Sie grinste, blies Schaum zurück, worauf er sie mit ein wenig Wasser bespritzte.

»Hey!«, protestierte sie, lachte dann aber ausgelassen und spritzte zurück.

»Ich komme mir vor wie siebzehn«, sagte sie und schüttelte über sich selbst den Kopf.

»So alt schon?«

Sie kicherten wieder. Er beugte sich nach vorn, um sie zu küssen. In diesem Moment klingelte es zweimal an der Haustür.

»Nanu, wer ist das denn?«, fragte er.

»Ich kenne hier außer dir niemanden«, sagte sie mit einem Schulterzucken. »Das muss für dich sein!«

»Moment, ich schau mal nach.«

Er stand auf, trocknete sich rasch ab und schlüpfte in einen Bademantel, bevor er nach unten ging.

Andrea spülte mit lauwarmem Wasser den Schaum vom Körper und wickelte sich in ein großes hellblaues Badetuch.

Kurz darauf kam Michael zurück.

»Wer war es denn?«

»Keine Ahnung. Es war niemand mehr da. Vermutlich war ich zu langsam. Oder es war ein Klingelstreich von Nachbarskindern«, tat er es ab. Doch er wirkte etwas nachdenklich und griff nach seinem Handy, als ob er kontrollieren wollte, ob er womöglich eine Verabredung übersehen hatte.

»Ist irgendwas, Michael?«, fragte sie, als sie sein Stirnrunzeln bemerkte.

»Nein ... es ist nichts. Alles okay.«

Er steckte das Handy weg und gab ihr einen schnellen Kuss.

Als sie zurück ins Schlafzimmer gingen, war der Raum in hellgoldenes Licht getaucht. Draußen über dem Meer schickte sich die Sonne an, bald unterzugehen, und kündigte dies mit einem spektakulären Wechsel der Farben an. Der ganze Himmel schien zu glühen.

»Komm, lass uns schnell an den Strand gehen«, schlug er vor. »Das dürfen wir uns nicht entgehen lassen.«

Sie schlüpften rasch in ihre Sachen, zogen Jacken an und verließen das Haus durch den Garten über die Dünen zum nahen Strand.

»Wow – was für eine himmlische Lightshow. Einfach atemberaubend!«, rief Andrea über das Rauschen des Meeres hinweg.

Hand in Hand spazierten sie barfuß den hellen, weichen Sandstrand entlang, während immer wieder Wasser über ihre Füße schwappte.

Das Rotgold des Himmels spiegelte sich glitzernd in den Wellen und auf dem nassen Sand. Andrea konnte sich gar nicht sattsehen an dem herrlichen Naturspektakel.

»Ist dir kalt?«, fragte er.

»Nein, gar nicht!« Tatsächlich war es im Gegensatz zum Vormittag auch kaum windig.

Sie schoss Fotos vom Meer, von Michael am Strand, und dann machten sie gemeinsame Selfies vor dieser herrlichen Kulisse. Dabei zogen sie auch allerlei Grimassen und alberten und tanzten ausgelassen herum. Andrea kam sich vor, als würde sie mit Michael durch rotgoldenes Licht tanzen.

»Ich glaube, ich habe noch nie so einen Sonnenuntergang am Meer erlebt«, sagte sie.

»Sagte ich doch, dass du von Sylt begeistert sein würdest!«

»Und wie!«

»Schau, gleich küsst die Sonne das Wasser«, sagte Michael wenig später. Er legte einen Arm um sie und zog sie an sich, während sie dabei zusahen, wie der leuchtende Himmelsball im Meer versank.

»Was für ein traumhafter Abschluss für diesen Tag«, sagte sie glücklich.

»Natürlich alles geplant. Ich habe sämtliche Register gezogen, um es genau so für dich zu inszenieren«, sagte Michael breit grinsend.

»Michael Parker – du bist ja ein echter Magier«, bemerkte sie.

»Klar! Nur das mit der passenden Musik habe ich nicht hingekriegt. Die Hamburger Philharmoniker waren leider heute schon ausgebucht.«

Sie lachte wieder.

»Das Meeresrauschen und die Schreie der Möwen sind sowieso die beste Hintergrundmusik.«

»Allerdings ...«

Er gab ihr einen Kuss auf die Schläfe, und sie schloss die Augen.

»Man sollte sich wirklich vorher nicht immer so viele unnötige Gedanken machen«, sagte sie und öffnete die Augen wieder.

»Wie meinst du das?«

»Nun ja. Ich war sehr lange Single. Und das hat mir auch nichts ausgemacht. Ich hatte keine Probleme damit. Doch je länger ich ohne Beziehung war, desto schwieriger schien es mir zu werden, mich jemals wieder auf jemanden einzulassen. Mich auf dich einzulassen. Ich hatte echt ein wenig Angst davor. Auch vor dem Sex, weil ich nicht wusste, wie ich reagieren würde. Wie du auf mich reagieren würdest ... ob wir uns überhaupt körperlich anziehend fänden. Aber heute, mit dir, da ging dann alles ganz einfach, und es war – nein: es ist – einfach nur wunderbar. So als ob wir uns schon ewig kennen würden, im positiven Sinn.«

»So empfinde ich das auch. Ich meine, dass wir uns schon ewig kennen. Das war von der ersten Minute an so.«

»Womöglich hatte deine Großmutter doch recht gehabt, dass vertraute Seelen sich in anderen Leben immer wieder begegnen.«

»Sieht ganz danach aus. Ach, Andrea. Ich bin sehr glücklich!«

Seine Worte legten sich wie eine warme Decke um ihr Herz.

»Die Sorgen, die ich mir vorher gemacht habe, waren also völlig überflüssig«, meinte sie.

Er lächelte.

»Das waren sie. Und danke für deine Offenheit, Andrea. Mir ging es ähnlich. Allerdings hatte ich nie Zweifel daran, dich körperlich anziehend zu finden ... Ganz im Gegenteil. Doch noch mehr verzauberte mich dein offenes Wesen, das sich so unwiderstehlich in deinen Augen widerspiegelt. Und schon als ich dich zum ersten Mal sah, als du auf das Verlagsgebäude zugingst und so seltsam an deinem Rock herumgezupft hast, da ...«

»Du hast das gesehen?«, fiel sie ihm ins Wort.

»Ich hätte blind sein müssen, um das nicht zu bemerken«, gab er zu.

»Warum hast du es mir nicht gesagt?«

»Warum hätte ich? Inzwischen weiß ich ja, was der Grund dafür war.«

Sie schüttelte lächelnd den Kopf.

»Jedenfalls hast du mir schon da ein Lächeln ins Gesicht gezaubert. Als es dann bei der Besprechung schwierig wurde, bliebst du geduldig, freundlich und hast dich nicht einschüchtern lassen. Das hat mich echt beeindruckt. Schon sehr schnell war mir klar, dass ich dich unbedingt näher kennenlernen wollte.«

»Und ich dich ...«, sagte sie.

»Deswegen habe ich die Gelegenheit sofort genutzt, um dich zum Essen einzuladen. Normalerweise mache ich das nicht schon nach einer ersten Begegnung.«

»Und ich bin normalerweise auch nicht so schnell bereit, mich von einem Mann zum Essen einladen zu lassen. Auch wenn es zunächst mehr oder weniger als beruflicher Termin getarnt war.«

Er lächelte.

»Ich habe das Gefühl, wir haben uns inzwischen schon gut kennengelernt, aber es gibt noch so unendlich viel mehr zu entdecken.«

»Darauf freue ich mich.«

Er nickte.

»Komm, lass uns zurückgehen«, schlug er vor und nahm sie an der Hand.

KAPITEL 18

Die Frau am Roten Kliff

»Warum hast du mich nicht früher geweckt?«, fragte sie noch ein wenig verschlafen, als Michael am nächsten Morgen ein Tablett mit Frühstück auf den Nachttisch stellte. Sofort zog das feine Aroma des Kaffees in ihre Nase, das zusammen mit dem Duft seines frischen Aftershaves eine belebende Mischung ergab.

»Ich habe es nicht übers Herz gebracht«, sagte er. »Du hast so tief geschlafen.«

»Wie spät ist es denn?«, fragte sie und setzte sich im Bett auf.

»Viertel vor neun. Das Taxi kommt in fünf Minuten.«

»Schade, ich hätte noch gerne ein wenig Zeit mit dir verbracht, bevor du losmusst.«

»Ich dachte, die hättest du noch vor drei Stunden zur Genüge gehabt«, entgegnete er mit einem zweideutigen Grinsen.

Sie spürte, wie ihre Wangen heiß wurden beim Gedanken an die erotische Entdeckungsreise der vergangenen Nacht. Viel Schlaf hatten sie beide jedenfalls nicht bekommen.

»Ich hoffe, du bist fit genug für deine Besprechung«, sagte sie mit einem Anflug von Schuldbewusstsein.

»Fit bin ich auf jeden Fall«, erklärte er mit einem Schmunzeln. »Ich hoffe nur, dass ich seinen Ausführungen hinlänglich folgen kann, ohne ständig mit den Gedanken abzuschweifen zu einer gewissen Frau, die total verlockend im Bett liegt und es mir gerade sehr schwer macht, zu gehen.«

»Die berühmte Persönlichkeit, mit der du dich heute triffst, ist also ein Er«, bemerkte sie mit einem verschmitzten Lächeln.

»Ertappt.«

»Ich bin gespannt, wer dieser ominöse Mann ist. Irgendwann wirst du es mir verraten dürfen.«

»Irgendwann auf jeden Fall ... Weißt du inzwischen, was du heute machen wirst?«, fragte er.

»Noch nicht. Vielleicht fahre ich tatsächlich nach Keitum«, überlegte sie.

»Immerhin ist das Wetter besser, als die Vorhersage gemeldet hat. Schick mir doch mal eine Nachricht, wo du gelandet bist.«

»Werde ich.«

Michael beugte sich zu ihr und küsste sie zärtlich zum Abschied.

»Wir sehen uns spätestens heute Abend«, sagte er dann und ging zur Tür.

»Ich kann es jetzt schon kaum erwarten und freue mich sehr auf die Tapas-Bar. Und – Michael?«

»Ja?«

»Du siehst ziemlich gut aus!«, sagte sie. Und tatsächlich machte er in dem grauen Anzug, unter dem er ein weißes Hemd trug, eine gute Figur.

»Es freut mich, dass ich dir gefalle.«

»Sehr! Und nicht nur im Anzug ...«

»Deswegen darfst du ihn mir gerne ausziehen, wenn ich wieder zurück bin.«

»Das werde ich.«

Er griff zur Türklinke, doch plötzlich hatte sie das Gefühl, ihn noch nicht gehen lassen zu wollen.

»Michael?«, rief sie noch mal.

»Ja? Falls du mir sagen möchtest, dass meine Schuhe gut zum Anzug passen – das finde ich auch!«, feixte er.

»Das tun sie tatsächlich. Aber ich möchte dir eigentlich sagen, dass ich ...«

»Dass du *was?*«

Sie zögerte kurz, es auszusprechen. Fragte sich, ob es nicht viel zu schnell ging. Doch ihr Herz sprudelte über vor Gefühlen, und es war ihr in diesem Moment wichtig, dass er es wusste.

»Ich ... ich bin mehr als nur verliebt in dich, Michael ... ich ... ich liebe dich!«

Er sah sie einige Sekunden wortlos an, dann kam er noch einmal zu ihr zurück.

»Andrea ...«, flüsterte er, und dann küsste er sie voller Leidenschaft. Schließlich löste er sich, sah sie mit einem Blick an, den sie nicht deuten konnte. Er öffnete schon die Lippen, setzte an, zu sprechen, doch ausgerechnet in diesem Moment klingelte es an der Haustür.

»Das Taxi ist schon da. Ich muss leider los«, sagte er, ohne die Worte auszusprechen, die sie sich von ihm erhofft hatte. Hätte er sie überhaupt gesagt?

»Ja, geh nur. Bis später, Michael!«

»Bis später, Andrea.«

Kurz darauf hörte sie unten die Tür ins Schloss fallen.

Andrea griff nach der Tasse und nippte vorsichtig am Kaffee, der inzwischen schon etwas abgekühlt war. Dabei fragte sie sich, ob es nicht doch zu vorschnell gewesen war, ihm zu sagen, dass sie ihn liebte. Was, wenn er sich dadurch nun unter Druck gesetzt fühlte? Warum hatte sie nicht damit gewartet, war ausgerechnet in dem Moment damit herausgeplatzt, als er auf dem Sprung zu einem wichtigen beruflichen Termin gewesen war. Normalerweise war das doch auch nicht ihre Art, das Herz buchstäblich auf der Zunge zu tragen.

In diesem Moment meldete ihr Handy eine Nachricht von Michael mit dem Link zu einem Musikvideo. Andrea öffnete es und lauschte dem Lied: *Feeling good* von Nina Simone. Sie lächelte und seufzte glücklich. Auch sie fühlte sich gut. Mehr als gut! Das Wort *Liebe* kam in diesem Lied nicht vor, und doch interpretierte es Andrea als eine Art Liebeserklärung an das Leben. Und dadurch vielleicht auch an sie? Schließlich hatte er ihr gestern beim Leuchtturm gesagt, dass er dabei war, sich in sie zu verlieben. Das war vor nicht einmal vierundzwanzig Stunden gewesen, und doch kam es ihr vor, als sei es eine halbe Ewigkeit her.

Als Nächstes lief das Lied *September* von Earth, Wind and Fire. Andrea drehte laut auf, stand auf und tanzte in ihrem kurzen Nachthemd ausgelassen zur schwungvollen Musik durch das Schlafzimmer.

Wie sehr hatte sich ihr Leben innerhalb so kurzer Zeit gedreht. Noch vor gut zwei Monaten war sie eine eingefleischte und mit ihrem Leben zufriedene Singlefrau gewesen und sie hatte sich nicht vorstellen können, dass ein Mann jemals wieder eine größere Rolle für sie spielen würde. Und schon gar nicht so schnell. Und nun war es tatsächlich passiert. Aus ihr war wieder eine leidenschaftliche Frau geworden, jenseits von mütterlichen und großmütterlichen Gefühlen, und die Zukunft hatte eine neue Farbe angenommen. Ohne dass sie es bisher für möglich gehalten hätte, war Michael der Mann, auf den sie insgeheim wohl schon lange gewartet hatte. Vielleicht sogar schon immer.

Nachdem sie gefrühstückt und geduscht hatte, rief sie bei Simon an, doch es war Laura, die an sein Handy ging.

»Guten Morgen, Andrea. Simon ist im Moment bei der Physiotherapie und hat mir sein Handy geben«, erklärte sie. »Ich gehe eine Runde spazieren, bis ich ihn wieder abholen kann.«

»Ich wollte eigentlich nur fragen, wie es euch allen geht«, meinte Andrea.

»Es läuft alles so weit gut. Sophia ist wirklich eine große Hilfe. Trotzdem bin ich froh, wenn Simon wieder ganz fit ist und vor allem, wenn er wieder selbst Auto fahren kann. Er ist ein schrecklicher Beifahrer.«

Andrea lachte.

»Bei mir auch ... Und was gibt es bei dir Neues?«

»Ehrlich gesagt, es gibt einiges.«

Andrea nahm eine gewisse Aufregung in ihrer Stimme wahr.

»Die Sendung, die wir in New York aufgezeichnet haben, kommt nicht nur bei den Zuschauern, sondern auch intern beim Sender so gut an, dass es ab dem Herbst nun ganz sicher regelmäßig einmal im Monat eine Spezialfolge aus dem Ausland geben wird. Der Sendeplatz dafür wird sogar auf den Abend verschoben. Bald geht es nach Argentinien für eine Doku über drei Nachkommen von ehemaligen Naziverbrechern, die kurz nach dem Krieg nach Südamerika verschwanden, um der Justiz zu entgehen. Die Enkelkinder wussten lange Zeit nichts von der schlimmen Vergangenheit ihrer Großeltern. Erst vor ein paar Jahren kam alles heraus. Zur Doku wird es mit den drei Leuten einen Talk geben, der in einem Studio in Buenos Aires aufgezeichnet wird.«

»Wow. Das sind großartige Neuigkeiten!«, rief Andrea begeistert. Für die Karriere ihrer künftigen Schwiegertochter war das ein weiterer großer Schub.

»Ja ... und für mich eine wahnsinnige Herausforderung. Deswegen bin ich echt froh, Sophie bei uns zu haben, solange Simon immer noch nicht hundertprozentig fit ist.«

»Der ist ja bald wieder auf den Beinen. Buchstäblich. Aber du weißt hoffentlich, dass Mia nach wie vor auch gerne zu mir kommen kann.«

»Ja. Und du weißt hoffentlich auch, dass ich dieses Angebot sicherlich ohne mit der Wimper zu zucken annehmen werde.«

Sie lachten beide.

»Und bei dir? Genießt du deine Zeit mit Michael auf Sylt?«, fragte Laura nun.

»Ja, es ist wirklich schön hier«, sagte Andrea, und es war die Untertreibung des Jahrhunderts. »Heute werde ich mal allein losziehen, weil Michael den ganzen Tag eine Besprechung hat.«

»Verstehe. Wart ihr schon beim Roten Kliff?«

»Nein.«

»Das musst du dir ansehen. Ich war als Kind ein paarmal mit meinen Eltern auf Sylt. Und später nach meinem Studium. Das Rote Kliff ist mir noch immer ganz besonders im Gedächtnis.«

»Danke für den Tipp«, sagte Andrea. »Vielleicht mache ich das tatsächlich.«

»Falls du hinfährst, schieß bitte viele Fotos und schick uns welche.«

»Aber klar.«

»Ach ja ... Keitum hat mir damals auch total gut gefallen«, fiel es Laura noch ein.

»Michael hat das auch vorgeschlagen, und ich habe einen Besuch dort auch schon ins Auge gefasst«, meinte Andrea.

»Wie schön! Aber eigentlich kannst du gar nichts falsch machen, egal, was du unternimmst. Die ganze Insel ist sehenswert.«

»Soweit ich das bisher beurteilen kann, gebe ich dir völlig recht.«

»Falls du tatsächlich nach Keitum fährst, dann mach einen Abstecher in Nielsen's Kaffeegarten. Wie ich von Kollegen gehört habe, gibt es das Lokal immer noch. Bestell dir ein Stück Torte, egal welche. Ich schwöre dir, das wirst du nicht bereuen.«

»Jetzt kann ich ja wohl gar nicht anders, ich muss nach Keitum«, meinte Andrea vergnügt. »Ich mache mich dann mal langsam auch auf den Weg. Sag Simon bitte einen lieben Gruß und gib Mia ein Küsschen von mir.«

»Klar. Dann bis spätestens nächsten Sonntag bei dir zum Essen!«

»Ja. Bis Sonntag! Und dann will ich auch noch mehr über die Reise nach Argentinien erfahren.«

»Wirst du!«

Sie verabschiedeten sich und Andrea war glücklich, dass es zwischen ihr und Laura inzwischen so gut lief. Auch das hätte sie sich vor wenigen Wochen nicht vorstellen können. Sie war sehr dankbar, dass in ihrem Leben gerade alles perfekt zu sein schien. Plötzlich schlich sich die Großmutter väterlicherseits in ihre Gedanken, die nicht unbedingt bekannt war für ihren Optimismus. Sicherlich würde sie jetzt mit einem mahnenden Blick über ihre Lesebrille hinweg zu Andrea sagen: *Immer, wenn du meinst, dass das Leben dich ganz besonders verwöhnt, wird unweigerlich etwas passieren, damit du nicht allzu übermütig wirst.*

Andrea verscheuchte diese Gedanken. Sie war im Moment einfach viel zu glücklich, um pessimistisch zu sein.

»Oma, es darf im Leben auch mal alles super laufen, ohne gleich wieder daran denken zu müssen, dass etwas passieren könnte!«, sagte sie laut mit einem Blick nach oben.

Andrea beantwortete noch ein paar dringende geschäftliche E-Mails. Dann suchte sie im Internet nach dem Roten Kliff, das zwischen Kampen und Wenningstedt lag, und beschloss, Lauras Rat zu folgen. Anschließend würde sie noch einen Abstecher nach Keitum machen. Vielleicht fand sie in einem der Läden dort eine Kleinigkeit für Eduardas Geburtstag. Mit einigen Freunden hatte sie zwar zusammengelegt, um ihr einen Bierbraukurs zu schenken, den sich die gebürtige Brasilianerin schon lange wünschte. Doch etwas kleines Feines wollte Andrea doch noch für ihre beste Freundin besorgen.

Andrea packte eine Flasche Wasser in ihre Umhängetasche, ein paar Kekse und einen Apfel. Da es laut Wetterbericht im Laufe des Tages regnen sollte, schlüpfte sie in ihre Regenjacke und stopfte zur Sicherheit eine Mütze in die Jackentasche. Der Schirm lag bereits im Auto.

Michael hatte ihr am Vortag einen Hausschlüssel gegeben, damit sie kommen und gehen konnte, wann sie wollte.

Als sie zu ihrem Wagen ging, stutzte sie. Unter dem Scheibenwischer war eine Mohnblumen-Prinzessin eingeklemmt. Was sollte das denn? Andrea runzelte die Stirn. War das eine der Blumenpuppen, die Michael gestern vor der Haustür gefunden hatte? Doch diese hier sah aus, als ob sie ganz frisch gemacht worden war.

»Wie seltsam.«

Plötzlich fröstelte es sie, nicht nur vom kalten Wind, der ihr die Haare ins Gesicht blies. Der Anblick der unter dem Scheibenwischer eingeklemmten Mohnblumen-Prinzessin hatte fast etwas Bedrohliches und erinnerte von der Weite betrachtet an einen Blutfleck. Sie schaute sich um. Etwa hundert Meter entfernt spazierte eine junge Frau mit einem Kinderwagen und wurde von einem älteren Ehepaar auf E-Fahrrädern überholt. Doch ansonsten fiel ihr niemand auf. Andrea hob den Scheibenwischer an, wollte die Blumenprinzessin fast schon wegwerfen, doch dann zögerte sie. Vielleicht hatte Michael heute früh im Garten Mohnblumen gepflückt, die dort an manchen Stellen wuchsen, und hatte ihr damit eine Freude machen wollen? Immerhin hatte sie ihm gestern erzählt, wie gerne sie früher damit gespielt und dass sie auch mit Mia Mohnblumen-Prinzessinnen gebastelt hatte.

»Natürlich war es Michael«, murmelte sie erleichtert lächelnd.

Wer sollte es sonst gewesen sein? Sie wickelte das Püppchen vorsichtig in ein Papiertaschentuch und steckte es in die Handtasche. Dann stieg sie in den Wagen und fuhr in Richtung Kampen.

Bei den Informationen, die sie sich aus dem Internet über das Rote Kliff geholt hatte, wurde auch die Uwe-Düne erwähnt, Sylts höchste natürlich Erhebung. Nachdem sie – mit einer kleinen Verschnaufpause im letzten Drittel – die einhundertzehn Holzstufen zur Düne erklommen hatte, wurde sie trotz des schlechten Wetters mit einem tollen Rundumblick auf die herbschöne Landschaft um Kampen, den schwarz-weißen Leuchtturm und natürlich auf das Meer belohnt. Der Wind blies dort oben so heftig, dass sie die Mütze aufsetzte. Sie schoss viele Fotos und schickte Michael und auch ihrer Familie und Eduarda Selfies.

Schließlich stieg sie die Treppen wieder nach unten und wanderte mit Musik über die Kopfhörer vergnügt den Holzweg entlang. Es ging vorbei an Wildblumen und Heckenrosen in Richtung Rotes Kliff. Auch hier blieb sie immer wieder stehen, um Fotos zu machen. Die Aussicht auf das tosende Meer und den Strand war beeindruckend. Die Sonne kam zwar nicht hinter den dunklen Wolken hervor, doch immerhin regnete es nicht. Urlauber auf Sylt ließen sich ohnehin nicht vom schlechten Wetter beeindrucken, und es waren mehr Menschen unterwegs, als Andrea es sich vorgestellt hatte. Schließlich war sie an der Treppe angekommen, die nach unten zum Strand führte, und sie schaltete die Musik ab. Auf den letzten Stufen zog Andrea ihre Sneakers und Socken aus und krempelte die Hosenbeine hoch. Sie ging über den kühlen Sand fast bis zum Wasser und schaute fasziniert auf die Wellen, die mit schäumender Gischt am flachen Strand aufliefen. Sie atmete tief die salzige Luft ein und drehte sich dann um zum Kliff, dessen namensgebende Farbe bei dem düsteren Wetter allerdings eher bräunlich als rot erschien. Doch sie konnte sich vorstellen, wie herrlich es hier bei Sonnenschein oder Sonnenuntergang sein musste. Das Wetter sollte in den nächsten Tagen sonnig und warm werden, und vielleicht könnte sie mit Michael zusammen noch mal hierherkommen. Sie könnten ein Picknick machen. Oder sich gemeinsam in einen Strandkorb setzen und das Meer betrachten, während sie sich über Gott und die Welt unterhielten.

Plötzlich fiel ihr eine Frau auf, die von den letzten Stufen der Holztreppe aus in Andreas Richtung zu blicken schien, bevor sie sich wie ertappt wegdrehte und die Stufen nach oben ging. Sie trug einen eleganten dunkelgrauen Mantel, der hier irgendwie fehl am Platz schien, genauso wie die riesige dunkle Sonnenbrille. Etwas an dieser Frau kam Andrea vage bekannt vor. Es war nicht ihr Gesicht, das sie aus der Entfernung hinter der Sonnenbrille ohnehin nicht hätte erkennen können, sondern eher ihre Frisur und ihre Haltung. Doch wen sollte sie hier auf der Insel denn schon kennen? Mit einem Mal fiel es ihr jedoch ein. Diese Frau im Mantel erinnerte sie an die Frau vom Spielplatz in München! Die Frau, die auf der Bank neben ihr gesessen und dabei zugesehen hatte, wie Andrea zusammen mit Mia Mohnblumen-Prinzessinnen fabrizierte und sich dann so seltsam verhalten hatte.

»Ana!«, sagte sie laut.

Ja, als Ana hatte diese Frau sich damals vorgestellt.

Andrea spürte plötzlich ein unangenehmes Prickeln im Nacken. Sie musste sich täuschen! Das konnte doch gar nicht sein, dass ausgerechnet diese Frau hier am Strand auf Sylt war! Doch gleichzeitig sagte ihr Bauchgefühl, dass es keine Verwechslung und auch kein Zufall sein konnte. Die Mohnblumen-Püppchen gestern vor der Haustür und heute unter ihrem Scheibenwischer – und nun diese Frau hier, die sie anscheinend beobachtete.

Andreas Beine begannen plötzlich zu zittern, als ihr klar wurde, was das bedeutete: Falls es wirklich diese Ana war, musste sie Andrea verfolgt haben! Zuerst zum Haus von Michaels Bruder. Und jetzt hierher. Aus dem unangenehmen Prickeln war plötzlich Angst geworden. Was wollte diese Ana von ihr?

Oder bildete Andrea sich das alles nur ein? Spielte ihre Fantasie ihr womöglich einen Streich? War es nicht vielleicht eher so, dass die Mohnblumen-Prinzessinnen sie an diese Ana und an das unangenehme Gefühl, das sie mit ihr verband, erinnert hatten und sie jetzt in irgendeiner Frau eine Ähnlichkeit zu sehen meinte? Sie hatte in der letzten Nacht nicht sonderlich viel geschlafen, wenn auch aus dem schönsten Grund der Welt, aber vielleicht war sie deswegen einfach übermüdet und reimte sich etwas zusammen, das überhaupt keinen Sinn ergab. Bei dieser plausibel scheinenden Erklärung verspürte sie plötzlich eine große Erleichterung, und sie hätte fast aufgelacht. Denn es ergab tatsächlich keinen Sinn, dass diese Frau sie verfolgen sollte. Trotzdem holte sie ihr Handy aus der Tasche und machte sicherheitshalber einige Fotos, bevor die Frau zwischen den Menschen auf der Treppe ganz verschwunden war.

Sie erschrak, als ausgerechnet in diesem Moment das Handy klingelte.

Michael! Eilig nahm sie das Gespräch an.

»Hallo, Michael«, rief sie fast.

»Hallo, Andrea, wir machen gerade eine kurze Pause, und da habe ich deine Nachricht gesehen. Du hast dir ja ein schönes Ziel ausgesucht«, sagte er. »Die Uwe-Düne. Und vermutlich bist du inzwischen beim Roten Kliff? Zumindest lässt das Rauschen im Hintergrund darauf schließen, dass du am Meer bist.«

»Genau da bin ich jetzt und stehe direkt am Strand. Den Tipp mit dem Roten Kliff habe ich von Laura«, sagte sie laut, damit er sie in dem Lärm verstehen konnte. Sie überlegte kurz, ihm von ihrem seltsamen Erlebnis soeben zu berichten, ließ es dann aber bleiben. Wenn, dann würde sie es ihm am Abend in Ruhe erzählen. Als sie einen Blick zur Treppe warf, war von der Frau im Mantel nichts mehr zu sehen. Und vermutlich hatte sie sich das alles ohnehin nur eingebildet.

»Hör mal, bei mir wird es vermutlich doch ein wenig länger dauern. Ich bin später noch zum Essen eingeladen und kann das nicht ablehnen. Es tut mir wirklich schrecklich leid, Andrea, aber wir müssen unseren Abend in der Tapas-Bar verschieben.«

»Das ist kein Problem«, beteuerte Andrea.

»Oder möchtest du allein hinfahren?«

»Nein. Ohne dich macht das keinen Spaß. Ich nehme mir von unterwegs was zu essen mit, wenn ich wieder ins Haus zurückfahre.«

»Okay. Ich versuche trotzdem, es nicht zu spät werden zu lassen. Andrea, ich muss leider gleich wieder rein zur Besprechung«, sagte er.

»Klar.«

Andrea zögerte kurz, doch dann ließ ihr die Sache doch keine Ruhe.

»Nur noch ganz kurz eine Frage, Michael: Hast du mir heute Morgen eine Mohnblumen-Prinzessin unter den Scheibenwischer geklemmt?«

Seine Antwort kam etwas verzögert.

»Eine Mohnblumen-Prinzessin? Äh, nein ... Wieso?«

Sie hatte sich eine andere Antwort erhofft.

»Ach, nur so ... Dann waren es sicherlich wieder irgendwelche Kinder aus der Nachbarschaft.«

»Ganz bestimmt.«

»Ich halte dich auch nicht mehr länger auf. Bis später, Michael!«

»Bis später ... Und – Andrea?«

»Ja?«

»Ach, das sag ich dir, wenn ich wieder zurück bin!«

»Jetzt hast du mich aber neugierig gemacht.«

»Genau das wollte ich. Bis dann!«

»Ciao.«

Nachdem sie aufgelegt hatte, fühlte Andrea sich plötzlich einsam an diesem Strand. Die vom Wind aufgepeitschte Nordsee, die dunklen Wolken am Himmel und die schroffe Felsenküste schienen ihr mit einem Mal bedrohlich. Vielleicht hätte sie doch nicht ohne Michael hierherkommen sollen. Und obwohl sie es gewohnt war, als Single viel allein zu sein, und ihr das normalerweise nichts ausmachte, war ihr jetzt schon unwohl bei dem Gedanken, dass Michael womöglich erst spät in der Nacht wieder zurückkommen würde. Das seltsame Erlebnis mit dieser Frau vorhin hatte sie ein wenig aus der Bahn geworfen. Außerdem fragte sie sich nun erneut, wer ihr dieses »Geschenk« unter den Scheibenwischer geklemmt hatte. Instinktiv schloss sie es aus, dass es Kinder gewesen waren, ohne sagen zu können, woher sie diese Gewissheit nahm. Außerdem hatte sie inzwischen eiskalte Füße und begann zu frieren. Die Lust, eine längere Strecke am Strand entlangzuspazieren, war ihr gründlich vergangen. Eilig stapfte sie durch den Sand wieder zurück zur Holztreppe. Einen Teil der Stufen ging sie noch barfuß hoch, dann putzte sie sich mit einem Papiertaschentuch den restlichen Sand von den Füßen und schlüpfte in Socken und Schuhe.

Als sie eine Dreiviertelstunde später endlich wieder in ihrem Wagen saß, wollte sie eigentlich sofort zurückfahren ins Ferienhaus. Doch der Gedanke daran, dort stundenlang ganz allein zu sein, verschaffte ihr immer noch ein mulmiges Gefühl. Mehrfach hatte sie sich auf dem Weg zum Wagen nach der Frau im Mantel und mit der großen Sonnenbrille umgesehen. Doch sie war nirgends mehr aufgetaucht. Und auch hier am Parkplatz warf sie verstohlene Blicke zu den anderen Fahrzeugen. Bis sie schließlich energisch den Kopf schüttelte.

»Du spinnst doch wirklich, Andrea!«, sagte sie laut und deutlich zu sich selbst. »Du machst dich völlig unnötig verrückt!«

Genau in diesem Moment blinzelte die Sonne hinter den Wolken hervor, und der Himmel riss auf. Sofort fühlte Andrea sich ein wenig besser. Sie beschloss, wie geplant nach Keitum zu fahren, dort ein paar schöne Stunden zu verbringen, bevor sie sich auf den Rückweg zum Ferienhaus machte. Und falls sie sich dort tatsächlich immer noch unwohl fühlen sollte, würde sie einfach bei Eduarda anklingeln und sich bei einem Videochat notfalls so lange von ihr mit den neuesten Klatschgeschichten über die Filmbranche ablenken lassen, bis Michael zurückkam.

KAPITEL 19

Friesentorte

Während Andrea mit dem Auto unterwegs war nach Keitum, hellte sich ihre Stimmung, der Sonne gleich, immer mehr auf. Inzwischen hatten die dunklen Wolken sich weitgehend verzogen, und am Himmel überwog ein freundliches Blau. Da sie inzwischen dringend auf die Toilette musste, beschloss sie, zuerst in ein Café zu gehen und anschließend einen längeren Spaziergang durch das Kapitänsdorf zu machen und sich in den Läden umzusehen.

Eine halbe Stunde später saß sie auf der Terrasse in Nielsen's Kaffeegarten mit einem herrlichen Blick auf das Wattenmeer. Sie hatte gerade noch einen freien Tisch ergattern können. Die Bedienung brachte ihr ein Stück Friesentorte und einen großen Cappuccino, für den es zur fortgeschrittenen Nachmittagsstunde gerade noch nicht zu spät war. Wobei es ohnehin egal wäre, wenn das Koffein sie in der Nacht nicht schlafen ließ. Michael würde sicherlich dafür sorgen, sie gut zu unterhalten. Beim Gedanken daran spürte sie, wie ihre Wangen sich erhitzten.

Laura hatte nicht zu viel versprochen. Sowohl das geschichtsträchtige Lokal mit der Konditorei als auch das Angebot an Torten und Kuchen waren beeindruckend. Sie schoss ein Foto des Tortenstücks und schickte es Laura mit den Worten: *Die erste Friesentorte meines Lebens.*

Laura meldete sich kurz darauf mit einem Smiley und schrieb nur ein Wort dazu: *Neid!*

Die Torte, gefüllt mit Pflaumenmus und Sahne, schmeckte herrlich, man durfte nur nicht zu viel über die Kalorien nachdenken. Andrea überlegte, so eine Torte für Eduarda zum Geburtstag zu backen. Ihre beste Freundin liebte Süßes und würde sich bestimmt darüber freuen.

Während sie Cappuccino und Torte genoss, verlor sie sich mit Blick auf das Wattenmeer in Gedanken an Michael. Sie vermisste ihn schon nach ein paar Stunden und konnte es kaum mehr erwarten, ihn am Abend zu sehen. Noch drei Tage blieben ihnen hier auf Sylt, dann mussten sie gemeinsam zurück nach München fahren. Beim Gedanken daran, wie sich alles weiterentwickeln würde, spürte sie ein freudiges Flattern im Bauch.

Da Michael zukünftig hoffentlich öfter bei ihr übernachten würde, wollte sie ihr Schlafzimmer so schnell wie möglich renovieren. Sie griff nach dem Handy und blätterte durch Seiten von Möbelhäusern auf der Suche nach einem passenden Schlafzimmer. Schließlich entdeckte sie ein hochwertiges Boxspringbett, das in einer Aktion radikal auf den halben Preis reduziert worden war. Es gefiel ihr von der Farbe und vom Design sehr. Und auch das Material entsprach genau ihren Wünschen. Die Bewertungen waren ebenfalls ausgezeichnet. Am liebsten hätte sie das Bett sofort bestellt.

Warum eigentlich nicht?, fragte sie sich und biss nachdenklich auf ihre Unterlippe. Worauf sollte sie denn warten? Das Bett hatte vier Wochen Lieferzeit, und bis dahin hätte sie ausreichend Gelegenheit, ihr Schlafzimmer auszuräumen und zu renovieren. Natürlich könnte sie jetzt noch auf zahlreichen weiteren Webseiten nach Angeboten suchen. Doch warum sollte sie nicht einfach mal ganz spontan so eine Entscheidung treffen?

Soll ich oder soll ich nicht?

Ihr Finger schwebte zögernd über dem Bestell-Button, da meldete ihr Handy eine neue Nachricht von Michael. Sie lächelte, als sie las: *Ich denke viel mehr an dich, als ich sollte, und freue mich sehr auf später!*

Ich mich auch, schrieb sie zurück, und in einer plötzlichen Anwandlung machte sie ein Bildschirmfoto des Boxspringbetts und schickte es Michael.

Wie findest du das?, schrieb sie dazu.

Gefällt mir sehr gut. Was hast du denn vor?

Bevor sie antworten konnte, sah sie plötzlich aus den Augenwinkeln jemanden auf ihren Tisch zukommen.

»Guten Tag, Andrea!«

Sie versuchte sich ihren Schreck nicht anmerken zu lassen, als sie die Frau erkannte, die vor ihr stand. Die Frau im Mantel, die sie vorhin am Roten Kliff gesehen hatte.

»Hallo, Ana«, sagte Andrea mit belegter Stimme.

Sie hatte sich also doch nicht getäuscht. Ihr Herz begann plötzlich wie wild zu schlagen, und das diffuse Gefühl einer unguten Vorahnung kroch ihren Nacken hoch. Es stand außer Zweifel, dass diese Begegnung kein Zufall war.

»Du hast mich also wiedererkannt«, stellte Ana fest und nahm die Sonnenbrille ab. Inzwischen hatte sie auch den Mantel ausgezogen, unter dem sie eine elegante dunkelblaue Hose und einen hellgelben Sommerpulli trug, der das intensive Blau ihrer Augen zum Leuchten brachte.

Andrea nickte nur, da diese ungewöhnliche Begegnung ihr großes Unbehagen bereitete.

»Darf ich mich setzen?«, fragte Ana, doch sie wartete keine Antwort ab und nahm einfach Andrea gegenüber Platz.

»Du hast dir einen schönen Ort ausgesucht«, sagte sie in einem unverbindlichen Plauderton, als ob sie und Andrea sich schon ewig kennen würden.

Sie winkte der Kellnerin und bestellte ein Kännchen grünen Tee.

»Darf es auch Kuchen oder Torte dazu sein?«, fragte die junge Bedienung.

»Nein danke. Nur den Tee bitte.«

Obwohl sie sich taff gab, bemerkte Andrea, dass Ana nervös mit den Ringen an ihren Fingern spielte, von denen sie an jeder Hand mehrere Exemplare trug, die für Andreas Geschmack etwas zu protzig wirkten.

»Was wollen Sie von mir?«, fragte Andrea schließlich bemüht ruhig und nutzte die förmliche Anrede, um Distanz zu wahren. Egal, was diese Frau von ihr wollte, es war nicht in Ordnung, dass sie Andrea offenbar schon den ganzen Tag verfolgte. Und womöglich war die Begegnung in München auch kein Zufall gewesen. Auch wenn Andrea sich keinen Reim darauf machen konnte, warum diese Frau sich an ihre Fersen geheftet hatte.

Ana lächelte einen kurzen Moment, dann wurde ihr Blick wieder ernst.

»Ich möchte, dass du aufhörst, mit meinem Mann zu schlafen«, sagte sie so leise, dass die Leute an den Nachbartischen nichts mitbekamen.

Andrea dachte, sie hätte sich verhört. Ihr Puls schoss in die Höhe.

»Äh ... wie bitte?« Sie lachte trocken auf. »Entschuldigung, aber ich kenne Ihren Mann gar nicht«, beteuerte sie und bemühte sich, nicht laut zu werden. Offenbar lag hier ein Irrtum vor.

Ana lächelte kurz, dann wurde ihr Blick so eisig, dass Andrea eine Gänsehaut bekam.

»Du wohnst zurzeit mit ihm im Haus seines Bruders«, sagte sie.

Es dauerte einen Augenblick, bis Andrea verstand, was die Frau andeutete.

»Du meinst Michael?«, fragte sie fassungslos und merkte gar nicht, dass sie Ana jetzt doch duzte.

Ana nickte.

»Endlich hast du es kapiert«, sagte sie in schneidendem Ton.

»Das kann nicht sein. Michael ist geschieden!«, erklärte Andrea so laut, dass einige Leute aufmerksam wurden und ihnen neugierige Blicke zuwarfen. Das jedoch war ihr in diesem Moment völlig egal.

»Außerdem heißt seine Frau Adriana.«

»Er hat mich immer viel lieber Ana genannt. Das ist sein Kosename für mich.«

Andrea schluckte.

Die Bedienung kam und brachte den Tee. Das bot Andrea einen Moment, um sich zu sammeln und zu versuchen, das Gehörte irgendwie einzuordnen. Doch sie weigerte sich beharrlich, den Gedanken zuzulassen, dass Michael sie bezüglich der Scheidung angelogen hatte. Das traute sie ihm einfach nicht zu!

»Was willst du von mir?«, fragte sie erneut, als die Bedienung wieder weg war.

»Wie gesagt, lass ihn in Ruhe und verschwinde aus seinem Leben. Übrigens – die Scheidung, die war nur ein bedauerlicher Fehler, der nichts daran ändert, dass Michael und ich zusammengehören.«

Andrea war schlagartig erleichtert, dass er sie nicht angelogen hatte, was die Scheidung betraf. Trotzdem war diese Situation absurd.

»Ich möchte dir noch nicht einmal einen Vorwurf machen. Offenbar wusstest du es tatsächlich nicht, wie nah wir uns nach wie vor sind. Aber jetzt ist es an der Zeit, dass du die Finger von ihm lässt, damit er wieder zu mir zurückkommt.«

»Also, Moment mal ...«, begann Andrea und hoffte, dass das hier irgendwie nur ein dummer Spaß war, der sich gleich auflöste. Doch Ana sah nicht so aus, als ob sie scherzte.

»Michael hat mir gesagt, dass er geschieden ist, was offensichtlich den Tatsachen entspricht, wie du selbst gerade zugegeben hast. Und er hat mir beteuert, dass er mit seiner Ehe schon lange vorher abgeschlossen hatte. Ansonsten hätte ich mich auch gar nicht auf ihn eingelassen!«, stellte Andrea unmissverständlich klar.

»Abgeschlossen?«, zischte Ana. »Von wegen. Michael hat total gelitten, als ich damals die Scheidung von ihm wollte.«

Andrea sah sie irritiert an, und plötzlich spürte sie eine Welle von Zorn, die in ihr hochkochte. Was bildete diese Frau sich eigentlich ein?

»Du wolltest damals also die Scheidung und er nicht, und jetzt willst du ihn wieder zurück, aber er will nicht mehr, oder wie soll ich das verstehen? Und deshalb verfolgst du mich schon den ganzen Tag und hast vor das Haus und unter meinem Scheibenwischer Mohnblumen-Prinzessinnen hinterlegt, um mich ... tja, um mich *was* ...? Mich zu erschrecken oder um mir sogar Angst einzujagen?«

Inzwischen bekamen immer mehr Leute ihre Auseinandersetzung mit.

»Ich wollte dich nicht erschrecken, sondern ich ...«, begann Ana.

Doch Andrea wollte das gar nicht hören.

»Ach, weißt du was, mir ist das zu blöd, ich werde das alles mit Michael klären.«

»Warte!« Ana legte eine Hand auf ihren Arm, doch Andrea machte sich mit einer Heftigkeit los, die sie selbst überraschte. Keine Sekunde länger wollte sie etwas mit dieser Frau zu tun haben. Mit Michaels Ex-Frau!

Andrea griff nach Tasche und Regenjacke und stand auf, und da sie die Kellnerin nirgendwo entdeckte, eilte sie ins Lokal, um zu bezahlen. Als sie an der Theke einen Schein aus der Geldbörse zog, zitterten ihre Finger so sehr, dass das Geld auf den Boden fiel. Mit wackeligen Knien hob sie den Schein auf und reichte ihn der Bedienung.

»Stimmt so!«

Als sie wieder nach draußen kam, war Ana verschwunden. Auf dem Tisch lag ein Zehneuroschein, den sie für den Tee hinterlassen hatte. Andrea verspürte ein Gefühl der Erleichterung, auch wenn diese Begegnung sie völlig aus der Bahn geworfen hatte. Sie wollte jetzt nur noch zurück ins Haus, und dort würde sie so lange mit Eduarda telefonieren, bis Michael am Abend zurückkehrte. Sie war gespannt, was er zu alldem zu sagen hatte.

Doch Ana erwartete sie bereits mit einem entschlossenen Blick neben ihrem Wagen, den Andrea ein Stück entfernt von Nielsen's Kaffeegarten abgestellt hatte. Andrea fragte sich besorgt, was die Frau nun vorhatte. Sie würde doch am Ende nicht auch noch handgreiflich werden? Inzwischen traute sie es ihr leider zu. Diese Ana war ihr absolut nicht geheuer. Wer spionierte denn, bitte schön, der neuen Freundin des Ex-Manns hinterher, verfolgte sie sogar und verlangte, die Finger von ihm zu lassen? So etwas wäre Andrea noch nicht einmal bei der Frau eingefallen, mit der ihr damaliger Noch-Ehemann fremdgegangen war.

»Bitte!«, rief Ana, und ihr Ton hatte sich nun völlig verändert. Genau wie ihr Blick. Sie schien erschöpft. »Lass uns reden. Bitte, Andrea! Ich möchte nur, dass du mich verstehst.«

»Ehrlich gesagt, habe ich darauf überhaupt keine Lust. Und ich möchte jetzt gern in meinen Wagen steigen«, verlangte Andrea.

Doch Ana blieb wie angewurzelt neben der Fahrertür stehen.

»Es tut mir leid, dass ich dich so überfallen habe, Andrea«, sagte sie in drängendem Ton. »Bitte gib mir die Chance, dir alles zu erklären. Michael hat ja offenbar nicht mit dir darüber gesprochen.«

Andrea zögerte plötzlich. Tatsächlich war er ihr jedes Mal ausgewichen, wenn sie mehr über seine gescheiterte Ehe und Adriana hatte wissen wollen. Er hatte es damit gerechtfertigt, dass er sich seiner Ex-Frau gegenüber zur Diskretion verpflichtet fühlte, was grundsätzlich natürlich nur fair ihr gegenüber war. Auch Andrea fand es nicht sonderlich sympathisch, wenn Menschen sich unschön über ihre Ex-Partner ausließen. Doch es ging hier nicht darum, dreckige Wäsche zu waschen, sondern ein Gefühl dafür zu bekommen, welches Leben ein zukünftiger Partner in der Vergangenheit geführt hatte.

Würde Michael ihr jetzt endlich mehr erzählen, wenn sie ihn auf die Begegnung mit Adriana ansprach? Oder würde er ihr erneut ausweichen? Vielleicht sollte sie die Gelegenheit nutzen und ihr doch zuhören, um mehr zu erfahren? Auch wenn es ihr widerstrebte, dieser Frau nachzugeben. Die andere Frage war: Wollte sie tatsächlich auch mehr hören? Allerdings schien es im Moment unmöglich, dem Gespräch zu entgehen. Sie ahnte, dass Ana nicht lockerlassen würde.

»Sollen wir nicht besser irgendwohin gehen, um in Ruhe zu reden?«, schlug Ana vor.

»Steigen wir in meinen Wagen«, sagte Andrea, die das Gespräch so schnell wie möglich hinter sich bringen wollte.

Doch kaum saßen sie im Auto, hätte sie sich am liebsten für diese Idee geohrfeigt. Ana auf dem Beifahrersitz kam ihr viel zu nah. Ihr schweres Parfum füllte aufdringlich den kleinen Innenraum, und Andrea, die gerade eine wuchtige Torte gegessen hatte und im Moment ziemlich aufgeregt war, drehte sich plötzlich der Magen um. Am liebsten hätte sie Michaels Ex-Frau aufgefordert, auf der Stelle wieder auszusteigen. Doch Andrea ahnte, dass sie das nicht tun würde, solange sie sich nicht erklärt hatte.

»Es war kein Zufall, dass du in München auf den Spielplatz kamst, oder?«, wollte Andrea wissen.

»Nein.«

Die offene Bestätigung dieser Tatsache macht ihr diese Frau noch unheimlicher.

»Was soll das alles?«, fragte Andrea scharf.

Für ein paar Sekunden herrschte Stille, dann begann Ana zu erzählen.

»Nachdem Michael die neue Stelle in München angenommen hatte, dachte ich zunächst, dass er diese räumliche Distanz für eine Weile braucht, wir aber wieder zusammenfinden würden. Und es sah auch ganz danach aus. Wir telefonierten täglich und waren dabei, uns langsam wieder anzunähern. Manchmal war es fast wieder so wie früher. Doch plötzlich begann er sich anders zu verhalten. Als Journalistin hat man dafür besondere Antennen. Ich musste wissen, was los war, also flog ich nach München und bin ihm gefolgt. Es war nicht schwer, herauszufinden, mit wem er sich trifft und wer du bist. Während er für ein paar Tage in London war, hatte ich genügend Zeit, dich genauer zu beobachten, um herauszufinden, ob du tatsächlich eine Gefahr für unsere Beziehung bist.«

Andrea bekam eine Gänsehaut. Diese Frau überschritt eindeutig Grenzen. Da sie immer noch mit ihrer Übelkeit zu kämpfen hatte, öffnete sie das Fenster.

»Ich möchte nicht, dass du dich in etwas verrennst und dann verletzt wirst, wenn es bald wieder vorbei ist zwischen euch«, sagte sie mit einem fast mitfühlenden Unterton, der das Ziel hatte, Andrea zu verletzen.

»Wieso gehst du davon aus, dass es zwischen Michael und mir bald wieder vorbei sein wird?«, fragte sie, inzwischen angewidert von der Penetranz und Überheblichkeit in Anas Verhalten.

»Oh, er wird zurückkommen. Weil ihn und mich viel mehr verbindet als nur ein paar Wochen Bekanntschaft und hormongesteuertes Verlangen, um sich abzulenken. Michael und ich waren noch ganz jung, als wir zusammenkamen. Wir waren nicht nur ein Liebespaar, sondern von Anfang an beste Freunde.«

Andrea schluckte. Genau so eine Art von Beziehung konnte sie sich mit Michael vorstellen. Liebe und Freundschaft. Es tat weh, Adrianas – den Kosenamen Ana würde sie nun nicht mehr verwenden – Worte zu hören. Gleichzeitig war sie verwirrt, über die Zweifel, die Adriana in ihr gesät hatte. Doch das Verhalten Michaels ihr gegenüber, die Innigkeit, die sie in der letzten Nacht in seinen Armen erlebt hatte, seine zärtlichen Worte, das war sicher viel mehr als nur hormongesteuertes Verlangen zur Ablenkung.

»Weißt du, warum er diese eine Verabredung mit dir hat sausen lassen? Dieses *Weißwurstessen?*«

Andrea schüttelte den Kopf, hatte aber eine ungute Ahnung. Adriana holte ihr Handy aus der Tasche, zeigte Andrea ein Selfie, das offenbar in einem Hotelzimmer aufgenommen worden war. Sie lächelte in die Kamera, während Michael direkt hinter ihr stand.

»Er war mit mir zusammen an diesem Tag. Deswegen hatte er keine Zeit für dich. Ich saß neben ihm auf dem Bett, als er dich anrief, um dir abzusagen.«

Andrea spürte, wie ihre Hände eiskalt wurden und die Übelkeit sich weiter verstärkte. Deswegen hatte er ihr also den Grund nicht genannt. Sie hatte tatsächlich an diesem Tag das Gefühl gehabt, dass er ihr irgendetwas verschwieg, es jedoch immer wieder verdrängt. Auch wenn sie damals noch kein Paar waren, so fühlte sie sich nun doch betrogen. Hatten die beiden womöglich auch noch miteinander geschlafen? Sie wusste überhaupt nicht mehr, was sie denken sollte.

»Ich sage das nicht, um dir wehzutun«, fuhr Adriana in süßlichem Ton fort, der genau das Gegenteil ausdrückte. »Sondern damit du weißt, dass er immer wieder zu mir zurückkommen wird. Deswegen solltest du es besser gleich beenden. Das würde uns allen viel Zeit ersparen.«

»Und wenn ich das nicht will?«, fuhr Andrea sie an. Wieder kochte Wut in ihr hoch. Diese Frau war einfach so in ihr Leben eingedrungen, erzählte Dinge, von denen sie nicht wusste, ob sie stimmten. Sie wollte ihr etwas Kostbares wegnehmen, das sie nach so langer Zeit endlich gefunden hatte. Wieder dachte sie an die letzte Nacht und die Vertrautheit zwischen ihr und Michael, die sie sich ganz sicher nicht nur einbildete. Das mit ihnen war etwas Besonderes, egal, was diese Frau sagte. Und genau deshalb würde sie ihn nicht so ohne Weiteres aufgeben. Und schon gar nicht, bevor sie mit ihm gesprochen hatte.

Plötzlich lächelte Adriana traurig.

»Ich habe dich gesehen mit Mia. Und da war es mir ganz klar. Natürlich hat er sich ausgerechnet dich ausgesucht, weil du ein Kind hast.«

Andrea war verwirrt.

»Weil ich ein Kind habe? Du weißt, dass Mia meine Enkelin ist.«

»Das wusste ich anfangs nicht. Und eigentlich ist es auch egal. Deine Enkelin verbringt ja auch sehr viel Zeit bei dir.«

Noch immer hatte Andrea keinen blassen Schimmer, worauf diese Frau jetzt wieder hinauswollte. Doch ganz bestimmt würde sie Mia nicht in diesen Irrsinn hineinziehen lassen.

»Lass Mia aus dem Spiel!«

Adriana schien das gar nicht wahrzunehmen.

»Er will nicht nur eine Frau. Er will eine Familie. Kinder, Enkelkinder. Und sogar eine Katze hast du. Er liebt Katzen! Das volle Programm also. Deswegen hat Michael dich ausgesucht. Nur deswegen! Und nicht, weil er dich liebt.«

»Was?«

Andrea sah sie kopfschüttelnd an. Es wurde immer verrückter mit dieser Frau.

»Das ist doch alles Quatsch!«, rief Andrea und musste für einen Moment an Eduarda denken. Ihre Freundin hätte diese Frau schon längst aus dem Wagen geworfen. Und sie würde das jetzt auch tun!

»Steig aus. Unser Gespräch ist jetzt beendet!«, forderte Andrea sie barsch auf.

Doch Michaels Ex-Frau machte keinerlei Anstalten, den Wagen zu verlassen. Langsam wusste Andrea nicht mehr, was sie noch tun sollte. Die Polizei rufen? Oder ...

»Bitte hör mir zu! Nur noch eine Minute. Dann wirst du es verstehen. Und danach verschwinde ich. Versprochen.«

»Okay. Eine Minute! Aber keine Sekunde länger«, gab Andrea ihr eine letzte Chance.

Der Blick aus Adrianas Augen wirkte plötzlich wie verschleiert. Sie fuhr sich durch das blonde Haar, atmete tief ein, so als müsse sie erst Anlauf nehmen.

»Ich habe vor eineinhalb Jahren ein Kind verloren«, sagte sie dann ganz leise. »Im vierten Monat.«

Andrea erstarrte. Die ganze Sache nahm plötzlich eine völlig neue Wendung.

Sie hat ein Kind verloren?

»Die Zeit danach war schrecklich«, fuhr Michaels Ex-Frau fort. »Wir mussten alle damit klarkommen. Ich wollte, dass Michael mir hilft. Und er war auch für mich da, aber nicht so, wie ich ihn gebraucht hätte. Er hat nicht verstanden, was es bedeutet, ein Kind zu verlieren. Das versteht niemand, dem es nicht selbst passiert ist!«, rief sie nun fast zornig und ballte ihre Hände zu Fäusten. Tränen liefen über ihre blassen Wangen.

»Das tut mir leid«, sagte Andrea fast tonlos.

»Ich ... ich war gar nicht in der Lage, richtige Entscheidungen zu treffen«, fuhr Adriana fort und schluchzte kurz auf. »Als ich damals die Scheidung wollte – ja, das war ein Fehler. Und genau das weiß Michael auch. Vielleicht brauchte er dich jetzt einfach, um für eine Weile abgelenkt zu sein, aber er wird ganz bestimmt wieder zu mir zurückkommen. Weil er mich immer noch liebt und uns so vieles verbindet und ich ...«

»Ich habe es verstanden«, unterbrach Andrea sie leise, aber bestimmt. Mit zitternden Fingern öffnete sie rasch die Wagentür, eilte ein paar Meter zu einem Gebüsch und übergab sich.

Andrea wusste später nicht mehr, wie sie mit dem Wagen zurück zum Haus von Michaels Bruder gekommen war. Sie wusste nur eines: Nach der Begegnung mit Adriana konnte sie nicht mehr länger auf dieser Insel bleiben. Sie würde nicht mehr warten, bis Michael zurückkam, sondern so schnell wie möglich abreisen. Einem Gespräch mit ihm fühlte sie sich im

Moment nicht gewachsen und wollte einfach nur nach Hause. Sie buchte ein Onlineticket für den Autozug. Viel Zeit blieb ihr nicht mehr, den letzten Zug für heute aufs Festland zu erreichen. Rasch stellte sie sich unter die Dusche, dann packte sie ihre Sachen und machte sich auf den Weg nach Hause, ohne Michael eine Nachricht zu hinterlassen.

KAPITEL 20

Alte Tränen

Ein leises Klopfen war zu hören. Andrea reagierte nicht. Sie lag mit geschlossenen Augen zusammengerollt in ihrem Bett, fest zugedeckt und eine Wärmflasche an sich gepresst. Doch ihr war immer noch kalt, obwohl es draußen am späten Nachmittag noch über zwanzig Grad hatte.

Die Tür öffnete sich.

»Andi ... Warum hast du mir denn nicht Bescheid gegeben, dass du schon zurück bist?«, fragte Eduarda besorgt, die mit dem Schlüssel, den Andrea bei ihr deponiert hatte, ins Haus gekommen war. »Hey, was ist denn los mit dir?«

Andrea hielt die Augen geschlossen. Sie spürte, dass Eduarda sich zu ihr ans Bett setzte.

»Michael hat mich schon zweimal angerufen. Er macht sich große Sorgen und versteht überhaupt nicht, was los ist, weil du offenbar einfach verschwunden bist und dich nicht bei ihm meldest.«

Als Andrea seinen Namen hörte, loderte der Schmerz in einer neuen quälenden Flamme auf, die jedoch nicht heiß, sondern eisig war. Sie wollte nicht an ihn denken, ihn und Adriana einfach ausblenden aus ihrem Leben.

Eduarda griff nach ihrem Oberarm und schüttelte sie leicht.

»Wenn du nicht sofort mit mir redest und mich anschaust, dann ruf ich auf der Stelle einen Arzt!«, drängte sie besorgt.

Andrea öffnete nun doch die Augen.

»Ich brauche keinen Arzt«, sagte sie heiser.

In diesem Moment kam Charly ins Schlafzimmer und sprang mit einem Satz aufs Bett. Schnurrend drückte er sich gegen ihren Hals, offenbar überglücklich, weil sie wieder zurück war.

Wortlos streichelte sie durch sein flauschig weiches Fell.

»Siehst du, der Kater macht sich auch Sorgen um dich«, sagte Eduarda. »Bitte sag mir doch, was los ist. Hat er dir vielleicht etwas angetan?«

Sie schüttelte den Kopf.

»Nein, hat er nicht.« Zumindest nicht körperlich, dachte sie.

»Was ist dann passiert auf Sylt?«

Andrea streichelte weiter den Kater, ohne etwas zu sagen. Der jedoch entdeckte eine Fliege an der Fensterscheibe und sprang mit einem Satz vom Bett auf das Fensterbrett, um das Insekt zu fangen.

»Das mit mir und Michael war ein Fehler«, sagte Andrea schließlich, und es fiel ihr schwer, die folgenden Worte auszusprechen. »Offenbar ist es emotional noch lange nicht vorbei zwischen ihm und seiner geschiedenen Frau.«

»Ach. Und woher weißt du das?«, wollte Eduarda wissen.

Andrea schwieg wieder, während sie dabei zusah, wie Charly die Fliege schließlich zwischen seine Pfoten bekam und mit einem Happs verspeiste.

»Oh nein, so kommst du mir jetzt nicht davon, Andi. Du stehst jetzt auf und ziehst dir was an. Ich hole inzwischen alle Zutaten und mache uns einen Caipirinha, und dann will ich alles hören. Und ich sage es dir gleich: Ich gehe nicht, bevor ich die ganze Geschichte kenne.« Ihre Stimme war energisch, aber auch liebevoll.

»Bitte, Edu ... nicht jetzt, ich bin die ganze Nacht durchgefahren und möchte unbedingt noch ein wenig schlafen.«

»Du siehst mir nicht so aus, als ob du schlafen möchtest, sondern eher allein vor dich hin leiden. Und das lasse ich nicht zu! Hör mal, ich habe ein schlechtes Gewissen. Immerhin habe ich dir geraten, dich auf das Wagnis mit Michael einzulassen und dir versprochen, wenn es nicht klappt, dass ich für dich da bin. Und ich bin für dich da! Jetzt komm schon. Egal, wie arg es jetzt auch wehtut, du wirst darüber hinwegkommen, aber nur, wenn du mit mir darüber sprichst.«

Andrea seufzte. Sie hätte sich am liebsten unter der Bettdecke verkrochen. Doch sie kannte die Hartnäckigkeit ihrer besten Freundin und stand schließlich auf.

Eine halbe Stunde später saßen sie auf der Terrasse und Andrea hatte Eduarda so knapp wie möglich erzählt, was passiert war. Dabei versuchte Andrea, ihre Gefühle so weit wie möglich von dem, was geschehen war, abzugrenzen und auszuschalten. Fast so, als ob sie über eine andere Person sprechen würde, der das alles passiert war, und nicht über sich selbst. Doch etwas hatte sie ausgelassen. Sie hatte nicht darüber gesprochen, dass Adriana ein Kind verloren hatte. Diese Tatsache brachte sie nicht über die Lippen.

»Ich hätte auf meinen Bauch hören sollen und mich nicht auf ihn einlassen dürfen«, sagte sie leise und trank den letzten Schluck Caipirinha, den Eduarda so stark gemixt hatte, dass er ihr bereits leicht den Kopf vernebelte. Doch gleichzeitig betäubte er auch ein wenig den Schmerz und vertrieb die innere Kälte.

Andrea griff nach der Flasche Cachaça und goss einen ordentlichen Schuss über die zur Hälfte geschmolzenen Eiswürfel und die Limetten im Glas. Dann rührte sie einen Löffel braunen Zucker unter und nahm einen weiteren Schluck, der so stark war, dass ihr sofort übel wurde. Rasch stellte sie das Glas ab und schob es von sich weg.

»Hm ... Ich finde das ja ziemlich übergriffig, wie diese Ex-Frau sich verhalten hat«, sagte Eduarda. »Sogar ein wenig gruselig, um ehrlich zu sein. Das ist schon fast Stoff für einen Psychothriller. Dir einfach nachzuspionieren. In München und auf einem Kliff auf Sylt. Und dann diese Püppchen aus Mohnblumen – das erinnert mich ja fast an Voodoo-Puppen. Wenn ich nur daran denke, bekomme ich eine Gänsehaut. Also, das geht überhaupt nicht.«

»Bitte übertreib jetzt nicht. Sie hat eben noch nicht abgeschlossen mit ihren Gefühlen zu Michael«, sagte Andrea leise.

»Du willst sie doch jetzt nicht noch verteidigen?«, fragte Eduarda.

»So eine Scheidung steckt man eben nicht einfach so weg.«

Daraufhin sagte Eduarda erst einmal nichts. Immerhin wusste ihre Nachbarin aus eigener Erfahrung, dass es eine Weile dauern konnte, über eine gescheiterte Ehe hinwegzukommen.

»Offenbar ziehe ich solche Männer an, die mich als Ablenkung nach einer Scheidung brauchen. Auch diesmal bin ich wieder wie ein Spielball in die Position der Zwischenfrau geraten. Allerdings nicht zwischen die alte und einer späteren neuen Liebe, sondern ich bin zwischen ein Paar geraten, das offensichtlich noch nicht ganz miteinander abgeschlossen hat. Und es vermutlich auch nie tun wird!«

»Verdammter Mist! Aber wieso hast du nach der Begegnung mit dieser Frau nicht erst einmal mit Michael gesprochen?«, fragte Eduarda ihre Freundin vorsichtig. »Vielleicht sieht er das ja doch ganz anders als sie.«

Andrea schluckte.

»Hier gibt es nichts mehr zu reden«, sagte sie. »Er hat sich mit ihr getroffen, während er mir ohne eine Erklärung abgesagt hat. Die beiden waren in ihrem Hotelzimmer, Edu! Vielleicht hat er da ja sogar mit ihr geschlafen. Keine Ahnung. Er hat zwar beteuert, dass er mit ihr abgeschlossen hat, wollte aber nie über sie sprechen. Das hätte mich alarmieren sollen. Hat es eigentlich auch, aber ich habe es ausgeblendet, weil ich unbedingt wollte, dass es funktioniert. Weil er der Mann war, der ...«

Sie konnte nicht mehr weitersprechen. Wieder spürte sie diese eisige und gleichzeitig brennende Welle, die sich auftürmte, und sie ahnte, dass sie jede Sekunde mit voller Wucht über ihr zusammenschlagen würde.

»Trotzdem solltest du unbedingt auch noch seine Sicht der Dinge hören, Andi. Er hat mir – und zwar ziemlich glaubhaft – versichert, dass er absolut nicht weiß, was los ist. Ich meine, wenn er wirklich wieder mit seiner Ex-Frau hätte zusammenkommen wollen, dann hätte er das doch die ganze Zeit tun können. Aber er wollte mit *dir* Zeit verbringen und mit *dir* nach Sylt reisen ... Und entschuldige, wenn ich das so sage, aber wenn es ihm nur um eine kurzfristige Ablenkung gegangen wäre, dann hätte er es mir irgendeiner anderen Frau gewiss schneller und einfacher haben können. Andi, bitte ruf ihn doch einfach mal an und ...«

»Ich werde nicht mit ihm sprechen!«, unterbrach Andrea sie scharf und betonte dabei jedes Wort. »Für mich ist das aus und vorbei!«

»Aber Andi ...« Eduarda schien ziemlich überrumpelt von ihrem Ausbruch. So kannte sie ihre Freundin nicht.

»Und bitte hör auf, mich zu bedrängen! Ich will nicht mehr über dieses Thema reden! Geh jetzt bitte nach Hause, ich komme hier schon klar«, beteuerte sie.

Andrea stand auf.

»Ich kann dich doch jetzt nicht allein lassen!«, sagte Eduarda. »Ich sehe doch, dass es dir nicht gut geht.«

»Ich kann jetzt nicht mehr und muss mich wirklich hinlegen und schlafen!«

»Na gut ...«

»Und ich möchte nicht, dass du mit Simon oder Laura darüber redest! Sie müssen auch nicht wissen, dass ich vorzeitig wieder zurückgekommen bin! Ich kläre das am Wochenende selbst mit ihnen«, stellte Andrea klar.

Sie wartete keine Antwort ab und ging in die Küche. Durch das Fenster sah sie, wie Eduarda durch das kleine Gartentor in ihre Doppelhausseite verschwand. Es tat ihr leid, dass sie ihre beste Freundin so angefahren hatte, aber sie musste jetzt wirklich allein sein.

Sie zitterte, während sie Wasser für einen Tee kochte. Ihr Magen knurrte, doch seit der Friesentorte am vergangenen Nachmittag, die sie nicht lange hatte bei sich behalten können, hatte sie noch keinen Bissen heruntergebracht. Der Alkohol eben hatte ihr nicht gutgetan. Ihr Magen und der Bauch krampften sich schmerzhaft zusammen.

Mit einer Kanne Tee ging sie nach oben ins Schlafzimmer. Doch sie zitterte inzwischen so sehr, dass sie sich unter der Bettdecke nicht aufwärmen konnte. Schließlich ging sie ins Badezimmer und stellte sich unter die Dusche. Sie drehte das Wasser so heiß auf, dass sie es gerade noch aushalten konnte, und ließ es auf ihren Kopf prasseln. Die Krämpfe in ihrem Bauch wurden immer heftiger.

Sie hat ihr Kind verloren! Ständig hallten die Worte durch ihren Kopf, die sie unbedingt ausblenden wollte. Doch es gelang ihr nicht. *Sie hat ihr Kind verloren! Das Kind verloren!*

Plötzlich schluchzte sie laut auf, und ihr Körper bebte. Mit von Tränen und Wasser verschwommenem Blick sah sie nach unten, dort hatte sich das Wasser rosa gefärbt.

Später lag sie fest zugedeckt im Bett, erschöpft und müde. Ihre Monatsblutung war, wohl durch die Aufregung ausgelöst, ein paar Tage früher gekommen. Die Tränen flossen ihr nur so aus den Augen. Es waren alte Tränen, die zwanzig Jahre lang darauf gewartet hatten, geweint zu werden.

Sie hat ihr Kind verloren. Das Kind verloren ...

Sie griff nach ihrem Handy, das sie stummgeschaltet hatte. Zahlreiche Anrufe und Nachrichten von Michael, die sie alle ignorierte. Mit zitternden Fingern wählte sie eine Kurzwahlnummer.

»Ich brauche dich, kannst du bitte kommen?«, bat sie leise.

Eduarda benötigte keine fünf Minuten, bis sie wieder bei ihrer Freundin am Bett saß. Sie hatte sich nicht einmal die Zeit genommen, sich umzuziehen, sondern trug ein orangefarbenes Nachthemd mit einem lustigen Katzenkopf in der Mitte.

»Andi, was ist denn nur los mit dir? Du bist ja totenbleich«, fragte sie besorgt. »Da steckt doch noch viel mehr dahinter als nur die Sache mit Michael und seiner Ex-Frau.«

Andrea nickte.

»Ich ... ich habe dir vorhin nicht alles erzählt, Edu«, gestand Andrea.

»Das war mir schon klar«, meinte die Nachbarin. »So habe ich dich nämlich noch nie gesehen.«

»Tut mir leid.«

»Muss es nicht.«

Sie zog ihre Hausschuhe aus und schlüpfte neben ihrer besten Freundin ins Bett.

Geduldig wartete sie, bis Andrea bereit war, zu sprechen.

»Adriana ...«, begann sie schließlich, »... Adriana hat vor eineinhalb Jahren ihr Kind verloren.«

Schon wieder kullerten die Tränen, die sie mit dem Handrücken wegwischte.

»Im vierten Monat«, fuhr sie fort. »Das hat offenbar die Ehe belastet, bis es schließlich zur Scheidung kam. Deswegen verhält sie sich auch so seltsam, weil sie das Ganze noch nicht verarbeitet hat.«

»Das ist natürlich schlimm und traurig für die beiden«, beteuerte Eduarda behutsam. »Aber so etwas passiert eben manchmal.«

Andrea schluckte und nickte dann.

»Mir ist das auch passiert«, sagte sie schließlich ganz leise.

Für ein paar Sekunden herrschte Stille im Raum.

»Das ... das hast du mir nie erzählt«, sagte Eduarda schließlich, die ihr Bedauern kaum verbergen konnte.

»Nur meine Mutter wusste darüber Bescheid.«

»Ach, Andi ...«

Andrea griff unters Kopfkissen und zog einen kleinen weißen Fotorahmen hervor, in dem ein Ultraschallbild zu sehen war.

»Ich hatte es seit vielen Jahren nicht mehr in der Hand.«

Sie zeigte es kurz Eduarda und drückte es dann gegen ihre Brust.

Eduarda legte einen Arm um ihre Schultern und zog sie an sich. Andrea ließ es geschehen. Eine Weile sagten beide kein Wort.

»Als diese Adriana dir das erzählt hat, das hat dich daran erinnert und dich aus der Bahn geworfen, nicht wahr?«, vermutete Eduarda.

Andrea nickte.

»Ja ... Und ich konnte sie plötzlich so gut verstehen. Ich weiß, wie das ist. Und deswegen kann ich ihr auch nicht böse sein.«

»Möchtest du es mir erzählen?«, fragte Eduarda sanft.

»Ich glaube nicht, dass ich darüber reden kann«, antwortete Andrea.

»Versuch es doch einfach. Und wenn es dir zu viel wird, dann sagst du es einfach. Okay?«

»Okay ... Danke, dass du da bist!«, sagte Andrea leise und griff nach Eduardas Hand.

»Aber klar doch!«

KAPITEL 21

Leider kein Traum

Zwanzig Jahre zuvor

Andrea strich die Schokoladenglasur mit einem breiten Messer über den Marmorkuchen. Im Radio lief das Lied *Life is a Rollercoaster* von Ronan Keating. Leise summte sie mit. Endlich war sie zufrieden mit dem Ergebnis. Sie legte das Messer zur Seite und leckte einen Klacks Schokolade vom Finger. Dann verteilte sie noch bunte Streusel über den Kuchen und stellte ihn zum Abkühlen der Schokolade in die Speisekammer.

»Soll ich schon die Luftballons aufblasen und den Garten dekorieren?«, fragte ihre Mutter aus dem Wohnzimmer.

»Wenn du magst, Mama!«, rief Andrea zurück. »Wenn du mich brauchst, dann sag mir Bescheid.«

»Ach, das krieg ich schon alleine hin.«

Andrea war froh, dass ihre Mutter Else bei den Vorbereitungen für Simons Geburtstagsparty am Nachmittag half. Glücklicherweise konnte Else es sich aufgrund der Witwenrente von ihrem früh verstorbenen Mann leisten, inzwischen nur noch zweieinhalb Tage in der Woche im Büro einer Spedition zu arbeiten. Sie sprang nach Möglichkeit immer gerne ein, wenn ihre Tochter Unterstützung benötigte.

Eigentlich hatte Andrea gehofft, dass Richard sich am sechsten Geburtstag seines Sohnes freinehmen könnte, immerhin lag sein letzter Urlaub schon fast ein halbes Jahr zurück. Doch der Dienst in der Klinik ließ es mal wieder nicht zu. Immerhin hatte er versprochen, am frühen Nachmittag rechtzeitig zu Hause zu sein, um Simon das gemeinsame Geschenk – ein großes Lego-Schiff, das er sich schon lange wünschte – zu übergeben und auf der Kinderparty Schiedsrichter beim Sackhüpfen zu spielen.

Und wenn Simon dann spät am Abend endlich im Bett lag und schlief, dann bekam auch Richard noch ein besonderes Geschenk – eines, mit dem er sicher ganz und gar nicht rechnete.

Sie lächelte versonnen, schob dann auf dem Regal über der Arbeitsplatte die Kochbücher zur Seite und holte eine flache weiße Schachtel hervor. Darin war ein zehn mal zehn Zentimeter großer Bilderrahmen mit dem Ausdruck einer Ultraschallaufnahme. Andrea war in der elften Schwangerschaftswoche, und sie hatte bisher mit niemandem darüber gesprochen. Noch nicht einmal mit ihrer Mutter, der sie ansonsten fast alles anvertraute. Warum sie aus ihrer Schwangerschaft bisher ein Geheimnis gemacht hatte, wusste sie gar nicht zu sagen. Vielleicht weil sie Richard schon seit Wochen so wenig zu Gesicht bekam, dass sie es ihm mehr oder weniger zwischen Tür und Angel hätte mitteilen müssen? Sie war es gewohnt, dass er viel arbeitete, und als Frau eines Arztes war das für sie auch immer völlig in Ordnung gewesen. Schließlich hatte sie gewusst, worauf sie sich einließ. Doch in letzter Zeit war er kein einziges Mal mehr pünktlich nach Hause gekommen, ständig wurde er in der Klinik festgehalten oder war auf Fortbildungen. Glücklicherweise konnte Andrea als Selbstständige mit ihrer Arbeit von zu Hause aus einigermaßen gut jonglieren, um alles unter einen Hut zu bekommen. Und sie hatte dabei die Hilfe ihrer Mutter.

»Heute bin ich ganz sicher rechtzeitig daheim«, hatte er beteuert, bevor er am Morgen in die Klinik gefahren war. Andrea hoffte, dass er Simon nicht enttäuschen würde.

Als das Geburtstagskind am Mittag von der Schule nach Hause kam, war der Junge so aufgeregt, dass er kaum etwas von seinem Lieblingsessen herunterbrachte, das Andrea für ihn gekocht hatte.

»Wann krieg ich denn mein Geschenk, Mama?«, fragte Simon erwartungsvoll, als Andrea den Tisch abräumte.

»Wenn Papa da ist.«

»Aber meines darfst du jetzt schon öffnen, Simon. Es steht auf dem Tisch im Wohnzimmer«, sagte Else. »Geh nur und pack es aus!«

Simon öffnete aufgeregt die große Schachtel und holte ein Krocket-Spiel für den Garten heraus.

»Danke, Omi!«, rief er begeistert und fiel ihr glücklich um den Hals. Natürlich wollte er sofort damit spielen.

»Geht ihr doch schon in den Garten, ich muss noch den Belag für die Pizzabrötchen für später vorbereiten«, sagte Andrea und sah ihrer Mutter und ihrem Sohn zu, wie sie scherzend nach draußen verschwanden.

Eineinhalb Stunden später fetzten zehn Kinder durch den riesigen Garten und spielten Ballabwerfen mit einem Softball. Andrea und Else hatten alle Hände voll zu tun, die Bande Sechs- bis Siebenjähriger unter Kontrolle zu halten. Andrea sah immer wieder auf die Uhr. Richard hätte schon längst hier sein müssen. Sie seufzte. Wieder einmal hatte er sein Versprechen nicht gehalten.

»Wer Kuchen und Limo mag, muss jetzt kommen!«, rief Else den Kindern zu und lotste sie zu den beiden Tischen, die sie im Schatten der Bäume aufgebaut hatten.

Ein Mädchen zupfte Andrea an der Bluse.

»Du-hu?«

»Ja?«

»Ich darf aber keine Limo trinken«, erklärte sie sehr ernsthaft.

»Wir haben natürlich auch Wasser oder Tee«, bot Andrea lächelnd an, und die Kleine nickte.

»Ich mag Tee gerne!«

»Ich auch. Komm, setz dich zu den anderen.«

Zum Glück hatte keiner der übrigen kleinen Gäste eine Lebensmittelunverträglichkeit oder Allergie. Andrea hatte das vorher mit den Eltern abgeklärt.

Sie machte viele Fotos, während die Kinder Marmorkuchen mampften und dabei über irgendwelche lustigen Sprüche kicherten.

»Er kann wirklich nicht ein einziges Mal pünktlich sein«, brummte ihre Mutter etwas später, als sie den Tisch abräumten.

»So ist das eben in seinem Beruf«, verteidigte Andrea ihren Mann, doch insgeheim wurde sie selbst schon langsam richtig sauer, dass er nicht auftauchte und ihr noch nicht einmal telefonisch Bescheid gab, wann sie denn mit ihm rechnen konnten.

»Wann kommt Papi denn?«, fragte Simon immer wieder.

Wenn ich das wüsste!

»Ich hoffe bald«, antwortete sie jedoch. »Sollen wir jetzt vielleicht den Sackhüpfen-Wettbewerb machen, was meinst du, Simon?«

Ihr Sohn zuckte wenig begeistert mit den Schultern.

»Das geht nicht. Da muss doch Papa der Schiedsrichter sein!«, protestierte er.

»Ach, das kann Omi doch auch sein! Die hat das früher bei meinen Partys immer gemacht, als ich noch klein war. Nicht wahr, Mama?«

Else nickte.

»Aber klar doch!«

»Na gut!«

»Schön, dann hol mal deine Freunde«, forderte Andrea ihn auf, und Simon rannte zu seinen Gästen.

Schiedsrichterin Else loste zwei Gruppen aus, von denen jeweils ein Kind aus jeder Mannschaft gegen eines aus der gegnerischen Mannschaft antreten musste.

Die Kinder feuerten ihre Mitstreiter wild an, die – mehr oder weniger geschickt – bis zu einer Linie hüpften, dort zweimal um eine Markierung kreisten und dann wieder zurückhüpften. Dort schlüpften sie so schnell wie möglich aus dem Sack und gaben ihn an den Nächsten in der Mannschaft weiter. Am Ende gewann das Team von Simon, und es wurde laut gejubelt!

Else gratulierte den Gewinnern und verteilte an die Siegermannschaft jeweils ein Holz-Jojo. Doch auch die Verlierer bekamen einen kleinen Trostpreis, immerhin war das Rennen sehr knapp ausgegangen. Außerdem gab es noch weitere Spiele, bei denen alle Kinder sich Preise ergattern konnten.

Währenddessen ging Andrea kurz ins Haus und versuchte, Richard zu erreichen. Doch sein Handy war ausgeschaltet, was üblich war, wenn er in einer Operation steckte oder Patientengespräche führte. Sie überlegte, ob sie es über seine Sekretärin versuchen sollte. Doch die würde ihr erfahrungsgemäß vermutlich auch nur sagen können, dass Richard leider noch beschäftigt war und sie nicht wisse, wie lange es noch dauern würde.

Andrea ging wieder nach draußen zu den Kindern, denen Else inzwischen zeigte, wie man Krocket spielte. Andrea dankte insgeheim dem Himmel, dass sie eine so wunderbare Mutter hatte. Else liebte Kinder und war wirklich für jeden Unsinn zu haben.

Drei Stunden später wurden Simons Freunde von ihren Eltern abgeholt. Andrea war froh, dass sie es geschafft hatten, dass keines der Kinder sich wehgetan oder geheult hatte. Alles war gut gelaufen, allerdings fühlte sie sich total erschöpft, und ihr Rücken schmerzte. Sie brauchte dringend eine Pause. Doch erst musste sie mit ihrer Mutter noch alles aufräumen.

»Das war aber eine echt tolle Party, oder?«, fragte Else, die nebenbei in ein inzwischen kalt gewordenes Pizzabrötchen biss, ihren Enkel.

Simon nickte.

»Aber noch toller wäre die Party gewesen mit meinem Papa«, murmelte er.

»Du weißt doch, dass er kranken und verletzten Menschen helfen muss, Simon. Und ganz sicher wäre er heute auch viel lieber bei dir gewesen als in der Arbeit«, versuchte Andrea, ihn aufzumuntern. »Aber jetzt warten wir nicht mehr länger auf ihn. Du darfst dein Geschenk aufmachen, mein Schatz.«

»Ohne Papa?«

»Ohne Papa!«

Als unter der Geschenkverpackung das große Lego-Schiff hervorkam, klatschte Simon begeistert in die Hände.

»Das habe ich mir so gewünscht!«, rief er glücklich. »Danke, Mami! Darf ich schon damit spielen?«

»Weißt du was? Du räumst jetzt erst einmal deine ganzen Geschenke ins Wohnzimmer, die du von deinen Freunden bekommen hast. Ich lasse dir inzwischen ein Schaumbad ein, und danach kannst du noch ein wenig spielen, bevor du ins Bett gehst.«

Simon nickte und flitzte hinaus in den Garten.

»Ist alles gut bei dir?«, fragte Else besorgt. »Du bist ganz blass.«

Und in diesem Moment konnte sie es nicht mehr länger für sich behalten.

»Ich bin wieder schwanger, Mama!«, platzte es aus ihr heraus.

Um Elses Mundwinkel spielte ein leises Lächeln. Sie sah kein bisschen überrascht aus.

»Ich habe mich schon gefragt, wie lange es wohl noch dauern wird, bist du es mir endlich verrätst«, sagte sie mit einem breiten Grinsen.

»Du hast es gewusst«, sagte Andrea und es war keine Frage. Sie hätte es sich denken können.

»Natürlich. Du bist schließlich meine Tochter! Ich habe es dir angemerkt ... Ach wie schön, mein Schatz. Lass dich mal drücken.«

Sie umarmte Andrea und zog sie fest an sich.

»Ich freue mich wirklich sehr für dich, mein Mädchen«, sagte sie.

»Hoffentlich ist Richard auch so begeistert wie du«, murmelte Andrea, und sie fragte sich in diesem Moment, warum ihrem Mann, anders als ihrer Mutter, nichts aufgefallen war. Und das, obwohl er Arzt war.

Else löste sich von ihr.

»Natürlich wird er das sein. Allerdings muss er dir zukünftig mit zwei kleinen Kindern ein wenig mehr zur Seite stehen, als er das jetzt tut.«

»Dein Wort in Gottes Ohr, Mama.«

Andrea saß im Wohnzimmer auf dem Sofa, als sie hörte, wie draußen die Haustür aufgesperrt wurde. Simon schlief schon längst, und Andrea war inzwischen mehr als enttäuscht von ihrem Mann. Kurz nachdem ihr Sohn aus der Badewanne gekommen war, hatte Richard sich telefonisch durch seine Sekretärin entschuldigen lassen, dass es wegen eines Notfalls noch später werden würde.

Als er das Wohnzimmer betrat, war seine Miene schuldbewusst, gleichzeitig sah er traurig aus, als er ihr zur Begrüßung zunickte. Er öffnete die Vitrine im Wohnzimmerschrank, holte eine Flasche Hennessy Paradis heraus und schenkte jeweils einen Finger breit in zwei Cognacgläser, die noch von seinem Großvater stammten.

»Es tut mir leid, Andrea«, sagte er, setzte sich ihr gegenüber aufs Sofa und stellte eines der Gläser vor Andrea auf den Tisch. Doch sie schüttelte nur den Kopf und schob das Glas mit dem sündteuren Cognac kommentarlos zur Seite.

Er hingegen nahm einen ordentlichen Schluck.

»Ich habe immer Verständnis gezeigt, für dich und deine Arbeit, Richard«, begann sie schließlich, nachdem er nichts weiter gesagt hatte. »Und noch nie habe ich dir einen Vorwurf gemacht, wenn du viel später kamst als geplant oder auch an deinen freien Tagen für Kollegen einspringen musstest. Ich habe auch nichts gesagt, wenn du dich zu Abendessen mit unseren Freunden verspätet oder sie ganz verpasst hast oder ich im Kindergarten meistens allein bei den Elternabenden und Veranstaltungen war. Doch in letzter Zeit ...«

»Andrea, bitte, ich ...«, unterbrach er sie, doch Andrea hob die Hand.

»Nein, Richard, lass mich bitte ausreden.« Sie versuchte, ruhig zu bleiben, doch es gelang ihr nicht.

»An Simons erstem Schultag vor zwei Wochen warst du auf einem wichtigen Kongress, das haben wir akzeptiert, aber du hast es ihm fest versprochen, dass du dafür an seinem Geburtstag ganz bestimmt hier sein würdest. Ich weiß, dass du viel um die Ohren hast in deinem Beruf, aber viele andere deiner Kollegen schaffen es ja auch, zumindest an so wichtigen Tagen für die Familie da zu sein«, redete sie sich nun in Rage. Inzwischen hatte sie auch überhaupt keine Lust mehr, ihm heute noch von ihrer Schwangerschaft zu erzählen. Dabei hatte sie sich alles so schön ausgemalt. Ein toller Familientag, an dem sie ihn mit der besonderen Nachricht überraschen würde, dass er wieder Papa und Simon ein großer Bruder werden würde. Doch wieder einmal war seiner Arbeit wegen alles völlig anders gelaufen, als sie es vorgesehen hatte. Das Päckchen mit dem gerahmten Ultraschallbild lag in der untersten Schublade der Kommode, und da würde es heute auch bleiben. Hoffentlich ergab sich in den nächsten Tagen eine bessere Gelegenheit.

Oder ich warte einfach darauf, bis er es von selbst bemerkt, dachte sie bitter.

Er nahm noch einmal einen Schluck und stellte dann das Glas ab.

»Es tut mir leid, Andrea. Ich wollte es wirklich heute schaffen ...«

Er sprach nicht weiter, suchte ihren Blick und sah sie mit einer Ernsthaftigkeit an, die sie bisher so noch nie an ihm wahrgenommen hatte.

»Es tut mir leid, Andrea«, wiederholte er nun zum dritten Mal. »Ich werde mich von dir scheiden lassen!«

Sie brauchte einige Sekunden, bis sie realisierte, was er gerade gesagt hatte. Dann lachte sie kurz auf, ohne jeglichen Humor.

»Du willst dich von mir scheiden lassen, nur weil ich es zum ersten Mal nicht einfach so hinnehmen möchte, dass du deinem Sohn gegenüber mal wieder ein Versprechen gebrochen hast?«, versuchte sie, die Sache ins Lächerliche zu ziehen. Denn natürlich nahm sie seine Worte nicht ernst.

Er sah sie immer noch mit diesem seltsamen Blick an. Und plötzlich spürte sie ein ungutes Ziehen im Bauch. Er machte keinen Spaß! Ihre Kehle wurde eng.

»Andrea ... es tut mir wirklich so leid, weil du eine echt tolle Frau bist. Und außerdem bist du die beste Mutter, die ein Kind sich nur wünschen kann – aber ich spüre es schon länger, dass das für mich nicht genug ist. Nicht *mehr* genug.«

»Was heißt das, *nicht mehr genug?*«, fragte sie, schockiert von seinen Worten, die er offensichtlich völlig ernst meinte.

»Zunächst wollte ich es nicht wahrhaben und wehrte mich anfangs auch dagegen. Aber ich habe mich in eine andere Frau verliebt. Und ich möchte mit ihr zusammen sein.«

»Du möchtest mit einer anderen Frau zusammen sein?«, fragte sie fassungslos. »Aber ... aber Richard! Wir sind verheiratet! Ich liebe dich! Und du liebst mich doch auch!«, warf sie ein. Sie konnte nicht glauben, was er sagte. War sie vorhin am Sofa eingeschlafen, während sie auf ihn gewartet hatte, und sie träumte das jetzt alles?

»Ich habe dich lieb, Andrea. Wirklich. Als Mensch, als Mutter meines Sohnes, als Freundin«, sagte er behutsam. »Aber jetzt, mit dieser Frau, da merke ich erst, was mir all die Jahre gefehlt hat. Das, was ich für sie empfinde, geht ganz tief. Wir lieben uns sehr, und ich möchte mein zukünftiges Leben mit ihr verbringen. Bitte versuche, mich zu verstehen oder es zumindest zu akzeptieren.«

Es war kein Traum. Mit seinen Worten hatte er sie eben verbal geohrfeigt, und sie war nicht aufgewacht.

»Wer ist sie?«, fragte Andrea leise und wunderte sich, dass sie noch in der Lage war, überhaupt etwas zu sagen. Sie bebte innerlich, und ihr war so übel, dass sie Angst hatte, sich gleich übergeben zu müssen.

»Es ist Meike«, sagte er ruhig. »Die Anästhesistin aus Frankfurt, die seit dem letzten Winter als Schwangerschaftsvertretung bei uns arbeitet. Du hast sie mal kennengelernt auf einer Party.«

Andrea wusste sofort, wer Meike war. Und das Schlimme daran war, dass diese Frau ihr bei der ersten Begegnung sehr sympathisch gewesen war. Sie hatten sich sogar eine Weile unterhalten, auch über ihre Familie und wie alles so lief, da Richard so eingespannt war in seinem Beruf. In diesem Moment kam sie sich doppelt betrogen vor.

»Und deswegen hast du deinen Sohn heute versetzt, an seinem Geburtstag? Weil du mit dieser Meike gevögelt hast?«, schrie sie ihn an.

Er zuckte bei ihren Worten zusammen. Und genau das hatte sie gewollt.

»Es lag tatsächlich an der Arbeit, Andrea. Wir hatten zwei Notfälle. Und das tut mir sehr leid. Ich wollte wirklich hier sein. Um es wiedergutzumachen, werde ich Simon morgen Mittag von Schule abholen, mit ihm ins Lego-Land nach Günzburg fahren und dort das Wochenende mit ihm verbringen. Vielleicht ist es auch gut für dich, wenn du jetzt ein paar Tage für dich hast. Wenn du ihm bitte einen Rucksack mit allem Nötigen packen und in die Schule mitgeben würdest ...«

Andrea sah ihn fassungslos an.

»Ach? Das hast du alles schon geplant?«, fuhr sie ihn an. »Und das geht dann plötzlich so einfach trotz deiner Arbeit, dass du dir das Wochenende freinehmen kannst? Vermutlich weil ich nicht dabei bin, oder wie? Da kann man natürlich alles möglich machen. Fährt diese Meike vielleicht auch gleich mit ins Lego-Land?«

Er sagte nichts, und das war ihr Antwort genug.

Andrea spürte, wie ihr Herz schmerzhaft hämmerte. Das konnte doch alles nicht wahr sein! Sie kam sich vor wie in einem schlechten Film. Ihr Ehemann, den sie liebte und mit dem sie ein Kind hatte, würde sie wegen einer anderen Frau verlassen. Es lag ihr auf der Zunge, ihm hinzuschleudern, dass er das nicht tun könne, weil sie ein weiteres Kind von ihm erwartete. Doch das wäre diesem kleinen Wesen gegenüber, das sie in sich trug, nicht fair. Und auch nicht sich selbst gegenüber. Auch wenn sie ihn noch so sehr liebte, wollte sie nicht, dass er nur deswegen bei ihr blieb. Keine Almosen! Dieses Kind würde ihr eben ganz alleine gehören, sagte sie sich mit einer irrationalen Entschlossenheit und blendete dabei trotzig aus, das Richard als Vater natürlich das Recht hatte, es zu sehen.

»Und es gibt noch etwas, das du wissen musst, Andrea«, begann er vorsichtig. »Meikes Arbeitsvertrag für die Vertretungsstelle läuft bald aus, und sie geht nach Frankfurt zurück. Ich habe mich dort an der Universitätsklinik um eine Stelle beworben und bereits die Zusage, dass ich im Oktober anfangen kann. Ich weiß, das ist jetzt wirklich viel auf einmal für dich. Aber mit ein wenig gutem Willen können wir alles so regeln, dass wir es für Simon so einfach wie möglich machen und er nicht darunter leiden muss«, sagte Richard bemüht. »Und natürlich wirst du ...«

Plötzlich hielt sie seine Gegenwart nicht mehr aus. Sie sprang auf.

»Lass mich in Ruhe! Ich kann dich nicht mehr ertragen!«, schrie sie ihn an und eilte hinaus.

Im Schlafzimmer tigerte sie zitternd auf und ab. Offenbar war sie noch viel zu geschockt, um zu weinen. Einerseits konnte sie es immer noch nicht ganz fassen, was eben passiert war. Doch gleichzeitig verstand sie nun endlich, warum er in den letzten Wochen und Monaten immer seltener zu Hause gewesen war. Und sie blödes Schaf hatte die ganze Zeit Verständnis für ihn gehabt und ihm auch noch zu Hause jede Menge Arbeit abgenommen, weil der arme Herr Doktor in der Klinik so schrecklich eingespannt war. Am liebsten hätte sie irgendwas gepackt und gegen die Wand geschleudert.

Es klopfte an der Tür. Sie blieb stehen.

»Bitte, Andrea, es ist mir wichtig, dass du weißt, dass ich trotzdem immer für dich da sein möchte ...«

»Hau ab!«, schrie sie voller Zorn. »Hau endlich ab!«

Und tatsächlich verschwand er. Ein paar Minuten später sah sie durch das Fenster, wie er in seinem Wagen wegfuhr. Vermutlich zu Meike.

Die endgültige Erkenntnis, dass er eine andere hatte und sie nicht mehr liebte, traf sie in diesem Moment wie ein Faustschlag in den Bauch. Sie schnappte nach Luft und ließ sich aufs Bett sinken. Ihr Leben hatte sich gerade komplett auf den Kopf gestellt. Doch immer noch war sie zu geschockt, um zu weinen.

Die ganze Nacht machte sie kein Auge zu. Sie spekulierte, welche Anzeichen für seine Untreue sie in den letzten Monaten übersehen hatte. Je länger sie darüber nachdachte, desto wilder drehte sich das Gedankenkarussell und ihr wurden immer mehr Gelegenheiten bewusst, die sie hätten aufhorchen lassen müssen. Wieso war ihr das niemals aufgefallen? Warum war sie so blind gewesen? Oder hatte sie es insgeheim gespürt, dass etwas im Busch war, aber nicht wahrhaben wollen? War das womöglich sogar der Grund, warum sie ihm noch nicht von ihrer Schwangerschaft erzählt hatte?

Schützend legte sie die Hände auf ihren Bauch und versuchte, sich zu beruhigen. Sie brauchte unbedingt ein wenig Schlaf, vor allem für das Baby. Doch erst als es draußen schon lange hell war, schlief sie schließlich ein, bis sie keine Stunde später der Wecker aus dem Bett holte.

Am Morgen versuchte sie, ihren desolaten Zustand vor Simon mit einer beginnenden Erkältung zu erklären. Gleichzeitig überraschte sie ihn mit der Nachricht, dass sein Papa ihn von der Schule abholen würde, um mit ihm übers Wochenende ins Lego-Land zu fahren.

»Juhu – wir fahren ins Lego-Land. Das ist ja noch besser als das Lego-Schiff!«

Simon jubelte überglücklich, und Andrea tat so, als ob sie sich mit ihm freute.

Nachdem sie ihn mit einem für die nächsten drei Tage gepackten Rucksack vor der Schule abgesetzt hatte, fuhr sie zu ihrer Mutter.

»Um Himmels willen, Andrea, was ist denn passiert?«, fragte Else beim Anblick ihrer Tochter.

Andrea schaffte es, ihrer Mutter in wenigen Worten zu berichten, dass Richard sie wegen einer anderen verlassen würde, dann endlich lösten sich die Tränen.

Else war geschockt. Auch wenn ihr Schwiegersohn die Familie beruflich bedingt immer ein wenig vernachlässigt hatte, so hätte sie ihm doch niemals zugetraut, dass er sich wegen einer anderen Frau von Andrea trennen würde.

»Es tut mir so leid für dich, mein Mädchen ... Ich weiß, wie sehr du ihn liebst.«

Sie hielt ihre Tochter im Arm und ließ sie weinen, bis sie sich irgendwann ein wenig beruhigte und ihr vor Erschöpfung die brennenden Augen zufielen. Else drängte Andrea, sich in ihr Schlafzimmer zu legen und sich auszuruhen. Nicht nur um ihrer selbst willen, sondern auch für das Baby.

»Du musst jetzt ganz besonders auf dich achten. Und ich bin für dich und deine Kinder da!«

Kaum lag Andrea im Bett und hatte die Augen geschlossen, war sie tatsächlich auch schon eingeschlafen. Unruhige, schlimme Träume ließen sie immer wieder kurz aufschrecken. Sie war in einen dunklen Kerker gesperrt und wurde gefoltert. Jemand setzte ihr ein glühendes Brandeisen auf den Bauch, und sie wurde von unerträglichen Schmerzen geweckt. Doch im Wachzustand endeten die Schmerzen nicht. In ihrem

Bauch schien es zu brennen. Sie spürte klebrige Nässe zwischen den Schenkeln und musste das Blut nicht sehen, um zu wissen, dass sie gerade ihr Kind verlor.

Wie in Zeitlupe drehte sie sich zur Seite, zog die Beine fest an den Bauch und hieß in der Embryohaltung den körperlichen Schmerz willkommen, um den seelischen Schmerz nicht spüren zu müssen.

Nur wenig später sah Else nach ihrer Tochter. Als sie realisierte, was passiert war, bemühte sie sich, die Fassung zu bewahren.

»Es wird alles wieder gut, meine Kleine«, flüsterte sie und versuchte ihre Tränen zurückzuhalten, was ihr nur gelang, weil sie für ihre Tochter stark sein wollte.

Mit unendlicher Vorsicht half sie Andrea, sich zu waschen und frische Sachen anzuziehen, um sie sofort in ein Krankenhaus zu fahren.

Andrea ließ alles über sich ergehen. Ohne dass sie es absprechen mussten, brachte Else sie nicht in die Klinik, in der Richard arbeitete. Sie blieb bei Andrea, bis man sie nach einer Untersuchung ein paar Stunden später in den OP brachte, um eine Ausschabung vorzunehmen.

KAPITEL 22

Sternenkind

Nachdem Andrea ihrer Freundin das alles erzählt hatte, herrschte eine Weile absolute Stille im Schlafzimmer. Eduarda streichelte sanft über Andreas Arm, versuchte offenbar, die richtigen Worte zu finden, obwohl es keine richtigen Worte dafür gab.

»Hattest du damals irgendein Ritual?«, fragte sie schließlich und warf einen Blick zu dem gerahmten Ultraschallbild, das inzwischen auf dem Nachttisch lag. »Ich meine, hast du denn gebührend Abschied von diesem Kind genommen?«

Andrea schüttelte den Kopf.

»Gar nichts? Keine Blumen? Keine Kerze? Keinen Gedenkmoment zusammen mit deiner Mutter?«

Andrea spürte schon wieder ein Brennen in den Augen.

»Nein. Es gab ein Gespräch mit der Ärztin, damit wurde ich am nächsten Tag aus dem Krankenhaus entlassen. Ich wollte damals nur noch nach Hause. Schließlich musste ich für Simon da sein und gleichzeitig als frisch getrennte, alleinerziehende Mutter mein Leben auf die Reihe bekommen. Richards Auszug stand bevor, und Simon musste ohnehin einiges verkraften, ausgerechnet zu Beginn seines ersten Schuljahrs. Er war jetzt am wichtigsten. Mutter versuchte zwar, mit mir noch mal darüber zu reden, aber das hätte mir damals alle Kraft genommen. Deswegen habe ich das vorzeitige Ende der Schwangerschaft so gut es ging verdrängt, mir eingeredet, dass ich stark sein muss. Außerdem trifft es ganz viele Frauen, die das Gleiche erleben müssen. Und immerhin hatte ich das Glück, bereits einen gesunden Sohn zu haben. Verstehst du das?«

Eduarda nickte.

»Ja ... ich kann es schon nachvollziehen.«

»Wichtig war mir auch, dass Richard nichts erfuhr«, erklärte Andrea.

»Warum hast du es ihm denn nie gesagt?«, wollte Eduarda wissen.

»Hätte ich ihm deswegen Schuldgefühle machen sollen? Was hätte das denn gebracht? Und seine Betroffenheit und sein Mitleid hätte ich nicht ertragen. Nein – ich habe damals versucht, so rational wie möglich damit umzugehen.«

»Aber über so einen Verlust kann man nicht rational hinweggehen, Andi. Irgendwann holt einen das ein. So wie jetzt nach dem Gespräch mit dieser Frau.«

Andrea nickte.

»Die beiden hatten eine schlimme Zeit und vermutlich kam es deswegen letztlich zur Scheidung. Aber falls sie noch irgendeine Chance haben, wieder zueinanderzufinden, will ich nicht zwischen ihnen stehen«, sagte sie leise, auch wenn es wehtat.

»Trotzdem musst du mit Michael sprechen. Das bist du ihm und auch dir selbst schuldig«, empfahl Eduarda dringend.

»Aber das kann ich jetzt noch nicht.«

»Das verstehe ich. Schreib ihm doch zumindest, dass es dir nicht so gut geht, aber du dich in ein paar Tagen bei ihm melden wirst, um ihm alles zu erklären.«

»Wenn du wirklich meinst ...«

»Ja, das meine ich. Es ist wichtig!«, ermutigte sie Eduarda. »Du musst das mit ihm klären, sonst schwebt es dein Leben lang über dir wie eine dunkle Wolke. Und das willst du ganz gewiss nicht.«

Andrea nickte nachdenklich und griff nach ihrem Handy. Sie überlegte einen Moment, dann schrieb sie Michael eine kurze Nachricht.

Obwohl es mitten in der Nacht war, hatte er ein paar Minuten später schon geantwortet.

Danke, dass du dich gemeldet hast, Andrea. Bin morgen Mittag wieder in München. Bitte lass uns so bald wie möglich reden. Ich möchte verstehen, was los ist, und wissen, warum es dir nicht gut geht. Habe ich etwas falsch gemacht? Du fehlst mir!

Andrea schluckte. Er fehlte ihr auch. Sehr. Trotz allem.

Ich melde mich, schrieb sie, dann schaltete sie das Handy aus. Müde strich sie mit beiden Händen die Haare aus dem Gesicht.

»Bis seine Ex-Frau auftauchte, dachte ich, ich hätte mit ihm das große Los gezogen. Die kurze Zeit auf Sylt, die wir hatten, die war so unglaublich und ...«

Andrea konnte nicht weitersprechen, doch sie weinte auch nicht.

Eduarda drückte sie noch einmal an sich.

»Komm, wir versuchen, ein wenig zu schlafen. Das war alles ziemlich viel für dich«, sagte sie dann. »Ich bleibe bei dir. Jadim kommt schon ohne mich klar. So oft, wie er momentan bei mir ist, bin ich das sowieso nicht gewohnt.«

»Ich bin so froh, dass du für mich da bist, Edu. Danke für alles!«

»Hey, schon gut. Hauptsache, du schnarchst nicht wie ein alter Holzfäller«, versuchte sie zu scherzen, um Andrea ein wenig aus der Düsternis zu holen.

»Wenn jemand schnarcht, dann wohl du«, stieg Andrea tatsächlich mit einem schiefen Lächeln darauf ein. »Zumindest wenn man Jadim glauben darf.«

Eduarda grinste zurück und nahm Andrea noch einmal kurz in den Arm.

»Dann schnarchen wir eben beide«, meinte sie und löschte das Licht.

»Gute Nacht.«

»Gute Nacht.«

»Sag mal, was war das denn?«, fragte Eduarda nach ein paar Minuten. »Das war doch nicht etwa dein Magen, der so laut geknurrt hat?«

»Ich fürchte schon.«

Eduarda knipste das Licht wieder an.

»Wann hast du denn das letzte Mal was gegessen?«

»Auf Sylt, ein paar Stunden vor meiner Rückfahrt.«

»Was? Das geht ja gar nicht! Warte, ich bin gleich wieder da.«

Sie schwang sich aus dem Bett und verschwand nach unten in die Küche. Nur wenige Minuten später kam sie zurück mit einer Banane, zwei Müsliriegel und einer Flasche Wasser.

»Jetzt wird gegessen!«, forderte sie Andrea auf.

Und tatsächlich machte Andrea sich hungrig über die Sachen her.

Am nächsten Morgen ging es Andrea zu ihrem eigenen Erstaunen besser. Seit dem Gespräch mit Eduarda war ihr, als hätte man ihr eine Last von den Schultern genommen. Dass sie, nach so vielen Jahren, endlich über ihren damaligen Verlust hatte reden können, linderte den Schmerz tatsächlich ein wenig. Und auch, dass sie in der Nacht kurz mit Michael kommuniziert hatte.

Trotzdem fühlte sie sich noch sehr fragil, so als könnte sie bei der kleinsten Erschütterung zerbrechen wie Glas.

Eduardas Frage, ob sie damals gebührend Abschied von ihrem Sternenkind genommen hatte, ging ihr ständig im Kopf herum. Sicherlich hätte so ein symbolischer Akt helfen können, es besser zu verarbeiten. Doch sie hatte in der schwierigen Situation jeden Versuch ihrer Mutter, mit ihr darüber zu sprechen, abgeblockt, um den Schmerz nicht an sich heranzulassen. Zudem hatte ihr die Trennung, die auch für Simon nicht einfach gewesen war, und der Umzug in die Doppelhaushälfte ihrer Großeltern einiges abverlangt und sie gleichzeitig abgelenkt. Und nachdem es ihr anfangs so gut gelungen war, alles zu verdrängen, funktionierte es auch in den kommenden Jahren. Doch nun bedauerte sie es. Bis auf das Bild der Ultraschalluntersuchung gab es nichts, was von diesem Kind geblieben war. Das wollte sie unbedingt ändern.

Am Mittag wusste sie schließlich, was sie zu tun hatte. Sie zog ein beigefarbenes Sommerkleid an, das sie eigens für Mias Taufe gekauft und bisher nur zu diesem einen Anlass getragen hatte. Es schien ihr genau das richtige Kleid zu sein für diesen Tag.

Sie fuhr in eine Gärtnerei, die auch Dekorationsartikel für Friedhöfe anbot, und kaufte einen handgroßen Stern aus hellgrauem Marmor, ein Herz, gesteckt aus frischen bunten Blumen, und eine kleine Laterne mit Kerze und machte sich damit auf den Weg zum Münchner Waldfriedhof.

Schon als Kind hatte sie diese besondere Stätte der letzten Ruhe geliebt und war oft mit ihrer Mutter an das Grab ihrer Großeltern spaziert, in dem auch ihr Vater und später ihre Mutter beerdigt worden waren.

»Grüß euch«, sagte sie leise. »Es tut mir leid, dass ich schon eine Weile nicht mehr da war, aber in Zukunft werde ich wieder regelmäßiger kommen. Versprochen!«

Sie legte den kleinen Stern aus Marmor zwischen die immergrünen Sträucher und platzierte daneben das Herz aus

Blumen. Dann stellte sie die Laterne auf die schmale Platte vor dem Grabstein und zündete die Kerze an.

»Mama ...«, sagte sie leise, und in ihren Augen brannten Tränen. »Ich hätte das schon viel früher tun sollen, damals, mit dir zusammen. Doch damals konnte ich nicht. Ach, du fehlst mir so!«

Sie nahm sich ein Papiertaschentuch und putzte sich die Nase.

»Pass mir bitte gut auf das Sternchen auf, Mama ... Aber das tust du sicher ohnehin schon längst, nicht wahr? Bei euch allen ist der kleine Schatz in guten Händen!«

Sie schluckte, strich eine Haarsträhne hinters Ohr und ging neben dem Grab in die Hocke. Sanft strich sie über den kleinen Stern.

»Es tut mir so so leid ... ich hätte dich so gerne kennengelernt ...«

Tränen kullerten über ihre Wangen, Tränen der Trauer, aber auch der tröstenden Erleichterung. Es war, als ob der Stein, den sie auf das Grab gelegt hatte, ihr gleichzeitig vom Herzen genommen war. Es war eine gute Entscheidung gewesen, nach der langen Zeit endlich eine physische Erinnerung an das verlorene Kind zu schaffen, das niemals die Chance hatte, die Welt zu erobern.

Irgendwann werde ich auch deinem Vater und deinem Bruder von dir erzählen, versprach sie in Gedanken. Doch dafür brauchte sie noch ein wenig Zeit.

»Ich habe dich lieb ... ich habe euch alle lieb«, verabschiedete sie sich von ihrer Familie, dann erhob sie sich und ging nach Hause.

KAPITEL 23

Planänderungen

Die nächsten Tage waren ein wildes Auf und Ab der Gefühle. Inzwischen wusste auch ihre Familie, dass sie wieder zurück war aus Sylt. Das gemeinsame Abendessen für den kommenden Sonntag sagte Andrea mit einer Ausrede ab, erzählte aber nicht, dass es zwischen ihr und Michael, den Simon bei diesem Anlass eigentlich hätte kennenlernen sollen, bereits wieder zu Ende war, bevor es richtig begonnen hatte. Sie schaffte es noch nicht, darüber zu sprechen.

Michael hatte ein paarmal nachgefragt, wie es ihr ging, und schließlich hatte sie den kommenden Dienstagabend für ein Gespräch vorgeschlagen. Da sie das nicht in der Öffentlichkeit tun wollte, hatte sie ihn zu sich nach Hause eingeladen.

Um nicht zu viel nachzudenken, stürzte sie sich in die Arbeit. Und die Illustration für das Kinderbuch der Sängerin LuLe sowie der Entwurf eines weiteren Filmplakats für die Produktionsfirma, in der Eduarda arbeitete, lenkten sie tatsächlich ab. Inzwischen hatte sie auch die Zeichnungen für ihr eigenes Kinderbuchprojekt fertiggestellt, das sie Mia schenken wollte.

Jeden Tag nach der Arbeit kam Eduarda vorbei, die ihre Freundin nicht zu viel allein lassen wollte. Sie lenkte Andrea mit einigen pikanten Geschichten und spannenden Gerüchten aus der Filmbranche ab. Und vor allem planten sie Eduardas Geburtstagsparty, die sie nun doch größer haben wollte, als sie es vor Kurzem noch vorgehabt hatte. Aber das sollte sich noch komplett ändern.

Am Sonntagvormittag kam plötzlich Jadim durch den Garten zu Andrea herübergeschlendert, als sie mit ihrem Laptop auf der Terrasse saß und arbeitete.

»Jadim?«, fragte Andrea überrascht. Normalerweise kam er so gut wie nie ohne Eduarda zu ihr.

»Hallo, Andi ... Störe ich dich gerade?«, fragte er und wirkte etwas nervös.

»Nein, setz dich doch. Möchtest du einen Kaffee?«

»Nö, danke. Ich muss dich nur kurz um etwas bitten«, sagte er leise, als ob er Angst hätte, dass ihn jemand hören könnte.

»Was gibt es denn?«, fragte Andrea, die nun doch neugierig war.

»Edu ist gerade in der Badewanne. Sie darf auf keinen Fall etwas mitbekommen. Es geht um ihren Geburtstag«, flüsterte er.

»Ach so. Möchtest du was Besonderes machen auf ihrer Party?«, spekulierte Andrea. »Sicherlich wäre das eine großartige Überraschung für Edu.«

»Oh nein, nein! Es soll an ihrem Geburtstag keine Party geben. Deswegen bin ich hier. Aber das darf Edu erst drei Tage vorher erfahren.«

»Okay ...«, sagte Andrea und zog das Wort in die Länge. Sie verstand nicht ganz, was das sollte.

»Und die Geburtstagsparty soll nicht stattfinden, weil ...?«, fragte sie nun, da er keine Anstalten machte, etwas zu erklären.

Jadim atmete einmal tief durch, dann sah er sich wieder um.

»Du willst dich doch nicht schon wieder von ihr trennen, oder? Falls du das nämlich vorhast ...«, begann sie, doch er schüttelte heftig den Kopf.

»Nein! Will ich nicht.«

Das war schon mal beruhigend.

Schließlich rückte er nah zu Andrea.

»Ich weiß, du bist ihre beste Freundin, aber du musst mir schwören, ihr nicht zu verraten, was ich dir jetzt anvertraue.«

»Schwören tu ich nicht, aber wenn es dir wichtig ist, dann werde ich ihr nichts sagen. Außer es wäre für sie etwas Schlimmes, dann ...«

»Es ist überhaupt nichts Schlimmes«, unterbrach er sie. »Sag mal, was denkst du denn von mir?«

»Dann sag mir doch bitte endlich, was los ist«, forderte sie ungeduldig.

Wieder sah er sich um.

»Na gut. Also, ich möchte Edu überraschen und mit ihr einen Tag vor ihrem fünfzigsten Geburtstag nach Las Vegas fliegen.«

»Las Vegas?«, fragte Andrea perplex, und in ihrem Kopf läuteten sofort die Hochzeitsglocken.

»Nicht so laut!«, zischte er, nickte dann jedoch mit einem breiten Grinsen. Dabei sah er so unverschämt gut aus, dass Andrea Eduardas Vernarrtheit in ihn verstehen konnte, auch wenn die beiden schon eine besondere Art von Beziehung führten.

»Ist es das, was ich denke, das du in Las Vegas mit ihr vorhast, Jadim?«, fragte sie umständlich und musste nun ebenfalls grinsen.

»Klar! Ich kann einfach auf Dauer nicht ohne diese Frau sein. Und ich will es auch nicht.«

»Das kann ich sehr gut nachvollziehen. Edu ist der Jackpot!«, betonte Andrea.

»Das ist sie wirklich!«

Er sah sich wieder kurz um.

»Ich hoffe sehr, dass sie Ja sagen wird! Denkst du, sie wird Ja sagen?«, fragte er und wirkte tatsächlich ein wenig nervös, fast wie ein verliebter Teenager. Was irgendwie rührend war.

»Das könnte ich mir durchaus vorstellen«, meinte Andrea, die wusste, dass Eduarda sich nichts sehnlicher wünschte, als endlich eine gewisse Stabilität in ihrer Beziehung mit Jadim zu haben. Wenn er nun zu so einem Schritt bereit war, dann war er sich wohl endgültig sicher.

»Es ist natürlich ein Risiko, dass sie es bis dahin doch vorher schon rauskriegt. Du kennst sie ja, sie scheint manchmal hellseherische Kräfte zu haben.«

»Allerdings«, bestätigte Andrea aus eigener Erfahrung.

»Aber wenn ich es ihr jetzt schon sage, dann weiß der Himmel, was bis dahin wieder passiert. Und ob sie dann nicht zu viel darüber nachdenkt. Und ich möchte unbedingt, dass das klappt.«

»Ich finde es gut, wenn du sie überrascht. Das wird ihr sicherlich total gefallen«, beruhigte ihn Andrea. »Und ich werde dir helfen, dass sie nichts vorher herausfindet und dass sie denkt, ich würde alles für ihre Party organisieren.«

»Du bist ein Schatz, Andi!«

»Sowieso. Allerdings bin ich ziemlich sauer, dass ich damit den fünfzigsten Geburtstag und auch noch die Hochzeit meiner besten Freundin verpasse.«

Er zuckte bedauernd mit den Schultern.

»Leider haben Edu und ich nur zu dieser Zeit Urlaub. Und ich möchte einfach nicht mehr länger warten. Aber ich dachte, wir könnten die Party später nachholen und dann beides gleichzeitig feiern, kurz nachdem wir wieder zurück sind. Was meinst du?«

»Okay ... Also soll ich dann doch eine Party vorbereiten, nur eben für später, eine geheime Überraschungsparty sozusagen?«

Er nickte.

»Genau!«

»Dir ist schon klar, dass ich dann aber alle Partygäste einweihen muss, in der Hoffnung, dass sich niemand verplappert und Edu es nicht doch mitbekommt?«

»Ja. Das wäre toll, wenn du dich darum kümmern würdest! Aber bitte auf keinen Fall den Gästen schon etwas von der Hochzeit verraten. Sag einfach, dass es eine besondere Überraschung für sie geben wird, aber eben nicht an ihrem Geburtstag selbst. Und bringe ihnen bitte bei, dass sie alle dichthalten müssen.«

Sie schüttelte lachend den Kopf.

»Du verlangst ganz schön was von mir«, sagte sie.

»Ja, und ich bin dir sehr dankbar dafür, Andi. Du hast auf jeden Fall was gut bei mir.«

»Ich werde irgendwann darauf zurückkommen«, warnte sie ihn vor.

»Darfst du.«

Andrea überlegte kurz.

»Mir kommt da gerade eine Idee.«

»Ja?«

»Ich schlage Edu vor, dass wir auf den Einladungen zur Party sicherheitshalber einen festen Ausweichtermin zusätzlich vorgeben mit dem Hinweis, dass wir bei schlechtem Wetter verschieben müssen und die Gäste sich das gleich vormerken sollen. Immerhin ist es eine Gartenparty. Sie hatte zwar überlegt, ein kleines Partyzelt zu organisieren, falls das Wetter schlecht sein sollte, aber das rede ich ihr noch aus. Wenn wir vorab schon zwei Termine vorgeben, müssen wir den Gästen nichts erklären, sondern können drei Tage vorher allen Bescheid sagen, dass wir verschieben. Dann dürfen sie doch auch den Grund erfahren, oder?«

»Ja. Sobald Edu es weiß, ist es kein Geheimnis mehr.«

»Okay. Dann machen wir das so.«

»Du bist genial!«

»Trotzdem müssen wir es Jasmin schon vorher sagen, was der wahre Grund ist. Ich kann Edus Tochter schließlich nicht vormachen, dass ...«

Er grinste wieder.

»Jasmin weiß es schon. Sie wird mit ihrer Freundin mitfliegen nach Las Vegas und Edus Trauzeugin sein. Und anschließend geht es für Edu und mich noch eine Flitterwoche lang nach L.A.«

»Wow – das ist ja richtig romantisch. Ich hätte dir das gar nicht zugetraut, Jadim!«

»Ich mir auch nicht ... Aber ich muss jetzt zurück, nicht dass sie misstrauisch wird. Danke noch mal!«

»Passt schon.«

Als Jadim weg war, seufze Andrea. Ihre beste Freundin würde heiraten. Und sie würde leider nicht dabei sein können. Doch sie wusste, dass Eduarda über diese Überraschung und eine Hochzeit in Las Vegas überglücklich sein würde – und nur darauf kam es schließlich an. Wenigstens gab es für ihre beste Freundin ein schönes Happy End. Das gönnte sie ihr von Herzen.

Um bloß nicht wieder auf traurige Gedanken zu kommen, machte Andrea sich erneut an die Arbeit.

Inzwischen war es Abend geworden. Andrea schnitt gerade Tomaten in Scheiben für einen Salat mit Mozzarella, Knoblauch und viel frischem Basilikum, als es an der Haustür klingelte.

Als sie öffnete, machte ihr Herz einen Satz.

Michael!

»Guten Abend, Andrea ... Ich wusste nicht, ob die Einladung zum Essen für heute noch steht«, begann er rasch. »Aber da ich ursprünglich versprochen hatte, zu helfen und Wein mitzubringen ...«, sagte er mit einem schrägen Lächeln und hielt ihr eine Flasche Pinot Grigio entgegen. Dabei sah er so vertraut aus, dass ihre Kehle eng wurde. Doch die letzten Tage hatten offensichtlich auch ihm zu schaffen gemacht. Er wirkte blass, und unter seinen Augen waren dunkle Ringe.

Ihr war klar, dass er natürlich wusste, dass das Essen heute nicht stattfinden würde, auch wenn sie es nicht explizit gesagt hatte.

»Wir haben abgemacht, dass wir uns am Dienstag sehen. Was machst du hier?«, fragte Andrea und wunderte sich, dass ihre Stimme ihr gehorchte.

»Wir müssen unbedingt reden, Andrea«, sagte er, und nun war sein Blick ernst. »Ich weiß inzwischen, dass Adriana mit dir gesprochen hat. Deswegen wollte ich nicht mehr länger warten.«

Sie schluckte. Natürlich konnte sie ihn jetzt nicht mehr nach Hause schicken. Und vielleicht war es ja besser, dass er sie mit seinem Kommen überrumpelt hatte. Es war tatsächlich an der Zeit, sich auszusprechen und einen anständigen Schlussstrich zu ziehen.

»Okay. Komm rein.«

»Danke.«

KAPITEL 24

Zeit für klare Worte

Ein paar Minuten später saßen sie sich im Wohnzimmer gegenüber, und Andrea schenkte Wasser in zwei Gläser. Vor Aufregung schüttete sie etwas daneben.

»Mist!«, schimpfte sie und eilte in die Küche, um ein Tuch zu holen. Sie war angespannt und hatte auch Angst vor diesem Gespräch. Würde er ihr sagen, dass er tatsächlich wieder zu Adriana zurückging, und über das Kind reden, das die beiden verloren hatten? Dabei hatte sie selbst noch damit zu tun, mit ihrem eigenen Verlust klarzukommen, der sich durch das Gespräch mit Adriana plötzlich Bahn gebrochen hatte.

»Ich mach das schon!«, rief Michael aus dem Wohnzimmer.

Als sie zurückkam, hatte er mit einem Papiertaschentuch das Malheur bereits beseitigt.

»Schon erledigt«, sagte er.

Sie atmete tief ein, setzte sich dann wieder.

»Es tut so gut, dich zu sehen«, sagte er und brachte sie damit völlig aus dem Konzept.

»Michael! Bitte ...«

Er nahm einen Schluck Wasser und räusperte sich. Offenbar war auch er nervös. In diesem Moment kam Charly ins Wohnzimmer. Er sprang auf das Sofa, legte sich neben Michael und begann sich zu putzen.

»Na du, machst du es dir bei mir gemütlich?«, fragte er und der Kater warf sich auf den Rücken.

»Er liebt es, gekrault zu werden«, sagte sie und sie war irgendwie froh über die Gesellschaft der Katze.

Er will nicht nur eine Frau. Er will eine Familie. Kinder, Enkelkinder. Und sogar eine Katze hast du. Er liebt Katzen! Plötzlich schossen ihr die Worte von Adriana durch den Kopf.

»Ich weiß gar nicht, wo ich anfangen soll«, sagte Michael, während er dem Kater den Bauch streichelte. »Am besten vielleicht an dem Punkt, als ich von meiner Besprechung ins Haus meines Bruders zurückkam und du nicht mehr da warst ... Zuerst dachte ich, du wärst noch unterwegs. Bis ich sah, dass deine Sachen auch weg waren. Wieso bist du nach Hause gefahren, ohne mit mir zu reden? Egal, was sie zu dir gesagt hat, du hättest mit mir ...«

»Wusstest du, dass Adriana mich heimlich beobachtet hat?«, unterbrach sie ihn. Es war besser, wenn sie schnell alles zur Sprache brachte.

Er sah sie erschrocken an.

»Nein! Andrea, das wusste ich nicht«, beteuerte er aufrichtig. Er hörte auf, den Kater zu streicheln, der sich umdrehte, sich zusammenrollte und die Augen schloss.

»Und zwar nicht nur auf Sylt beim Haus deines Bruders und bei meinem Spaziergang am Roten Kliff – und wer weiß, wohin sie uns auf der Insel sonst noch gefolgt ist. Adriana war vorher auch schon bei mir in München!«

»Was?«

»Ich habe dir doch erzählt, dass ich mit Mia auf dem Spielplatz Mohnblumen-Prinzessinnen gebastelt habe. Adriana setzte sich neben uns auf die Bank. Natürlich wusste ich nicht, dass sie deine Ex-Frau ist. Sie verwickelte mich in ein nettes Gespräch. Zumindest anfangs fand ich es nett. Nach einer

Weile verhielt sie sich plötzlich seltsam, war nur noch auf Mia und die Mohnblumen-Püppchen fixiert. Und wollte eines sogar nach Mia benennen.«

Er schüttelte fassungslos den Kopf.

»Das kann doch alles nicht wahr sein!«

»Genau solche Püppchen hat sie uns dann in Sylt vor die Haustür gelegt. Und am nächsten Morgen war dann noch eines unter meinen Scheibenwischer geklemmt!«

Während sie es ihm erzählte, wurde ihr erneut deutlich, wie skrupellos und fast schon unheimlich diese Frau war.

»Ich wusste das alles nicht, Andrea. Aber leider traue ich es ihr inzwischen zu.«

»Wie meinst du das?«, fragte sie.

»Adriana ist psychisch angeschlagen. Hat sie dir erzählt, dass am Anfang des vierten Monats ihre Schwangerschaft vorzeitig zu Ende ging?«

Andrea schluckte. Natürlich kamen sie nicht um dieses heikle Thema herum, auch wenn sie es noch so sehr vermeiden wollte. Gleichzeitig wunderte sie sich über seine Formulierung, die eigentümlich distanziert klang. Offenbar hatte auch er Probleme, darüber zu sprechen.

»Es muss für euch beide schlimm gewesen sein, euer Kind zu verlieren«, sagte sie leise, da sie selbst nur zu gut wusste, was es bedeutete.

»Es war sehr schlimm für sie, ja, aber ...«, er zögerte kurz und wirkte etwas verwirrt. »Hat sie es dir denn nicht gesagt?«

»Was nicht gesagt?«

»Dieses Kind war nicht von mir, Andrea«, sagte er und sah sie mit einem Blick an, der gleichzeitig verletzt und trotzig schien.

Sie schüttelte irritiert den Kopf.

»Nicht dein Kind? Wie meinst du das?«

Michael atmete tief ein und strich fahrig durch sein dunkles Haar.

»Ich hatte als Jugendlicher eine schwere Virusinfektion und kann deswegen keine Kinder zeugen.«

»Oh, Michael ... Das tut mir sehr leid.«

Er schloss für einen Moment die Augen, zuckte dann lapidar mit den Schultern.

»Es ist nun mal, wie es ist. Ich habe mich schon vor langer Zeit damit abgefunden.«

»Aber wieso war Adriana schwanger? Hat sie sich künstlich befruchten lassen?«, stellte sie die für sie naheliegende Frage.

»Nicht ganz.« Er lächelte traurig, dann stand er auf, ging zur Terrassentür und sah hinaus.

»Wenn du nicht darüber sprechen möchtest ...«, sagte sie, doch er drehte sich um, kam zurück und setzte sich wieder. Offenbar hatte er einen Moment gebraucht, um sich zu fangen.

»Vor etwas mehr als zweieinhalb Jahren veränderte sich etwas zwischen uns. Wir hatten eine Krise. Keine mit lauten Auseinandersetzungen und gegenseitigen Vorwürfen – es lief eher still ab, wir lebten uns neben der Arbeit Tag für Tag immer mehr auseinander, verbrachten immer weniger Zeit zusammen. Doch keiner von uns beiden tat etwas dagegen. Wir ließen es einfach laufen. Bis ich schließlich herausfand, dass Ana eine Affäre hatte.«

Andrea starrte ihn an. Das Gespräch nahm plötzlich eine völlig andere Wendung.

»Eine Affäre?«

»Ja ... Mit dem Gründer eines erfolgreichen Start-up-Unternehmens, den sie bei einem Interview für das Onlinemagazin kennenlernte, für das sie hauptsächlich schreibt. Ich war natürlich verletzt, immerhin waren wir noch verheiratet, und ich versuchte, mit Gesprächen zu retten, was nicht mehr zu retten war. Bis sie mir dann diese Nachricht schickte ...«

Michael griff nach seinem Handy, scrollte an eine bestimmte Stelle und spielte dann eine Sprachnachricht ab:

»Hallo, Michael. Ich habe deine Nachricht bekommen. Und nein, ich möchte keine weitere Aussprache mehr. Für mich ist alles gesagt. Was ich möchte, ist, dass du in die Scheidung einwilligst.« Ihre Stimme klang fordernd, ähnlich wie bei dem Gespräch mit Andrea. »Denn es gibt einen wichtigen Grund. Ich bin schwanger, Michael. Ja, du hast richtig gehört! Ich erwarte ein Baby von Finn.« Sie lachte kurz auf. »Endlich bekomme ich doch meine Familie ... Ich habe für dich darauf verzichtet, Mutter zu werden, weil ich dich liebte, Michael. Und weil ich dachte, wir beide wären uns genug. Das dachte ich wirklich, und lange Zeit war es auch so. Trotzdem hat mir etwas Wichtiges gefehlt: das Glück, Mutter zu werden ...« Für einige Sekunden herrschte Stille, dann sprach sie weiter, und ihre Stimme war plötzlich sanft geworden und klang traurig: »Es tut mir leid, Michael. Aber jetzt gehört Finn zu mir, und bald ist das Baby da und wir ...«

An dieser Stelle beendete Michael die Nachricht.

Andrea schluckte, während sie versuchte, das alles einzuordnen.

»Ich verstehe das alles nicht! Wieso hat sie mir gegenüber so getan, als ob du der Vater gewesen wärst?«, fragte sie schließlich. »Obwohl ... so explizit hat sie es eigentlich gar nicht gesagt«, fügte sie murmelnd hinzu, als ihr das Gespräch nochmals durch den Kopf ging.

»Ana ist eine Meisterin darin, mit der Wahrheit und Worten zu jonglieren.«

Andrea wusste nicht, was sie dazu sagen sollte. Was bedeutete das nun für sie? Für Michael? Für sie beide? Doch Michael sprach bereits weiter.

»Als sie das Kind verlor, war das für sie eine Tragödie, und sie betrachtete es auch als persönliche Niederlage. Ich wusste es zunächst gar nicht. In dieser Zeit hatte ich kaum Kontakt zu ihr, da sie bereits zu Finn gezogen war. Unsere Rechtsanwälte klärten für uns die Details der Scheidung. Ehrlich gesagt, war ich sogar froh darüber, nichts von ihr mitzubekommen. Ich arbeitete daran, das Ganze für mich zu verarbeiten, und das ging besser, wenn sie nicht in der Nähe war. Meine Schwägerin hatte jedoch auch nach unserer Trennung noch Kontakt zu ihr und erzählte mir, dass Adriana das Baby verloren hatte. Was mir sehr leidtat. Trotz unserer Differenzen rund um die Scheidung hätte ich ihr das Glück gegönnt. Ich rief sie an, um zu fragen, wie es ihr geht. Doch sie ließ mich kaum zu Wort kommen. Erzählte mir aufgeregt und völlig überdreht, dass sie natürlich nicht aufgeben würde. Das Zeitfenster, um noch ein Kind zu bekommen, würde sich zwar immer weiter schließen, doch es hatte einmal geklappt, dass sie schwanger wurde, und das würde es sicherlich auch ein zweites Mal ... Davon war sie fest überzeugt.«

»Tat es aber nicht«, murmelte Andrea, die hin- und hergerissen war zwischen Mitgefühl und Neugierde.

Er schüttelte den Kopf.

»Wir hatten gerade unseren Termin beim Scheidungsrichter hinter uns, da wurde es Finn offenbar doch zu viel mit ihr und ihrem Drängen nach einem Kind. Er beendete die Beziehung.«

»Das muss alles furchtbar gewesen sein«, sagte Andrea voller Mitleid.

»Ja. Damit zerplatzte ihr Traum endgültig. Das alles hat sie ziemlich aus der Bahn geworfen. Sie klingelte mich mitten in der Nacht aus dem Bett und lud ihren ganzen Frust, ihre Trauer und ihre Wut auf Gott und die Welt bei mir ab. Aber ich konnte das aushalten. Und schließlich hat sie sich bei mir so lange ausgeweint, bis es ihr ein wenig besser ging.«

Andrea konnte sich in Adriana hineinversetzen, in ihre Not und Verzweiflung. Verstand nun vieles besser. Sie schluckte, während Michael weitererzählte.

»Ein paar Tage später ging es dann los. Sie schickte mir ständig Nachrichten oder rief mich zu allen möglichen und unmöglichen Zeiten an. Sie wollte plötzlich, dass wir es noch mal miteinander versuchten. Aber ich hatte bereits das Jobangebot in München angenommen. Und ich wollte auch nicht mehr zu ihr zurück. Für mich war die Beziehung an dem Tag endgültig vorbei gewesen, als sie mir diese Nachricht geschickt hatte.«

Er warf einen kurzen Blick auf das Handy.

Andrea spürte plötzlich, wie ihr Herz schneller schlug und wie der Schutzwall, den sie sich seit der überstürzten Abreise aus Sylt aufgebaut hatte, leicht zu bröckeln begann. Doch es gab noch einiges, was ihr unklar war.

»Sie hat zu mir gesagt, dass ihr dabei wart, euch wieder anzunähern, als sie in München war«, sagte sie leise. »Und dass du an dem Tag, als du unser Weißwurstessen so kurzfristig abgesagt hast, bei ihr im Hotel warst.«

Er lächelte traurig.

»Weißt du, Andrea, ich habe mich immer ein wenig schuldig gefühlt, dass Adriana aus Liebe zu mir auf eigene Kinder verzichtet hatte. Sie wusste es bereit vor unserer Hochzeit und hat es in Kauf genommen, nicht Mutter werden zu können. Ich hatte damals sogar eine künstliche Befruchtung vorgeschlagen, doch das wollte sie auf keinen Fall. Sie dachte offenbar, dass das für mich schwierig werden könnte, und sie wollte aus irgendeinem Grund solidarisch mit mir sein. Die Frau, die du auf Sylt kennengelernt hast, hat leider nur noch wenig mit der Adriana von damals zu tun, die so voller Lebensfreude und Energie war.

Jedenfalls, als es ihr so schlecht ging und sie auch noch von Finn verlassen worden war, da fühlte ich mich verantwortlich für sie und wollte ihr helfen. Aber nicht als ihr Ex-Mann, der wieder zu ihr zurückkommen wollte, sondern als ihr Freund. Ich habe in den Nächten oft stundenlang mit ihr telefoniert, wenn es ihr nicht gut ging. Und ja, ich war bei ihr im Hotel an diesem Tag. Sie rief mich an und meinte, sie sei überraschend nach München gekommen. Aber wie ich jetzt von dir weiß, war sie schon länger dort und hat mich angelogen.«

»Warum hast du es mir nicht einfach gesagt, dass du dich mit deiner Ex-Frau getroffen hast?«, wollte Andrea wissen.

»Weil du und ich gerade dabei waren, uns näher kennenzulernen. Ich wollte nicht, dass Ana in dieser Phase ein Thema wurde. Sie hätte viel zu viel Raum eingenommen. Das wollte ich vermeiden. Und – bitte sei mir nicht böse, wenn ich das jetzt sage – ich kannte dich auch noch zu wenig, um so persönliche Dinge über meine Ex-Frau preiszugeben.«

Andrea nickte nachdenklich. So wie die Sache sich jetzt darstellte, stand sie völlig konträr zu dem, was Adriana ihr erzählt hatte, auch wenn sie niemals direkt gelogen hatte.

Andrea bereute es, dass sie nicht schon auf Sylt mit Michael über alles gesprochen hatte. Das hätte ihnen einiges erspart.

»Sie war so überzeugend, Michael«, sagte sie. »Und aus ihrem Mund hat sich alles ganz anders angehört. Ich wollte euch nicht im Weg stehen, falls es für euch doch noch eine

Chance gegeben hätte. Sie geht wirklich davon aus, dass ihr wieder zusammenkommt, und sieht mich als ihre Rivalin.«

»Ich glaube, es wird Zeit, ihr unmissverständlich klarzumachen, dass es vorbei ist und wir ganz bestimmt nicht mehr als Paar zusammenkommen werden. Und sie braucht dringend therapeutische Hilfe, die ich ihr ohnehin nicht geben kann. Ich werde ...«

In diesem Moment klingelte es an der Haustür. Wer war das denn jetzt?

»Moment bitte«, sagte sie zu Michael und ging hinaus in den Flur. Als sie an den Türgriff fasste, hatte sie plötzlich Angst, Adriana wäre vielleicht gekommen. Hatte sie Michael hierher verfolgt? Andrea überflog eine Gänsehaut, als sie die Tür öffnete.

Doch vor dem Haus stand nicht Adriana, sondern Simon, Laura und Mia und lächelten ihr fröhlich zu. Laura trug vier große Pizzakartons.

»Was macht ihr denn hier?«, fragte Andrea verdattert.

»Hallo, Omi!«, rief Mia und flog Andrea in die Arme.

»Hallo, Mia-Maus!«

»Ich weiß, du hast das gemeinsame Abendessen für heute abgesagt, weil Michael keine Zeit hatte, aber Laura meinte, dass es eine gute Idee wäre, dich mit Pizza zu überraschen«, erklärte Simon, der immer noch auf Krücken ging.

»Tja ... äh, wie schön, dann kommt doch rein!«, sagte Andrea, obwohl der Besuch kaum zu einem schlechteren Zeitpunkt hätte stattfinden können.

»Tatsächlich hat Michael mich vorhin auch schon überrascht, weil er plötzlich doch Zeit hatte«, sagte sie, weil sie nicht wusste, wie sie seine Anwesenheit sonst erklären sollte.

Michael kam wie aufs Stichwort aus dem Wohnzimmer.

»Tja, offenbar wollten wir alle heute Andrea überraschen«, sagte er mit einem Lächeln. »Ich hatte allerdings nur Wein dabei. Hallo, Laura, und hallo Mia«, begrüßte er sie und wandte sich dann an Simon. »Freut mich sehr, dass wir uns auch kennenlernen, Simon.«

»Ja, mich auch.«

Sie schüttelten sich die Hände.

»Aber ich möchte euch jetzt auch gar nicht länger stören.«

»Unsinn, du störst ganz bestimmt nicht, Michael«, beteuerte Laura. »Ist doch toll, dass es doch noch klappt mit dem gemeinsamen Essen.«

»Und die Pizza reicht ganz locker für uns alle«, erklärte Simon.

»Das ist gaaanz viel Pizza!«, rief Mia mit einem nachdrücklichen Nicken.

Michael zwinkerte der Kleinen zu.

»Magst du denn gern Pizza?«

»Oh ja!«

»Na gut, wenn Andrea nichts dagegen hat, dann bleibe ich gerne noch zum Essen«, sagte Michael und warf einen fragenden Blick zu Andrea.

»Natürlich habe ich nichts dagegen!«, sagte sie schnell.

»Sollen wir vielleicht auf der Terrasse essen?«, fragte Laura. »Es ist noch so schön lau draußen.«

Andrea nickte, fühlte sich im Moment jedoch etwas überfordert mit der Situation. So viele Gedanken gingen ihr durch den Kopf.

»Ich hole schon mal die Teller!«, sagte sie und verschwand in die Küche. Dort stand noch die Schüssel mit dem Tomaten-Mozzarella-Salat, den sie vorhin nicht mehr hatte fertig zubereiten können.

»Kann ich dir was helfen?«, fragte Michael, der ihr gefolgt war.

»Wenn du magst, kannst du schon mal Teller und Besteck rausbringen ... und es tut mir leid, dass unser Gespräch jetzt unterbrochen wurde.«

»Wir reden einfach später noch«, sagte er und holte die Teller aus dem Schrank.

KAPITEL 25

Pizza, Wein und Geständnisse

Zehn Minuten später saßen sie um den Tisch auf der Terrasse. Die Pizza reichte tatsächlich locker für alle, und dazu gab es den Salat, den Andrea noch rasch angemacht hatte. Michael hatte den Weißwein geöffnet und schenkte für Laura, Andrea und sich selbst ein. Simon winkte ab.

»Mit den Krücken gilt für mich die Null-Promille-Grenze«, sagte er mit einem schiefen Grinsen. »Ich teile mir mit Mia eine Apfelschorle.«

»Sehr vernünftig«, lobte Andrea.

Obwohl sie den ganzen Tag nur wenig gegessen hatte, brachte sie wieder einmal kaum einen Bissen herunter. Das Gespräch mit Michael über Adriana hatte sie aufgewühlt, und es gab noch etliche Dinge, die unausgesprochen waren.

»Du isst ja kaum was, Mama!«, sagte Simon mit vollem Mund. »Schmeckt es dir nicht?«

»Doch ... ich habe nur am Nachmittag ein großes Stück Kuchen gegessen«, schwindelte sie, um ihren fehlenden Appetit zu erklären.

Trotz ihrer Zurückhaltung war die Stimmung am Tisch gut. Laura erzählte von ihrer bevorstehenden Reise nach Argentinien, was Michael sehr interessierte.

»Hey! Macht ihr hier Party ohne uns?«, rief plötzlich Eduarda über den Gartenzaun, und ein paar Minuten später saßen auch sie und Jadim mit am Tisch, die vorsorglich Chips und Wein mitgebracht hatten.

»Ich räume mal die Teller weg und hole Gläser für euch«, sagte Andrea und stand auf.

»Warte, ich helfe dir«, rief Eduarda, und beide brachten das Geschirr und die leeren Pizzakartons in die Küche.

»Wieso ist plötzlich Michael hier?«, fragte Eduarda neugierig. »Wolltet ihr euch nicht erst am Dienstag treffen?«

»Er hat mich ein wenig überrumpelt. Wie das alle heute irgendwie tun«, antwortete Andrea mit einem schrägen Lächeln.

»Und? Wie ist die Lage zwischen euch?«, wollte Eduarda wissen, ohne auf die kleine Stichelei einzugehen.

»Kompliziert. Einiges ist ganz anders, als ich es angenommen hatte«, sagte sie und räumte währenddessen das Geschirr in den Geschirrspüler.

»Bedeutet das was Positives?«

»Vielleicht«, antwortete Andrea, die selbst noch nicht wusste, wie sich nun alles entwickeln würde.

»Jedenfalls weiß ich jetzt, dass er auf keinen Fall zu seiner Frau zurückmöchte.«

»Siehst du. Ich hab's dir doch gesagt. Ich will morgen alles ganz genau wissen.«

»Natürlich.«

»Gibt es noch Saft für mich und Mia?«, unterbrach Simon die beiden Frauen.

»Bring ich gleich mit raus«, versprach Andrea.

»Dieser Michael ist richtig sympathisch«, meinte Simon etwas leiser. »Und er passt super zu dir, Mama. Nicht wahr, Edu?«

»Nun ... Es sieht jedenfalls ganz danach aus.«

Andrea spürte, wie ihre Wangen sich leicht röteten.

»Nun ja ... jetzt muss man erst mal sehen, wie das weiterläuft ...«, begann sie, ein wenig erschöpft nach der emotionalen Achterbahnfahrt.

»Ach, da mache ich mir keine Sorgen. Sicherlich wird er schon dieses Weihnachten mit uns feiern«, erklärte Simon überzeugt mit einem frechen Grinsen.

»Und hoffentlich auch meinen Geburtstag«, fügte Eduarda hinzu.

»Stimmt, das ist ja schon in vier Wochen«, sagte Simon.

»Ihr kommt doch?«, fragte Eduarda.

»Ich schon, Laura ist zu dieser Zeit in Argentinien.«

Andrea sagte nichts dazu. Wenn die tatsächliche Party stattfand, wäre Laura längst wieder zurück und würde mitfeiern können.

Sie holte Apfelsaft und Wasser aus dem Kühlschrank.

»Nimmst du noch Gläser für dich und Jadim und eine Schale für die Chips mit raus?«, bat Andrea ihre Freundin.

»Klar.«

Sie gingen alle wieder nach draußen, wo Laura und Michael immer noch in ein Gespräch über Argentinien vertieft waren, während Jadim Mia zeigte, wie man einen Handstand machte.

»Er passt wirklich gut zu uns allen dazu«, flüsterte Eduarda Andrea ins Ohr, und Andrea lächelte.

Vielleicht konnte ja doch noch alles gut werden zwischen ihnen?

Während Simon und Laura mit Mia schon eine halbe Stunde später aufbrachen, um die Kleine ins Bett zu bringen, blieben Eduarda und Jadim noch eine Weile sitzen. Sie leerten gemeinsam noch eine weitere Flasche Wein, bis auch die beiden sich schließlich verabschiedeten.

Michael half Andrea beim Aufräumen, und da es inzwischen etwas windig geworden war und deutlich abgekühlt hatte, kehrten sie zurück ins Wohnzimmer.

Andrea wurde plötzlich wieder nervös, als sie sich fragte, wie das Gespräch sich noch entwickeln würde.

»Du hast echt eine tolle Familie«, sagte Michael. »Und dein Sohn scheint vom Wesen her ganz nach dir zu kommen, soweit ich das beurteilen kann.«

»Danke – falls du es als Kompliment gemeint hast.«

»Durchaus!« Er lächelte.

Sie nahm einen Schluck Wein, der ihr schon ein wenig zu Kopf gestiegen war, spielte mit dem Glas. Etwas, das Adriana gesagt hatte, spukte ihr immer noch durch den Kopf, und sie hielt es für das Beste, es anzusprechen.

»Deine Ex-Frau meinte, du hättest mich ausgesucht, weil ich eine kleine Tochter habe. Sie dachte zunächst, Mia wäre mein Kind. Und dass du nicht nur eine Frau, sondern mit mir auch gleich eine Familie bekommen wolltest und dich nur deswegen mit mir eingelassen hast«, sagte sie bemüht neutral.

Michael sah sie stirnrunzelnd an.

»Denkst du das auch?«, fragte er dann. »Denkst du wirklich, dass ich dich nur wegen Mia und Simon und Laura möchte, weil ich selbst keine Kinder bekommen kann?«

Sie schüttelte den Kopf.

»Nein ... ich denke das nicht. Dass du keine Kinder bekommen kannst, weiß ich außerdem erst seit vorhin von dir. Aber Adriana denkt das offenbar sehr wohl.«

Er atmete einmal tief durch.

»Schau. Genau das ist mit ein Grund gewesen, warum ich dir nicht von ihr erzählt habe. Weil ich wusste, dass es dann ständig um sie gehen würde. Und ich hatte recht damit.«

Er rutschte auf seinem Stuhl weiter nach vorne und griff nach ihrer Hand.

»Andrea. Ich habe es dir schon einmal gesagt: Ich habe mich in dich verliebt, nachdem ich mit meiner Ex-Frau abgeschlossen hatte. Zumindest, was unsere Ehe betrifft. Ich kann verstehen, dass du nach dem Gespräch mit ihr verunsichert warst, weil sie tatsächlich ein Talent dafür hat, die Wahrheit zu ihrem Nutzen zu verdrehen. Aber trotzdem hätte ich erwartet, dass du – egal, worum es geht – mit mir darüber sprichst und nicht einfach verschwindest.«

»Es tut mir leid, Michael. Wirklich.«

»Mir auch. Eigentlich bedeutet das, dass du mir nicht vertraut hast. Und auch nicht dem, was wir nur wenige Stunden zuvor Wundervolles erlebt haben. Ich dachte wirklich, dass uns beide etwas ganz Besonderes verbindet. Aber du hast nur einmal mit meiner Ex-Frau gesprochen und mir offenbar sofort zugetraut, dass ich dir etwas vorspielen könnte. Oder mich bestenfalls mit dir ablenke, bis sich das mit mir und meiner Ex-Frau wieder eingerenkt hat.«

Plötzlich sah sie in seinen Augen Traurigkeit, und das traf sie, zusammen mit seinen Worten, mit einem unerwarteten Schmerz.

Er ließ ihre Hand los.

»Als ich heute zu dir kam, da dachte ich, wir könnten über alles reden und uns aussprechen.«

»Und genau das haben wir doch getan, Michael«, sagte sie schnell. »Und tun es doch immer noch.«

»Schon. Aber inzwischen frage ich mich …«

Er sprach nicht weiter.

»Du fragst dich, ob wir wirklich zusammenpassen«, beendete sie mit heiserer Stimme den Satz für ihn.

»Ich weiß es ja auch nicht. Vielleicht ging doch alles ein wenig zu schnell für dich. Und auch für mich«, murmelte er. »Ich glaube, ich sollte jetzt besser gehen.«

Als er aufstand, rutschte ihr das Herz in die Hose. Sie wollte ihn nicht verlieren, und deswegen musste sie jetzt alle Karten auf den Tisch legen.

»Bitte warte, Michael. Bleib noch. Es gibt noch etwas, das du nicht weißt«, sagte sie.

Wortlos setzte er sich wieder und schien fast erleichtert, dass sie ihn noch nicht gehen ließ.

Sie schluckte. Es fiel ihr schwer, diese Geschichte innerhalb so kurzer Zeit zweimal zu erzählen. Doch für ihn musste sie noch einmal in die Vergangenheit eintauchen. Denn nun ging es um ihre Zukunft. Um eine mögliche Zukunft mit Michael. Und ihr war klar geworden, dass sie sich nichts mehr wünschte als das.

»An dem Tag, als mein damaliger Mann mir sagte, dass er eine andere hätte und mich verlassen würde – es war übrigens Simons sechster Geburtstag –, da wollte ich ihm eigentlich von meiner Schwangerschaft erzählen«, begann sie.

»Du warst noch mal schwanger damals?«

»Ja. In der elften Woche.«

»Ach, Andrea ... es tut mir so leid!« Er zog sofort die richtigen Schlüsse.

»Ich verlor das Kind am nächsten Tag ... Keine Ahnung, ob es an der Aufregung um die Trennung lag oder ob ich es womöglich ohnehin verloren hätte. Bis auf meine Mutter wusste niemand davon.«

»Du hast es deinem Mann nicht gesagt?«, fragte er verwundert.

»Nein. Ich hätte damals, so unmittelbar nachdem ich erfahren hatte, dass er mich schon länger mit einer anderen Frau betrog, sein Mitleid nicht ertragen. Und ich hatte auch keine Kraft übrig, darüber zu sprechen. Ich selbst habe es viele Jahre verdrängt ... Als Adriana auf Sylt mit mir sprach, war mein erster Impuls, zurück ins Ferienhaus zu fahren, um auf dich zu warten und das alles mit dir zu klären. Das ist die Wahrheit, Michael!«, beteuerte sie.

Er nickte nur.

»Ich wollte hören, was du dazu sagst. Denn nach dem, was wir beide erlebt hatten, vor allem in dieser unglaublichen Nacht davor, konnte und wollte ich mir nicht vorstellen, dass du mich über die Beziehung zu deiner Ex-Frau angelogen hast. Doch als sie merkte, dass ich mich nicht so einfach von ihrer Geschichte beeindrucken ließ, erzählte sie mir schließlich von der Fehlgeburt. Und in dem Moment kam ungefiltert meine eigene Erfahrung hoch, die ich viele Jahre verdrängt hatte. Ich konnte überhaupt nicht mehr klar denken. Ich wusste nur, wie schrecklich Adriana sich bei diesem Verlust gefühlt hatte, und dachte, dass eure Ehe deswegen auseinandergegangen sei, weil ihr beide das alles nicht so schnell verarbeiten konntet. Doch ich wollte nicht zwischen euch stehen, falls ihr noch eine zweite Chance hättet. Ich wollte keine Zwischenfrau für dich sein, um dich von dem Verlust abzulenken.«

Sie sah ihn eindringlich an, konnte an seiner Miene aber nicht ablesen, was er dachte.

»Michael, ich weiß, dass ich nicht einfach so hätte verschwinden sollen. Und es tut mir auch leid. Aber in diesem Moment ging es nicht um dich oder Adriana, sondern um mich. Mein Schutzschild war plötzlich zerborsten. Viel zu lange hatte ich den Verlust meines Babys verdrängt, damit ich stark genug für Simon sein konnte. Ich musste allein sein, um dieses Gefühl endlich zuzulassen. Das tat verdammt weh, aber es musste sein. Und gleichzeitig ging es mir nicht gut, weil ich dich liebe und dich nicht verlieren wollte, es aber auch nicht ertragen hätte, eine andere Liebe zu zerstören ...«

Sie konnte nicht mehr weitersprechen und die Tränen nicht länger zurückhalten. Michael stand auf und setzte sich neben sie, zog sie in seine Arme.

»Es tut mir leid, Andrea. So leid. Ach, Liebes, was für ein emotionales Chaos ...«, murmelte er.

Andrea schloss die Augen, spürte, wie er tröstend über ihr Haar streichelte und sie sanft auf die Schläfe küsste. Nach und nach beruhigte sie sich. Michael reichte ihr ein Papiertaschentuch, mit dem sie sich die Nase putzte.

»Ich dachte, in meinem Alter und nach so langer Zeit als Single wäre ich wieder bereit, mich auf eine neue Partnerschaft einzulassen. Dabei habe ich nicht bemerkt, dass ich immer noch etwas so Bedeutendes aus der Vergangenheit mitschleppte«, sagte sie leise.

»Wenn du noch Zeit brauchst, Andrea, dann werde ich sie dir gerne geben.«

»Vielleicht brauche ich wirklich noch ein wenig Zeit«, sagte sie und fühlte sich erschöpft.

Er nickte verständnisvoll, aber auch ein wenig traurig.

»Soll ich jetzt lieber gehen?«, fragte er leise.

»Ich glaube, wir brauchen beide noch eine Weile, um das zu verarbeiten«, sagte sie leise, ohne auf seine Frage zu antworten.

»Okay ...«

»Aber vielleicht fällt uns das ja leichter, wenn wir es zusammen tun?«, überlegte sie laut. Die Vorstellung, ihn jetzt gehen zu lassen, war ihr unerträglich.

Ein Lächeln breitete sich langsam auf seinem Gesicht aus.

»Ja ... das wäre sicher gut«, sagte er.

Sie lächelte nun ebenfalls.

»Habe ich dir schon mal von meinem Großvater Peter erzählt?«, fragte er plötzlich.

»Nein.«

»Opa wurde sechsundneunzig Jahre alt, und fast bis zum Schluss war er immer bei bester Gesundheit. Er hat zwei Weltkriege überlebt und drei Ehefrauen. Und mit jeder neuen Ehe beteuerte er uns Enkelkindern, noch nie so glücklich gewesen zu sein wie jetzt.«

»Hört sich nach einem guten Leben an«, sagte Andrea mit einem Schmunzeln.

Michael nickte.

»Als ich als Teenager meiner ersten Liebe nachtrauerte, nahm er mich mit auf einen langen Spaziergang zum Hafen, und wir erlebten einen herrlichen Sonnenuntergang. Wir standen nebeneinander und sahen fasziniert zu, in der Gewissheit, dass das Spektakel in wenigen Minuten vorbei sein würde. Mein Opa sagte zu mir, auch wenn es nun gleich für eine Weile dunkel wurde, wüssten wir doch, dass genau in diesem Moment irgendwo in einem anderen Teil der Welt die Sonne schon längst wieder aufgegangen war. Die Sonne ist immer am Himmel, mein Junge, hat er gesagt, auch wenn wir ihr Licht von unserer Position aus nicht ständig sehen können. Und genau so sei es mit dem Glück. Auch das sei immer da, man müsse es nur im richtigen Moment erkennen. Und der könne niemals in der Vergangenheit liegen, sondern immer nur im *Jetzt*. Und so gab er mir den Rat, nicht der Verflossenen nachzutrauern, sondern mich jetzt schon zu freuen, dass ich gewiss bald eine neue Liebe erleben würde.«

Andrea war berührt von der Geschichte.

»Deinen Opa hätte ich gern kennengelernt ... Vielleicht sollten wir tatsächlich nicht zu sehr in der Vergangenheit festhängen, die wir ohnehin nicht mehr ändern können«, sagte sie leise.

Er nickte. Dann schwiegen sie eine Weile.

»Andrea?«

»Hm?«

»Es gibt etwas, das ich dir schon vor Tagen sagen wollte. Und ich glaube, es ist wichtig, dass du es jetzt endlich erfährst.«

»Ja?« Andrea hoffte inständig, dass es nicht noch etwas Belastendes gab, das sie zu klären hätten.

Er stand auf, nahm ihre Hand und zog sie hoch.

»Auf Sylt hatte ich keine Gelegenheit mehr, es dir zu sagen.«

»Was?«

»Ich liebe dich, Andrea!«, sagte er leise.

Sie spürte, wie ihr Herz vor Glück übersprudelte.

Sie legte ihre Arme um ihn und drückte sich an ihn. Er umarmte sie ebenfalls, und sie standen eine Weile ganz still da, hielten sich gegenseitig einfach nur fest.

EPILOG

In ein neues Leben

»Ach, Andi, am liebsten würde ich dich mitnehmen!«, sagte Eduarda nun schon zum dritten Mal und drückte ihre Freundin fest an sich.

»Ich wäre auch so gern mit dabei«, beteuerte Andrea etwas wehmütig. »Aber vielleicht klappt es ja, dass Jasmins Freundin die Hochzeit live streamt und wir zumindest auf diese Weise mit dabei sein werden, wenn ihr euch das Jawort gebt.«

»Darüber müssen wir allerdings noch sprechen«, mischte Jadim sich ein. »Ich bin nicht sicher, ob wir überhaupt wollen, dass ihr das alle seht. Genau deswegen machen wir doch eine kleine Hochzeit.«

»Quatsch! Du wolltest das und hast mich damit überrascht!«, rief Eduarda. »Aber eigentlich will ich ja auch, dass es zwar besonders wird, aber ohne großes Tamtam über die Bühne geht«, gab sie zu. »Trotzdem, wenn so ein Livestreaming aus der Hochzeitskapelle erlaubt ist, dann könnten wir das doch machen!«, meinte Eduarda.

»Ach komm, Schatz: Wenn du weißt, dass alle uns dabei zusehen, dann wirst du alles andere als entspannt sein. Ich kenne dich doch. Nein, das lassen wir lieber. Wir machen ein Video, und das könnt ihr später dann anschauen, wenn ihr wollt.«

Andrea nahm Jadim am Arm.

»Du weißt schon noch, dass du mir einen dicken Gefallen schuldig bist, mein lieber Jadim?«, erinnerte ihn Andrea leise. »Und genau den fordere ich hiermit ein. Wir wollen morgen alle dabei sein!«

Er sah sie kurz an, dann erschien ein schräges Lächeln auf seinem Gesicht.

»Du setzt dieses Versprechen ganz schön raffiniert ein. Aber gut. Wenn ihr das unbedingt wollt ...«, gab er nach.

»Wollen wir!«, kam es unisono von Eduarda, Andrea und Michael.

Sie lachten.

Eduarda bekam einen Anruf.

»Hallo, Jasmin? ... Okay ... Ja, wir sind auch schon da ... Auf dem Parkplatz. Wir kommen dann gleich rein. Bis gleich, meine Süße! Ich freue mich riesig!«

Sie legte auf.

»Jasmin und Lotte warten schon bei der Gepäckaufgabe auf uns«, sagte sie, und Andrea merkte ihr an, wie aufgeregt sie inzwischen war.

»Sollen wir euch noch mit den Koffern helfen?«, bot Michael an.

Jadim schüttelte den Kopf.

»Das kriegen wir schon hin. Danke, dass ihr uns zum Flughafen gebracht habt.«

»Aber das ist doch selbstverständlich«, sagte Michael. »Hast du inzwischen über mein Jobangebot nachgedacht?«

Michael hatte sich in den letzten Wochen mit Jadim angefreundet und wollte ihn unbedingt überreden, als Buchhalter im Verlag anzufangen.

»Ich werde mich darüber mit Edu beraten. Vielleicht wäre es für unsere zukünftige Ehe nicht verkehrt, wenn wir uns nicht weiterhin auch noch jeden Tag im Büro sehen.«

»Stimmt. Dann hätten wir uns abends endlich was Neues zu erzählen«, sagte Eduarda mit einem Zwinkern.

»Genau, das finde ich auch«, gab Michael ihr recht und wandte sich wieder an Jadim. »Sag einfach Bescheid, wenn du dich entschieden hast. Bis nach deiner Rückkehr halte ich die Stelle noch unbesetzt.«

»Danke, Michael. Ich melde mich bald dazu. Und jetzt sollten wir los, Edu«, forderte Jadim seine Braut auf.

»Einen Moment noch bitte«, bat Andrea und zog ihre beste Freundin ein Stück zur Seite.

»Schau mal, ich habe was für dich – für die Hochzeit«, sagte sie und holte eine kleine Schachtel aus ihrer Tasche.

»Was ist das denn?«

»Mach es schon auf!«, forderte Andrea.

Eduarda öffnete die Schachtel. Ihre Augen begannen zu funkeln.

»Du erinnerst dich noch?«, fragte Andrea, als Eduarda ein Lederbändchen herauszog, an dem ein blauer Glasstein in Form eines Herzens hing.

»Aber natürlich! Das hat Simon mal als Überraschungsgeschenk für dich gebastelt. Ich habe ihm dabei geholfen, die Lederschnur zu befestigen. War es damals zu deinem Geburtstag oder zum Muttertag?«

»Es war mein Geburtstag«, erklärte Andrea. »Und so wie du ihm mit dem Geschenk geholfen hast, so hast du mir mit deiner Freundschaft so viele Jahre immer zur Seite gestanden.«

»Genau wie du mir!«, sagte Eduarda heiser.

Andrea schluckte und räusperte sich dann.

»Pass auf: Es ist etwas Altes und etwas Blaues. Ich habe die Lederschnur ausgetauscht, also ist es auch was Neues. Und natürlich möchte ich die Kette nach deiner Rückkehr unbedingt wieder zurückhaben. Also ist es auch etwas Geborgtes!

Und du musst es ja nicht um den Hals tragen, steck es einfach bei der Zeremonie in deine Tasche.«

»Jetzt hast du es doch noch geschafft, dass ich heulen muss!«, schimpfte Edu und wischte sich die Tränen von den Wangen. »Natürlich werde ich die Kette um den Hals tragen, auch wenn sie überhaupt nicht zu dem Kleid passt, das ich anziehen werde«, beteuerte sie.

»Bevor es hier zu rührselig wird, machen wir jetzt mal einen Abflug«, sagte Jadim mit einem Zwinkern. »Komm, meine Braut.«

Mit einer letzten kurzen Verabschiedung machte sich das Brautpaar auf den Weg zum Gate.

»Bis zum Konzert heute Abend haben wir noch jede Menge Zeit«, sagte Michael auf dem Beifahrersitz auf der Rückfahrt nach München. Andrea freute sich schon sehr auf Robbie Williams und ihren ersten gemeinsamen Konzertbesuch.

»Was machen wir denn bis dahin mit dem freien Samstag? Sollen wir nach dem Mittagessen Mia abholen und mit ihr ein wenig spazieren gehen?«, fragte Michael.

»Ich wollte eigentlich anfangen, den Kleiderschrank im Schlafzimmer auszumisten. Ende nächster Woche kommen schon die Maler«, erinnerte Andrea ihn.

Endlich würde sie mithilfe von Michael und Simon, der sich wieder ganz erholt hatte, die Renovierung des Zimmers in Angriff nehmen. Die Möbel hatten Michael und sie bereits gemeinsam ausgesucht und bestellt. Inzwischen verbrachte Michael immer mehr Zeit bei Andrea statt in seinem kleinen Apartment, und vorerst hatte er aufgehört, sich nach einem eigenen Haus oder einer größeren Wohnung umzusehen. Sie hatten besprochen, sich bis Weihnachten eine Frist zu schenken. Falls ihre Beziehung weiterhin so gut lief wie bisher, würde er ganz bei ihr einziehen. Platz gab es im Haus genug, und Kater Charly hatte Michael inzwischen als neuen Kumpel in sein großes Katzenherz geschlossen.

Andrea war glücklich darüber, wie sich alles entwickelt hatte. Und inzwischen bedauerte sie es auch nicht mehr, dass es zu dieser Krise auf Sylt und ihrer vorzeitigen Abreise gekommen war. Sie hatte ihr nicht nur dabei geholfen, sich der Vergangenheit endlich zu stellen und den Verlust ihres zweiten Kindes aufzuarbeiten, sondern sie und Michael einander sogar noch nähergebracht.

»Ich kann dir ja beim Aussortieren helfen«, riss Michael sie aus ihren Gedanken.

»Danke, aber ich glaube nicht, dass du mir da eine große Hilfe wärst.«

Sie schüttelte lächelnd den Kopf. »Aber vielleicht verschiebe ich es doch auf Morgen. Das Wetter ist zu schön, um die Zeit im Haus zu verbringen.«

»Eben. Soll ich Simon eine Nachricht schicken und fragen, ob es ihm recht ist, wenn wir Mia später kurz für einen Spaziergang entführen?«

»Der wird sicher nichts dagegen haben. Sophie hat heute ihren freien Tag, und Laura kommt erst am Montag zurück aus Argentinien.«

Michael tippte eine Nachricht, und kurz darauf kam schon das erwartete Okay von Simon.

Plötzlich hatte Andrea eine Idee. Sie sah auf die Uhr. Es war kurz vor halb zehn. Genau die richtige Zeit!

»Bevor wir nach Hause fahren, machen wir noch einen kleinen Abstecher«, kündigte sie an.

»Wohin denn?«, wollte Michael wissen.

»Lass dich überraschen«, sagte sie und wechselte die Fahrspur.

Eine Stunde später saßen sie im Biergarten des Augustiner-Kellers, der um diese Zeit schon ziemlich gut besucht war.

Michael schüttelte schmunzelnd den Kopf.

»Endlich haben wir es geschafft«, sagte er, nachdem sie die Bestellung für Weißwürste und leichtes Weißbier aufgegeben hatten.

»Man darf einfach nie aufgeben!«, sagte sie.

»Vielleicht sollten wir lieber die Handys ausschalten«, schlug Michael vor.

»Warum denn?«

»Na, bei unserem Glück ruft sicher gleich wieder jemand an, und wir müssen in dem Moment los, wenn die Weißwürste gerade serviert werden«, meinte er.

»Du hast ja heute wieder einen superoptimistischen Tag«, feixte Andrea.

»Das sind nur Erfahrungswerte ...«

»Wir gehen jetzt einfach davon aus, dass es klappen wird und uns niemand stört«, sagte Andrea. »Inzwischen bin ich schon richtig hungrig.«

»Ja, ich auch.«

Plötzlich wurde sein Blick nachdenklich.

»Andrea, ich muss dir etwas sagen.«

»Was Gutes oder nicht so Gutes?«

»Na ja ... Nicht schlimm, aber auch nicht ganz so gut. Ich hätte dir lieber was anderes mitgeteilt.«

»Jetzt sag bitte einfach, was los ist!«

»Es geht um das Bilderbuch, das du für Mia gemacht hast«, sagte er.

»Was ist denn damit?«

»Ich habe verschiedene befreundete Kollegen von Kinderbuchverlagen darauf angesprochen, aber leider sprang keiner von ihnen so richtig darauf an. Es ist tatsächlich schwieriger, als man denkt, in diesem Bereich als neuer Autor Fuß zu fassen«, meinte er bedauernd.

»Und das ist alles?«, fragte sie.

»Ja! Und es tut mir echt leid, dass es wohl nicht klappen wird, Andrea.«

»Das ist doch überhaupt nicht schlimm«, beteuerte sie. Tatsächlich war sie sogar ein wenig erleichtert, denn diese kleine Geschichte war am besten in ihrer Familie aufgehoben. Und bei Mia wusste sie ganz sicher, dass sie sich sehr darüber freuen würde. Das war das Wichtigste für sie. Außerdem hatte sie vor ein paar Tagen eine wunderbare Rückmeldung von LuLe bekommen. Die Sängerin war begeistert von ihren Illustrationen und hatte vorgeschlagen, bald gemeinsam an einem weiteren Kinderbuch zu arbeiten.

»Ich bin froh, dass du es so locker aufnimmst«, sagte er.

»Es ist wirklich okay für mich. Es war ohnehin nie wirklich für die Öffentlichkeit gedacht. Aber danke, dass du dich so für mich eingesetzt hast.«

Während sie sich unterhielten, servierte die Bedienung eilig das leichte Weißbier.

»Aber immer wieder gern, Andrea. Außerdem sollst du für uns einen neuen Krimi-Umschlag gestalten.«

»Er ist schon in Arbeit!«

»Ich bin sehr gespannt.«

Er warf einen Blick auf die Uhr am Handy.

»Das dauert hier aber ganz schön lange«, meinte er.

»Ja, aber es ist auch ziemlich viel los heute.«

»Nun ja, wir werden schon nicht verhungern.«

Er griff nach dem Bierglas.

»Prost schon mal!«

Sie hob ihr Glas ebenfalls.

»Prost, Michael.«

Das kühle Bier schmeckte herrlich erfrischend.

In diesem Moment klingelte ihr Handy. Eine ihr unbekannte Nummer.

»Oh nein, warum hast du es nicht ausgeschaltet? Sicher müssen wir jetzt gleich wieder aufbrechen«, sagte Michael, jedoch mehr im Scherz.

Sie zuckte mit den Schultern.

»Ja, hallo?«, meldete sie sich dann.

»Hallo? Wo bin ich denn jetzt wieder gelandet?«, fragte eine weibliche Stimme, die schon etwas älter klang.

»Hier spricht Andrea Forster.«

»Forster? Ich wollte meine Enkelin Martina sprechen. Entschuldigung, dann habe ich wohl schon wieder die falsche Nummer gewählt«, sagte die alte Dame. »Verdammt noch mal, diese verflixten kleinen Ziffern.«

Andrea musste grinsen.

»Das macht doch nichts. Auf Wiederhören.«

»Auf Wiederhören.«

Andrea legte auf und warf einen amüsierten Blick zu Michael, der sie erwartungsvoll ansah.

»Wir müssen nicht los«, beruhigte sie ihn.

»Sehr gut ... ich dachte schon ...«

Sie lachte.

»Keine Sorge. Heute wirst du deine Weißwürste bekommen. Und zur Sicherheit schalte ich jetzt sogar mein Handy aus.«

»Danke.«

In diesem Moment kam die Bedienung auf ihren Tisch zugeeilt.

»Es tut mir schrecklich leid. Aber die Weißwürste sind inzwischen leider aus. Möchten Sie vielleicht stattdessen Bratwürstl mit Sauerkraut?«, fragte sie.

Andrea und Michael sahen sich an und prusteten laut los. Die Bedienung wirkte etwas brüskiert und dachte offenbar, die beiden lachten über sie.

»Nein danke«, sagte Andrea. »Wir überlegen noch, was wir stattdessen möchten.«

Die Bedienung nickte und legte ihnen nochmals die Karte auf den Tisch.

Als sie weg war, grinste Michael wieder.

»Vermutlich soll es unsere Tradition sein, keine Weißwürste zu essen.«

»Sieht ganz danach aus. Weißt du schon, was du stattdessen möchtest?«, fragte sie.

»Vielleicht nur eine Brezel mit Käse.«

»Brezn heißt das«, korrigierte sie ihn mit einem Lächeln.

»Okay. Dann Brezn.«

»Du kannst ja schon richtig bayrisch.«

»Na ja ...«

»Ich mag auch eine Brezn mit Käse.«

Andrea legte die Karte zur Seite.

»Als du vorhin sagtest, du müsstest was mit mir besprechen, dachte ich schon, es geht wieder um Adriana.«

Michael hatte sie kurz nach ihrer Aussprache in Hamburg besucht, um ihr in einem persönlichen Gespräch ein für alle Mal klarzumachen, dass sie sich keine Hoffnung auf eine Neuauflage ihrer Ehe mehr machen durfte. Wie erwartet, hatte sie es nicht sonderlich gut aufgenommen. Michael hatte sich große Sorgen um Adrianas Zustand gemacht und sie gedrängt, professionelle ärztliche Hilfe in Anspruch zu nehmen. Doch sie hatte ihn aus der Wohnung geworfen. Er hatte daraufhin seine Schwägerin gebeten, nach ihr zu sehen.

Vier Tage später bekam er einen Anruf von seiner Schwägerin aus einer Klinik, in die Adriana sich letztlich doch freiwillig begeben hatte, nachdem es ihr immer schlechter gegangen war. Sie hatte es endlich eingesehen, dass sie Hilfe brauchte.

»Adriana ist inzwischen auf einem guten Weg,« betonte Michael. »Sie wird in zwei Wochen aus der Rehaklinik entlassen.«

»Ich bin froh darüber, dass es ihr schon besser geht«, sagte Andrea, die ihr das seltsame Verhalten längst vergeben hatte. Nur zu leicht konnte man unverschuldet in eine unvorhergesehene Situation geraten, in der man emotional aus der Bahn geschleudert wurde. Wichtig war es in so einer Notlage, dass man Verständnis und Hilfe bekam.

»Sie hat mich gefragt, ob es wohl okay für dich wäre, wenn sie sich irgendwann mal mit dir trifft, um sich bei dir persönlich zu entschuldigen«, sagte Michael.

»Natürlich! Wenn sie so weit ist, dann rede ich gerne mit ihr«, versprach Andrea.

»Vielleicht können wir das ja mit einem Besuch bei meinem Bruder und seiner Familie verbinden? Sie wollen dich unbedingt kennenlernen«, schlug Michael vor.

»Aber gern!«

Auch Andrea war schon gespannt auf seine Familie.

»Und anschließend könnten wir beide noch ein paar Tage auf Sylt verbringen. Es gibt dort noch so vieles, das ich dir zeigen möchte.«

»Das wäre schön«, seufzte sie.

»Beim letzten Mal kamen wir ja noch nicht einmal dazu, uns ordentlich in die Wellen zu stürzen«, sagte Michael.

Andrea lächelte nur.

Oh doch, das haben wir! Sie war in Gedanken bei ihrer gemeinsamen Nacht.

Und wie wir uns in die Wellen gestürzt haben.

DANKE

Am Ende des Romans möchte ich mich von Herzen bei meinem wundervollen Verlag bedanken. Vor allem bei meiner Lektorin Christine Steffen-Reimann, dass ich diese Geschichte erzählen durfte.

Ein besonderer Dank geht auch an meine Außenlektorin Silvia Kuttny-Walser für die schöne Zusammenarbeit und die feinfühlige Bearbeitung meines Textes. Es hat wieder sehr viel Freude gemacht.

Franka Zastrow und Christina Gattys – herzlichen Dank, dass ihr als meine Agentinnen an meiner Seite steht!

Christian Lex – danke fürs Aufmuntern und dass ich dich immer wieder um Rat fragen darf.

Nicole Walter – danke für unsere Freundschaft!

Ein ganz besonders lieber Dank geht an meine Familie, die mich immer unterstützt, vor allem meine Söhne Felix und Elias und du, meine liebe Mama!

Und schließlich möchte ich an dieser Stelle auch ein herzliches Dankeschön sagen an meine Leserinnen und Leser, auch für die Rückmeldungen, die ich auf verschiedenen Wegen bekomme!

Auf der Suche nach einem Anfang, der kein Ende braucht

ELLA JANEK

Die FRAU im PARK

ROMAN

15 Jahre lang hat die ehemalige Schauspielerin Eva Rosenberg alles zurückgestellt, um sich um ihre Tochter Alisa zu kümmern, die seit einem tragischen Unfall im Rollstuhl sitzt. Als Alisa von zu Hause auszieht, nimmt Eva plötzlich eine große Leere in ihrem Leben wahr. Ihre eigenen Wünsche und Träume hat sie ebenso verloren wie die Nähe zu ihrem Mann Johannes, für den zwischen Mutter und Tochter kaum Platz geblieben war. Bei langen Spaziergängen im Park, auf denen Eva sich selbst und ihr Leben sucht, lernt sie schließlich Ben kennen. Ihm kann sie von ihren Träumen erzählen. Doch ist er auch der Schlüssel zum Neuanfang?
Gefühlvoll geht Ella Janek in »Die Frau im Park« der Frage nach, was Liebe wirklich ausmacht – gefühlvoll und tiefgründig!

Zwei Schwestern, eine unmögliche Liebe und der Duft von Pfirsich und Lavendel

SUSANNE MOREL

DIE PFIRSICHBLÜTEN-SCHWESTERN

ROMAN

1932: Der Tod ihrer Eltern reißt die Schwestern Konstanze und Pauline auseinander. Während Konstanze in der Münchner Stadtvilla ihrer wohlhabenden Tante Einzug hält und das ersehnte Kunststudium beginnen kann, führt Paulines Weg ins ferne Frankreich. Nach dem Willen einer kinderlosen Großtante soll sie später deren Pfirsichplantage in der Provence führen – nachdem sie den charmanten Philippe, Sohn eines benachbarten Großgrundbesitzers, geheiratet hat. Doch Paulines Herz gehört längst einem anderen, und als Konstanze bei einem Besuch auf Philippe trifft, ist es für beide Liebe auf den ersten Blick ...
Zwei Schwestern zwischen Krieg und Liebe: ergreifend, dramatisch und zum Träumen schön.

KNAUR

Landlust, Hund und Liebestrubel

KERSTIN RUBEL

DIE LIEBE BRAUCHT EIN GANZES DORF

ROMAN

Auch ohne Mann hat die 40-jährige Annika alles, was sie glücklich macht: Seit dem Verkauf ihrer erfolgreichen Firma lebt sie in einem reetgedeckten Häuschen an der Schlei, genießt ihren Garten und die langen Strandspaziergänge mit ihrem geliebten Hund Lux. Ihre beste Freundin Flora ist trotzdem fest entschlossen, Annika zu verkuppeln. Mit dem charmanten Fred zaubert sie sogar einen Hauptgewinn aus dem Hut. Doch da taucht Annikas Ex-Freund Titus auf und umgarnt sie nach allen Regeln der Kunst. Bereut er es wirklich, sie verlassen zu haben – oder steckt etwas ganz anderes hinter seinen Avancen?
Warmherzig und klug erzählt Kerstin Rubel in ihrem sommerlichen Wohlfühlroman von selbstbewussten Frauen, Freundschaft, Lebensträumen und der großen Liebe.